鱼和它的
自行车

**A Fish
And Its Bike**

陈丹燕 著

上海文艺出版社
Shanghai Literature & Art Publishing House

目　录

1 标本
1……53

他离一个浪漫故事实在相差太远了。

那时我并没有学会遗憾，这是大人才有的感情。我只是愤怒，怒火中烧。

2 果珍
54……127

我感到自己像一朵白花，在绿色的癌病室的背景前，极慢，但不能阻挡地伸展自己硕大颀长的骨朵，又娇嫩、又茁壮。

3 车铃
128……230

他什么都装作不知道，照样天天晚上按时回家，在桌子旁边看书，查词典，或者发呆，像一只热水瓶，或者一只冰箱，我觉得里面有东西，可在外面一点也看不出里面藏着什么。

第一章

标本

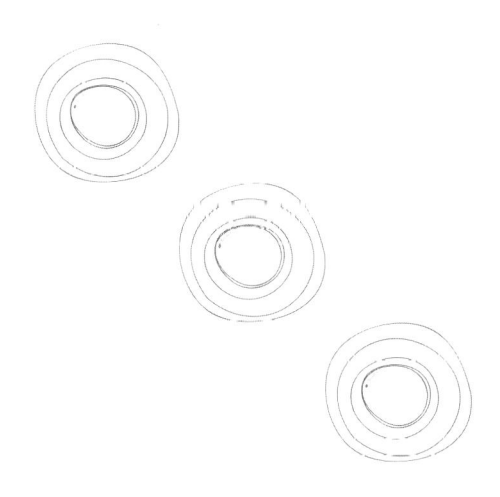

他离一个浪漫故事实在相差太远了。

那时我并没有学会遗憾,

这是大人才有的感情。

我只是愤怒,

怒火中烧。

鱼和它的自行车

那是八十年代初夏的一个黄昏。我十七岁,考上了医学院附属的护士学校。在工厂的职业学校和医院的护士学校之间,我毫不犹豫地选择了护士学校,那是因为,我以为护士与人打交道,与死亡打交道,更加容易遇见奇迹。我的爸爸妈妈也毫不犹豫地支持我,因为他们认为家里有人在医院工作,在生活上会有很多方便的地方。

在生命的每一处哪怕最最微小的转折处,我都在心里热烈地盼望着奇迹的出现。只是生活总是宁静无声地流转着,在每一处最细微的转折以后,总是什么变化也没有。我进护士学校不久,就发现了这一点。与中学不同的,只是现在班上都是女生,上课时放起屁来肆无忌惮,发出很响的声音来。

我像从前一样默不做声地接受了这种失望。

在吃完晚饭以后,我就到校园里去散步。暮色灰黄而凉爽,本来就宁静的黄昏,此刻犹如静止了一般。

那天,我在教师办公楼和教室之间的林荫道上慢慢地走,门房后挂着大钟,钟绳被晚风吹动,使钟发出轻响。在

第一章 / 标本

那时,我又一次感觉到日子的宁静与漫长,它像一条不能快也不会慢的水流,无声无息地向前淌去。对这样的日子,我已经过得太久太久。

这时,我看到教师办公楼底层解剖实验室的红门仿佛微微张开。平时那里是锁着的,而且同学们都不愿意到那里去,楼外有棵特别高大的树,向红门投下了重重阴影。

将近半年以来的解剖课上,我已经许多次看到过从那里拿出来的被肢解的人体,它们使我越来越感到亲切。

脊背上一阵一阵微微紧着,我走过去。我知道我背上的鸡皮疙瘩都起来了,我喜欢起鸡皮疙瘩的感觉。

解剖实验室是底楼最大的一间教室,这时教室里已经十分昏暗,轻轻将门推开,一股福尔马林气味起伏而来,十分刺鼻。屋角的几只老式的大浴缸盖着木盖,那里浸泡着我们上课用的标本。被福尔马林浸过的尸体,全变成了棕红色的,干瘪而潮湿。

有个微驼的男人站在陈列局部人体的玻璃柜前面。他头顶微微秃了,所以脸显得长,古怪,而且十分苍白。他怔怔地站在那里,怔怔地看着玻璃柜里的一个鼻咽标本。走近他,看清那是英文老师。在充满了福尔马林的暮色里,他像一件粗心人晒在竹竿上,夜里忘了收回家的衣服。

鼻咽标本其实是一个人的半边头颅。它向我们展示鼻咽的构造和鼻、耳、咽以及胸部那块无法形容指点的中心区域的关系。

鱼和它的自行车

我是在不久前一个阳光灿烂的中午看到它的。那时我路过黑板报，打算去教室上课，被解剖老师叫住，让我去帮她搬个标本到教室。她喜欢我，因为我一点也不怕标本，不像班上的林小育那样逃走，也不像芬那样惊叫。

标本放在一个有锈迹的铁盘里，上面盖了块浸满福尔马林的纱布。我走到半路上，突然吹来一阵风，风把纱布掀开，我正好看到被整齐切开的半个头颅，上嘴唇上，甚至留着几毫米长的花白胡子。由于胡子的缘故，它的上嘴唇仿佛微微撅起，就像所有的老头一样。那些胡子好像应该修剪了，它们在那半张棕红色，毫无弹性的脸上反射着太阳的金光。

回想起来，仿佛在梦里。我心里惊雷滚滚，但却一声不吭，软绵绵地继续走着，没惊呼，也没把托盘扔掉。所以，我很熟悉英文老师背上的神态，他的背部像我那时一样的震惊而又茫然，如同一个梦游者。我们都被这半张脸上的胡子吓住了，或者说魔住了。

英文老师感觉到了我，他的脸转向我时，还留着做梦一样的神情。

这时看着英文老师，我突然感到他陌生起来。回想起来，本来我并没注意到他，只是听说他是大学中文系出身，毕业分配到外地去了，后来好容易调回上海来。他爱人到医学院的研究所里当遗传学的研究员，他只能到我们学校，还是研究所出面来说情，照顾的。我们没有语文课，他便教我

第一章 / 标本

们英文。他在黑板上写着不好看的拉丁文和英文的药名，用手在玻璃黑板上窘迫地点着它们，艰难地读给我们听。他出汗的手会在黑板上留下一团团手掌的汗气，他的样子使人感到他就是个倒霉蛋。他眼眶的四周，有中年男子奇怪的浮肿，总像昨晚没枕在枕头上睡觉那样。而在福尔马林的暮色里，他的脸却变成了一张有着成熟故事又有青春余温的脸。我想，他年轻时一定是个英俊的人。

他很窘地朝我笑，说："奇怪。"他一点也没有成年人的架子，很诚恳。

我禁不住说："没有关系，是这样的。"

他说："我一直觉得奇怪，实际上也是很奇怪，看到没关门，就进来了，里面很——"他顿住。

我朝他笑了一下。是啊，那种心里的感受是说不出来的。

他还在琢磨怎样把无法表达的表达出来，他说："每次我经过这里，就想进来看看，这里太安静了，安静得太不安静。"

我想说："我也是这么想的。"但想到他是老师，我是学生，这样说不好，就没说。

我们又看那个标本。它浮沉在福尔马林里，它的嘴唇像熟睡一样地张开，死命盯住它看的时候，仿佛还有微微的呼吸。

我一直努力保持着脸上的笑容，慢慢地，笑容退去，嘴唇粘在干燥的牙上。我拿不准现在该怎么办。四周是这样的安静而且充满了含义，如果不说点什么，好像会显得很蠢，想到这些，我就紧张起来，我说："这也是一个人噢。"这是句好蠢的话，刚说了几个字，我就后悔了。但英文老师那边，却传来了赞同的声音，他说："是啊，不知道有多少故事，才使一个人变成这些东西。"

而这，就是至今我认识到的很少的生活中的真理之一。成熟的男人会把你模糊不清但感觉强烈的想法变成一句话，这也是当时英文老师猛然吸引我的地方之一。

英文老师猛然就吸引了我，我像发现了新大陆。我望了他一眼，望到了他脸上苍苍茫茫的样子，像是有许多故事似的，又像有许多伤心事似的。我心里咕咚响了一声，然后，浑身的鸡皮疙瘩又起来了。我说："每次我见到这些标本，就希望马上发生什么事情。"

英文老师说："我也是这样的感觉。生活太平淡了。"

这时我们四周的地上，突然跳动出无数细细的树叶的黑影子，大概是大树外面的路灯亮了。门房老头当当敲着钟，不知为什么，我们学校到很晚还留着这样声音缓慢而洪亮的老钟，而不用电铃。在钟声回荡的几分钟里，使我暗暗惊奇，一时不知身在何处。夜自修开始了。

隔着林荫道的教室里，传来女孩子的喧哗，远远听上去，是那样明媚流利。这声音和光亮反衬出了解剖实验室的秘而不宣的黑暗。我突然感到它暧昧的暗示。在黑暗里我和

第一章 / 标本

英文老师很近地站在一块，我甚至能感到英文老师那边散出的热气。我身体动了一下，英文老师很茫然而又不由自主地将身体侧过来，我们之间的那一小块黑暗骤然燃烧起来一般。我心里忽然起了反感，还有恐惧以及惊奇，总之，那是被追逐的不愉快带来的反抗。我坚决向一边闪去，英文老师猛醒般地一震，立即也闪开了，但像挨了一巴掌的温顺的狗。

可是，马上，我就后悔了。我觉得这是自己在宣布自己的自作多情，我没处世经验，又不纯朴，只想马上转移话题，于是我又说："要自修了喏。"

英文老师说："噢。"

好像我们约了一块来观光一样，他伴着我一块向门口走，他极自然地侧着身体，靠近我的那只手稍稍抬起一些，好像要扶住我手肘一样。也许在老师漫长的成年人生活中，这个姿态并不算什么，而这却像一朵火苗一样照亮了我的心，我突然有了一个成年妇女的，一切都成熟欲坠的感觉。恍惚之中，我就要向他那边走去，仿佛我将手肘，那十七岁女孩尖而细小的手肘轻轻放到老师的手掌里。福尔马林的气味使我变得十分沉迷，像吸入太多而中毒了那样的感觉。

门口吹来初夏的风，它夹杂着春天寒冷和夏天很浓烈的阳光的温暖，清新得刺鼻。我到底放手肘到他手里了没有？我突然不能确认。英文老师返身轻轻关上解剖实验室的红门，并在上面摸索了一会儿，然后对不知为什么一直等在一旁的我说:"不要对别人说,好吗?"

我点头。

那天的夜自修,正好是英文,我进教室坐了一会儿,英文老师便出现在讲台上。那天下午正好学校组织我们去教学医院看医大学生的尸体解剖,他们把人的内脏像猪肉一样地一片片切开。直到晚上,大家还在喋喋不休地说着各自在那时受到的刺激和惊吓,见到老师进来,说话声也没有轻下来的意思。大家都不害怕英文老师。在护士学校里,女生对中年男老师,总有种撒娇似的轻慢,特别是对真诚的,却不怎么出色的男老师,像英文老师。他们懂得爱护和欣赏女孩,但却又没有出色男子的傲气和神气,使人不敢生非分之想。

越过这些杂乱的声音和晃动的脸,我看着英文老师,他也看着我,在灯下,我们仿佛突然达成默契。

其实,一切端始就在这里。如果那时我们中有一个人客气地笑一笑,或者有一个人做出拒绝的姿态,一切都会像开了瓶的啤酒,不一会儿气就跑掉了。而我们却在日光灯很明亮的教室里没有表情地对视,这就是开始。

也许,我明明白白地感觉到,自己心里有什么东西慢慢地弥漫开来,我想起语文课上学过的一个词:油然而生。这就是油然而生的一种东西。

从那天傍晚后,英文老师就像是在我眼前突然打开的一盏灯。

第一章 / 标本

在我的少女时代，在漫长的临睡之前的清醒时刻，我总是合上眼，躺在枕头上，想一些不着边际的事情。我曾经想象过多少次将要和我手拉着手向前走的那个男人。不知道为什么，我总是把爱情想象成两个人手拉着手，在有梧桐树的马路上走路。

那时和我手拉手的人，是一个佩剑的白发苍苍的将军，而且是外国人。这样的奇迹当然没有出现。那时我是一个由于不平衡和害羞而非常严肃的女孩，甚至没有机会在校园里与一个男孩有哪怕是很蒙眬的感情。我非常洁白也非常寂寞地从中学毕了业。但在我的心灵深处，我认真看不起那些骄傲但又惶惑不安的同龄的男孩子，我仿佛生来就期待着有阅历的男人，以及有军队背景的男人。这是我对男人的一种至高的礼赞，男人就应该是勇猛的、威武的而且是历经沧桑的，所谓侠骨柔肠吧。

在睡前的种种含混不清的幻想故事中，这样的理想一次次闪烁着，好像幻想一样含混不清，而且又光辉四射。但是这一个晚上，突然英文老师的脸出现了，他在那儿，像一盆风干的花一样，等着我，让我起鸡皮疙瘩。

几天以后，我从班主任的办公室出来，沿着磨石走廊走过去，经过一扇扇办公室门，最终就能看见英文老师坐在他的小办公室靠窗的桌旁。他常常双手合十，撑在下巴上，在大大的老式教师写字桌上沉思。那是种奇怪的姿势，看上去坐得很不舒服，仿佛已深深将自己投向什么地方，而将四周与躯体置之度外。他的手掌长而松弛，毛孔很大，看上去是双厚道可是也敏感的男人的手。他嘴角深深往下巴两边滑下去，脸色十分的困倦。

一路在磨石地上滑溜溜地走过，锃亮的地使我想到唠叨而烦恼的家庭主妇。有时锃亮的地令人压抑，尤其对中年男子和年轻不安宁的女孩，因为他想到的是陈旧而厉害的太太，她想到的是精明而毫无诗意的母亲，这是他们共同想逃避的。我怀着比解剖实验室里更进一步的，同盟般亲切的心情走过英文老师的门，我猜想他一定有许多默默不言的哀伤。因为他们默默忍受的态度，男人的哀伤比女人的，更值得也更容易让人同情。那时候我几乎断定英文老师的太太也是个厉害而唠叨的角色，把英文老师逼得走投无路，只等我的爱情去救他。我就是那么肯定，而且那么激动地找到了用武之地。

每天清晨早锻炼时，我都得昏昏欲睡地随着哨声在操场上跑步。从开始寄宿，我最痛恨的就是早锻炼。那天英文老师也下楼来。他穿着与他并不相配的运动衣，反而显得落伍而且滑稽。他跟在我们队伍后面跑着。我们的体育老师在队伍前帅气而又懒洋洋地吹着哨子，他是护士学校最年轻的男教师，高个子，宽肩膀，眼睛似笑非笑，是全体女生心中的白马王子。当他从头排跑到操场当中，让我们围着他沿着跑道绕圈时，所有的人全竭力使自己更轻盈，像书里形容的那

第一章 / 标本

样:像头小鹿。

而我昂然从童话里那骄傲的公鸡面前跑过,心里想象着英文老师默默地在队伍末尾注视我的情景。我才不讨好什么人,我要别人来讨好我,而且了解我的重要性。我在拐弯时回过头去,的确找到英文老师的目光,那是迷惑而温柔的眼神。然而我假装天真地转回头去。

跑步以后,就自由活动。许多人围着体育老师打排球,她们疯疯癫癫,欣喜若狂又彼此争风吃醋,我想她们背上的鸡皮疙瘩也一定是竖了一大片,一大片的。而我则去远远的跑道尽头的角落,去木头秋千上荡秋千。我想象着一个与众不同的女孩,穿着红的运动服,在大丛大丛很绿的夹竹桃树前荡秋千,铁索咿呀咿呀地响着。连我自己都陶醉了。

果然,我又收获到了那个迷惑而温柔的眼神。操场上乱成一团,所有女班主任和舍监老师都紧紧盯住她们。这时,英文老师走到我面前停了下来,他略有点结巴地说:"你真像我爱人年轻时的样子,她那时也喜欢穿红衣服,也喜欢荡秋千。"当我眼睛忽然一暗的时候,他又说:"现在变了很多。年轻多么好!"他扬起他那被岁月腐蚀的英俊的脸,他头发微微鬈曲着。

我在秋千上对他点着头,我感到清晨清新如冰的风从脸上划过,拂起伏在肩上的头发,头发扬得像鸟的翅膀。那时我的心的确充满了对英文老师的同情和怜惜,我想我能够像救出怪兽的美人那样救他,使他重新变成英俊的骑白马的王子。我希望他不爱他的妻子而来爱我，离开了我，他就还得不幸下去。

我在秋千上越荡越高，因为有老师在看我，我望见了围墙外面灰色的街道，街面房子前卖大饼油条的小摊子，还有拿了一根筷子在等油条出锅的女人。我把那个睡眼惺忪的女人想成老师的太太，我把老师想成正在看着买油条的女人和荡秋千的我，所以我越荡越高，一直到自己都怕了，整个操场上的人都停下来看我，老师远远地叫："慢点！慢点！"我像鸟在飞。

天天都是一样，天没亮钟声就响了，舍监老师在走廊里大声催促我们起床。盥洗室的长排水池前总挤满了睡眼惺忪的同学，隔壁的厕所，钉着弹簧的矮拉门再三被推拉，呼呼地急响。不知为什么，寄宿女生常喜欢只穿短裤和短内衣出来洗漱。初夏仍旧气温很低的清晨里，到处都能看见同学们裸露的身体，还没完全醒来，散发着熟睡暖气的胳膊和大腿，是微紫的玫瑰色。

窗外被极密的水杉林遮掩住了。对面教师宿舍的灯光被阻隔得遥远迷蒙。但我还是能想象英文老师站在他的窗前，遥遥看着我们这边的情景。借着他成年男子对以往一切疲倦的忧郁眼光，我意识到青春肌体的非凡美好，并朦朦胧胧地希望在它还没老的时候，将它显示在一双能欣赏和需要它们的眼睛面前。和许多这个尴尬年龄的女孩一样，我也很希望

第一章 / 标本

被爱自己的人偷看，像湖畔半夜洗澡的仙女和牧童的故事。

甚至我还想过，像英文老师这样虽然有家但是住校的人，一定对此十分渴望。也许还有另外一种更残酷的掠夺般的想法，就是想以自己的美丽，来反衬从未见过面的英文老师夫人的失色。在我看来，小女孩和老太太都是无性的，我从不与她们计较。而中年妇女，在女人一生中最最凄惶乏味，最最陈旧破损。对她们，我有极大的鄙视。我从未想到，有一天自己也会成为中年妇女，我也会面临中年妇女面临的所有难题，一样也不会少。

那时我渐渐沉迷，仿佛生活马上就要打开奇妙的大门，仿佛从小至今我所过的平静日子，我认为是被莫名其妙关在生活大门外的日子就要戛然而止。每晚我都希望做书上写的那些热恋人们做过的美梦，但我的梦总是一如既往的淡灰紫色，而且和日常生活一样松散、拖拉，没有意义。甚至还不如它，因为我始终没梦到过英文老师。

星期五轮到我们班英文测验。默写时，英文老师在座位中间的过道上走来走去。他经过我身边，停了下来，那双旧皮鞋迟疑片刻，向我移来。我马上觉得，我面向他那一边的脖颈和面颊微微跳动起来，好像那一片细小的动脉血管全都亢奋起来，哗哗地喷射着热血。他的呼吸拂起我耳边的头发，我感到自己紧张得就要爆炸，我不知道要发生什么事，他的的确良衣服发出硬硬的窸窣声时，我简直就要向他倒过去，眼里充满了莫名其妙的眼泪。我泪眼蒙眬地看他，他的浮肿全然不见，下巴青青的充满男人气。他轻声说："很好。"然后，直起身，走了。

我却无法再继续写下去，所有的英文字母全在我脑子里疯狂地跳舞。只听见耳朵里营营地响着。我玩弄手里的香橡皮，满手都是香橡皮散发出来的橘子香味。我最喜欢橘子。我并不热衷于吃，而喜欢剥。将新鲜的橘子皮剥裂，它们会在被撕开的一刹那射出苦苦而辛辣的黄色水雾，如果喷到脸上，就会辣出眼泪。别人答卷时，我就一直在玩那块香橡皮，把它切成一小块一小块，然后，又切成一小缕一小缕的，最后，再把它们切成一小丁一小丁的，满手都是香。林小育在我旁边答卷子，抽空望望我说："你疯了。"

对，我疯了。一直到下课铃响了，要交卷了，我都写不出一个单词来，但我把那张卷子弄得很香。

周六下午最后一节课是英文。

周六是寄宿生最兴奋的时候，好像要从笼里放出的鸟，屏住呼吸在听笼门抽开的唰唰声一样忍受最后一节课。只是我这种好心情常常在走进家所在的那条熟悉的弄堂时，转化成失望和愤怒。

英文课时不时有人把书包弄得哗哗响，那是将吃光了菜的玻璃瓶带回家。课桌下面靠着大型料袋，里面装着换下来的脏内衣。

第一章 / 标本

英文老师仍旧把手紧贴在绿色玻璃黑板上，在上面留下汗湿的手印。远远地看去，他的手骨节突出，很符合想象中真正的男人的手。

直到下课，我和英文老师像裹在河流里的两片树叶，与蜂拥回家的人一同走到太阳下面。我看到英文老师也提着一个鼓鼓的旧塑料袋，塑料袋里也露出一个大口瓶的轮廓。这使我猛然感到恼恨：英文老师也奔向他的家，也从他太太的炒菜锅里盛出菜带到学校里来吃。一个热的炒菜锅，就代表一个完整的家庭。

他不应该这样，应该像我想象的那样，他这样是不对的。

在回家的电车上，我与一个挤着了我的满脸疲惫的中年男人恶吵，我没吵赢，因为那人骂出了非常恶心的话，他结实的脸上又下流又自私，穿了一件缝了许多口袋的帆布马夹，看上去像个拍照片的人，那种一看就是生活得不顺心的人。我这种年龄的女孩根本不是他的对手。最后，我闭上嘴，听着他唠叨，到我下车前，我回了一句嘴："垃圾。"我说，然后赶快逃下车去。这才算是扯平了，但我的心情变得更为恶劣。

回家看到厨房绿茵茵的节能灯下爸爸妈妈的脸，一成不变的就像旧了的赛璐珞娃娃。爸爸妈妈因为我回家，特地杀了一只童子鸡，他们忙了两个小时，收拾那只小鸡身上和翅膀上的毛，把它用护士剪刀剪碎了，放在汽锅里蒸。爸爸把鸡毛铺在厨房的窗台上晒干，那是为了卖给收鸡毛的人。我看他们在昏暗的灯下忙，真为他们感到绝望。我们家的厨房在底楼，我们一栋楼里四家人合用一个厨房，每家人都很热心烧饭烧菜吃，所以厨房的墙上，挂着厚厚一层黑黄色的油污，是多少年以来炝油锅的油气熏出来的，灯座上也附着油乎乎的灰尘。爸爸妈妈在我的记忆里，总是在厨房里忙着烧东西吃。厨房的窗台上也总是晒着准备卖钱的东西：鸡毛、橘子皮、甲鱼壳和乌贼鱼的白骨头，有时是我家的，有时是邻居家的。每次还没有进家门，在弄堂里看到我家厨房间窗台上的东西，我就已经生气了，刚才在最后一节课要回家了的高兴劲，一点也没了。

妈在门口迎住我，眉开眼笑地说："妹妹回来了。"妈妈穿着她厂里的蓝工作服，她到厨房干事情，总是穿着那件衣服，怕油烟气沾在她的衣服上，头上戴着纺织工人戴的帽子，也是怕油气的意思。

我"哼"了一声，把塑料袋里的脏衣服和装小菜的瓶子塞到妈妈伸出来的手里，急忙忙地穿过后门的厨房间。楼上的王家姆妈也在她家的煤气灶前面忙着，她和妈妈一样的打扮，别提有多难看，手上还戴着医院手术间弄出来的橡皮手套，那是为了保护自己的手。这是一间要多腐朽，就有多腐朽的厨房间。妈妈在我身后对王家姆妈说："妹妹人大了，不高兴多说话了，喊人也不叫。真正没有规矩。"

王家姆妈说："小姑娘都是这样的，过了这一向，就

第一章 / 标本

好了。"

我心里生气地说:"瞎讲!"

像我们弄堂里大多数人家的孩子一样,我也是睡长沙发的。白天我的铺盖卷起来,放到爸爸妈妈的大床上。所以我在晚上能听到爸爸妈妈说话。他们是一个单位的,很少说同事的坏话,但他们也从来不请同事到家里来玩,我就听他们说,要离谁谁谁远一点。这就是他们在背后对人的坏话了。有时听着他们轻轻地说话,然后睡着了。进了护士学校,听到医院产房的孩子被粗心护士掉错包的事,有时我也心里想,也许我根本不是他们生的,怎么我的心里常常会有那么多恶毒的念头呢?我一点也不像他们。他们那么本分,而我简直就不像上海人。

有时我想,对衣食住行地活着的厌恶,也许正是因为我的家庭?

我的家住在一条没有特点的弄堂里面,弄门向着一家烟纸店,烟纸店里的两个喇叭的录音机里整天放邓丽君的磁带,第一支歌是《甜蜜蜜》,弄堂里有一些没有死也并不活的树,长着细小营养不良的树叶,还有一口旧井,怕小孩落井出事,被人用水泥封住了。爸爸和妈妈,是弄堂里最普通的人,在工厂的办公室里做着小小心心的职员,穿着不便宜也不贵的四季衣服。大家上班的时候,他们去上班,大家下班的时候,他们也陆续回到家里,大家睡觉的时候,他们肯定也躺在大床上了。他们说一会儿琐细的事情,然后睡觉。

爸爸有长相很本分的嘴唇，妈妈有看人很善良的眼睛。我是他们的独生女儿。

然而我为他们感到喘不上气来。

有一天我忍不住问他们："这样活着，不就是一天一天等死吗？"

爸爸和妈妈说："话不好这么说的。"

那天太阳很好，他们在晒毯子，那条澳毛毯子我从小就认识，听说还是爸爸妈妈从爷爷奶奶那里拿来的，外国牌子。由于它的结实和爸爸妈妈的小心保养，它竟丝毫没有坏的意思。我想它甚至可以盖到爸爸去世，然后妈妈去世，然后我也老死。但我一定要恶狠狠地对待那床毯子，让它在我死前用坏掉。

我在心里成百上千次地想，我要过完全不同的生活。有时我向往去做海盗，有时我又向往去做压寨夫人。

我是一个由父母养育、每星期回家吃父母只会在我回家时才买的好菜，但深深憎恨他们的恶毒的人，一个叛徒。但我真的想过，要是我出生在一个大资本家的家庭，或者大官的家，甚至一个大流氓的家，都会有不同的生活吧。

星期天早早吃晚饭，妈就开始催我天黑前返校，免得在路上有意外。可我倒真希望在返校路上能碰上流氓或者抢劫什么的，然而没有，遗憾。

回到学校，天上仍有很明亮的暮色，透过大钟后的树

第一章 / 标本

木，能看见跑道上星期六画的白粉线泛出的微光。返校的大队人马还没来，整个学校都安安静静的。

这安静突然让我难过起来。

我去坐在秋千上面，慢慢荡着，听黄昏中生锈的铁索链在我头顶上格格地响。

只隔了一夜，星期六还没有花朵的夹竹桃突然开出了成百上千朵粉红的小花朵。秋千后面，变成了充满奇异气味的花墙。我从小就听说夹竹桃有毒，闻了它的花香，人会浑身变绿，然后死掉。但它又十分的美丽。风微凉地拂过我裸露在裙外的膝盖，仿佛一根温柔的手指在摸我。

明亮的暮色里，我看见一栋老式小楼，就在跑道遥遥尽头的围墙外面。本来米黄色的墙现在已分不出颜色来。那里有个红瓦的尖顶，尖顶上有扇窗，窗里亮着灯，窗的上方还有一根长方的烟囱，想必是接壁炉用的。那窗里住着一对爱吵架的夫妻，我常见他们在窗口破口大骂，只是今天很安适似的，风吹着那窗里的薄窗帘。

烟囱上有两只鸽子，灰色的。最初我不明白它们在干什么，它们紧紧挨着，后来突然一下子明白过来，它们在亲嘴。

鸽子在暮色里相亲相爱。

这时我突然就明白了，也决定了。

隔着操场，宿舍的灯一盏盏黄黄地亮起来，灯下渐渐传来同学们的欢声笑语。寄宿的女生有时很奇怪，分离令她们喜欢，相聚又令她们喜欢。不知道哪一扇窗是英文老师的，我敢肯定他没有回来，我伏在操场的暗处，双目炯炯地看每个进宿舍楼的人，像只野猫。只有家庭幸福的人才会在星期天晚上恋家，不肯早返校，对这点我没有体会。然而他不应该这样，这样我怎么办呢？我已无法忍耐。

夜晚的树木渗出极其清新的凉气，突出在外的膝盖变得冰凉，但我的面颊却在熊熊燃烧。

终于，英文老师高而微驼的身影出现了。他走得很慢，很犹豫，很疲劳。经过我的宿舍门口好像就要停下来，他抬头望了望那些敞开的窗户。他拿着一卷单人床的席子，看到只能容一个人睡的凉席，我突然很兴奋和安慰，这就对了。

他一步一步走向教师宿舍的台阶。我从秋千架上一跃而下，在铁索嗒嗒声里向就要走进红门的英文老师奔去。英文老师在台阶上停住脚，吃惊地向后面看。当看清是我，他转过身，在树的黑影里迎住我。

我看见他的眼睛那样的惊喜，那样的温柔，我紧张得从肠子里打出一串一串很凉很深的哆嗦。

我说："我爱你。"

我紧握住双拳，听到自己的声音营营地响，就像从遥远地方传来的音乐，我听着，但不知其意。只见他的眼睛突然睁大，脸像被一盏灯照亮了一般，但我一时却不明白他为什么变成这样。

"我是说，我爱你。"我嘟囔了一句。英文老师仍旧愣怔

第一章 / 标本

着,一手紧捉住他的单人凉席。我觉得应该向他证明,于是便抬手去拉他的手,我的手掌仿佛锈住了一般,一动,每个关节都吱吱嘎嘎地响。好在很快就摸索到了他的手。他的手与我一样冰凉而且潮湿。

他推开我的手。

我以为他不明白,便将手重新塞到他的手里,他却又次将我的手甩开,并哑起嗓子说:"不要这样。"

"什么?"我问。

"我已经结过婚了,我很爱我妻子。"他说。

"什么?"我看不懂他脸上疼痛的表情,又问。

他不再说话,只是将我的手小心而坚决地拿开,然后提起他的单人席来,走回到宿舍门口,越过楼梯灯射下的黄色光晕。他消失在很黑的走廊里,走廊里有扇门开了,他在门内射出的灯光里朝我茫然望了一眼,走了进去。

那明亮,但又黯淡的日光灯像刀一样切碎了走廊里的黑暗。一、二、三、四,第五个门。然后,那扇门关上了,走廊里的黑暗又合拢来。

很奇怪的是,从操场走回到宿舍时,走上轻风荡漾的走廊,我竟有了焕然一新的感觉。甚至还跟芬她们吃了很长时间的石榴,石榴是芬带来的,很好吃,很酸。我心里没有书里写的那种被拒绝的悲痛。一点也没有。

早自修时,英文老师浮肿着脸来教室里找我,他说:"跟我到办公室来一次。"

审判我腐蚀已婚男人吗？我头昏昏跟着他走过林荫道，走过解剖实验室，阳光一路在我眼皮和鼻梁上轻盈地跳着舞。他把太太搬来扇我耳光吗？护理课老师在开道德法庭吗？护理课老师也教我们政治课，但上课时她不怎么教政治，更多的是点着我们每个人说"你们小姑娘"要怎么守道德。我对她干瘪的黄瓜脸真是又恨又怕。直到走进他的办公室，我才发现办公室里一个人也没有。那一刹那，我竟有些没有了用武之地的失重感。

他几乎是耳语一般地问："为什么不把卷子写完？"

我没说话。

他拿出我的考卷说："在这里写完吧，我要登记分数了。"

我看看他，他看着地。我拉过把椅子打算坐下来，他却又说："你坐那儿吧。"他指指屋角他的桌子。

我过去坐好，桌玻璃刚擦干净，还留着湿抹布的水渍。在他把我没写完的考卷递给我之前，我还看到玻璃下压着张万宝路广告，那是个十分年轻、十分英俊、十分自豪的男人，我心里掠过一丝疑问，没想到英文老师喜欢这个。然后我想到，那个男人长得有一点像老师。

他们是同一种类型的。

拿到卷子，我还是什么也写不出来。没有什么比这个更令我羞愧的了。其实有人说女孩恋爱会影响学业，这种说法未免太不在行。恋爱中的女孩，最不肯示弱。如果在所爱的人面前藏乖出丑，那才算得上是真正的痛彻肝肠。而对着空白的卷子，就像露出自己不洁的身体。

英文老师在我身后的椅上坐下，趁低头写字的工夫，我斜过眼睛去看他，他正望着我的背脊，眼睛温柔地一开一合，就像一双手。昨晚的事立刻像火中加了氧，呼地一下燃烧起来。我努力想写出笔下的 P·M 该填上午还是下午，但脑里早乱成一团，忽然又看到桌上有本早已翻开的书，是我们的英文书，那一页正好是所有英汉对照的生词表。上面就有卷子上考的所有生词。我意识到英文老师的苦心，可我坚决转开眼睛。

仿佛曾经想忍住，但剧烈的抽泣滔滔而来，当听到我嘴里突然发出了响亮的呜咽，我自己也吓了一跳。

英文老师惊慌的脸在迷蒙中一晃，接下来有双手在我胳膊上迟疑了一下，最终推了推我，说：“不要这样，不要这样。”

眼泪滚滚，扑扑有声地打在我的碎花衬衣上，衬衣很快就湿了，很凉地贴在我的皮肤上。

英文老师突然伏倒在我肩上，然后脸上出现了一种坚毅的表情，就像不会水的人第一次向深水区跳下去的那种。他将头从我肩上滑下，贴在泪湿的地方，急急地说：“太纯洁了，这种眼泪，我担当不起。我不配。”

他头发上有股隔宿的枕巾气味，我还看见他的头发里有很重的头屑，像水面上浮沉的脏纸一样。我赶紧闭上眼睛，但我的身体却紧紧贴在他的脸上。

突然有钟声缓缓漂上来,他惊得一跳抬起头来,脸上红一块白一块的。

早自修下课了。

周而复始的星期一又开始了。

第二节课发英文测验卷子时,我竟然得了一百分,那一小部分我没写出来的单词,都用与我的铅笔一样粗细的另一支铅笔填好,只有我才能分辨出来另一个人笔迹中小心模仿造成的轻微颤抖。整个一节护理课,小个子的护理老师在梯形教室里向我们示范如何给危重病人在床上卧位洗澡,我反复看着那张合作完成的考卷,心里好像有只小虫痒刺刺地爬,那是种不开心的奇怪感觉。

我在操场上背解剖课上的人体的二百零六块骨头,我对这解剖图有很大的兴趣。跑道一圈一圈没有尽头,白粉在一块地上画出曲线,因此就给了人无限遥远的感觉。踩着白粉一圈一圈地走,我又开始感到像做梦似的恍惚。初夏的傍晚,暮色像下雾一样地下着。

这时有扇黑着的窗眨了眨眼,呼地大放光明。一、二、三、四,是第五扇窗。我站下,望着那扇窗,只听得心好像被吵醒的孩子一样,爆发出一阵大吵大闹。我不能按捺那急不可待要证明什么的激动心情,就向宿舍的红门走去。

走廊里很黑,一楼是护士学校极少数男老师和教工的宿

第一章 / 标本

舍，所以，在黑暗中往前走的时候，我闻到了不能表达的奇特气味。我想，也可能这种略有浑浊的气味，就是解剖课上所说到的雄性激素分泌的气味。说实话，它令人激动，但并不令人愉快。

我敲开门，门里站着他，在惨白的日光灯下，他莫名其妙地比我印象里矮胖了。我第一眼竟看到他稀软的头发，头皮微微黄着。他无声地动了动嘴唇，侧过身子将我让进去。踩进那扇门的片刻，我突然后悔了。为了赶走这种情感，我将手伸向他，他迟疑了一下，握了握我的手，又赶紧松开，好像我烫到了他的手一样。

我在他床上坐下，他退到一张椅子上。仿佛是我打上门来，应该由我先说些什么，但我却张口结舌。那一刻我暗想最好这是在梦里，做梦中的生活最愉快，因为经常可以不计后果，做到了噩梦，醒来就好了。

他终于找到了一句话说："没有上夜自修吗？"

"没，今天别的小组到解剖实验室去复习，我们轮空。"

"一定能考好吧？你是个聪明女孩。"他突然深深地看了我一眼，轻柔地说。他脸上突然又出现了在秋千架下仰望我时衷心赞美的神情，这样，他又恢复了甜蜜和忧伤。

"你幸福吗？"我问他。我知道这很坏很蠢。由我这样的身份来问，是坏；在这样渐渐美丽起来的时刻，问一个声称过"很爱妻子"的男人，是蠢；但对我来说，比得到英文老师的爱情更重要的，是知道他的生活是否幸福。

他在椅上拧动了一下,然后说:"我不知道什么是幸福。"他又停下来想,想了又想,然后说,"应该说我曾经幸福过的,按照那时候对幸福的想象。"

我说:"现在呢?"

"现在感到疲倦了,老是重复了又重复,人就疲倦了,幸福也慢慢地变了。"他说。他的脸慢慢地悲伤起来,"不过,这谁也不能怪,只怪生活原来不是那么有意思的,和年轻时候的想象太不一样了。"他的眼睛温和地望着我,"你还年轻,不要知道这些不高兴的事,也许你可以过不同的生活,不像我。"

"所以,我爱你。"我说。

他左边脸上的肌肉抽搐了一下,眼睛用力看住我,好像要冲破心里最后一把锁。我耳边掠过一阵轰鸣,呼吸紧上来。可他又飞快转过眼睛去看窗户,窗帘半遮半开,蓝色的布,和解剖实验室用的一样。有根日光灯管通体发光。他又坚决缩回到木椅中,用他的后背紧紧抵住椅子背,远远望着我说:"你听过青鸟的故事吗?"

我摇摇头。心里对自己刚才的亢奋心情很羞愧,也对他的退缩很失望。

他说:"我大学一年级读到这个童话,早先我在中文系,真能算得上是高材生,总考五分的。我读完了古今中外大部分名著,仍然最喜欢它。这个故事说,几个孩子听说有种小鸟是青色的,非常美丽,找到了它,就找到了幸福。于是

第一章 / 标本

他们就离开家，去找那只青鸟。他们在找青鸟的路上，经历了许多次艰险，最终还是找到了它。它原来是一只看上去很小，而且很普通的小鸟。你知道，它很可能就是一个对人生的寓言：幸福本身就是只不出色的小鸟。是我们把它想得太漂亮了。"

"这个童话里，充满了温柔的悲凉，或者说悲哀的温柔。"说着他抬起眼睛温情地注视我，"等你长大了，就知道这种悲哀了。"

我一直看着他的眼睛，他的眼睛大约在年轻时是十分精神而且锐利的，那长圆而且有力的眼眶至今充满了浪漫故事的遗迹，但那些浮肿和皱纹已将它们远远地推到过去之中。

现在它们累了，柔和了，或者说黯淡了。

我问："你信这个故事吗？"

他说："我也不愿信。可我喜欢这个故事，你知道，岁月会把一切年轻时喜欢的东西和喜欢的人统统带走。我这一辈子，只有这一件丝毫没变化。"

"所以我爱你。"我说。

他这次没再躲避我，他热切而苦楚地看住我，讲故事时那种默默的神态像一张薄纸，被没有捂住的烈焰渐渐烧掉。他一耸站了起来，仿佛有片刻的手足失措，紧接着又痛苦地看我一眼，轻声说："为什么找到我！为什么要找到我！"他嘟囔着扑过去关掉灯，当黑暗突然盖过来的同时，他也紧紧地将我捉住，咚地将头撞在我肩上。他好像把整个身体全倚靠在我身上，我只得收起想象中该昏过去的娇弱，拼命扶住他。仿佛已过了好久，他抬起头，用嘴唇轻轻摩挲我头发，我能感到他嘴唇上的热。我睁开眼睛，在黑暗中，他的眼睛闪闪发光，他感觉到我的眼光，他俯下脸来，用很烫的嘴唇把我眼睛重新合上，然后在我脸上轻轻地亲吻，他甚至屏住了呼吸，好像在闻一朵花似的吸着气。

我只是把手紧抓住他的衬衣前襟，他衬衣软软的布，提醒我这并不是在黎明前没有逻辑的梦，而是真实的，他的嘴唇有许多次滑过我的嘴唇，但却一次也没有停留。当我迎上去，他把头一侧，紧贴住我的脸，断续地说：

"我已经没有像你一样纯洁的嘴唇给你了，我不能要你这份。你是我的小仙女，你住在天上。"

说着，他伏下脸去，紧抱住我的膝盖，我一开始并不知道他要干什么，等发现他将嘴唇和脸贴到我穿了细带凉鞋的脚背上，我的脚触电一样向后缩。我跪下去，把嘴唇按在他嘴唇上。在此之前，曾在电视和电影上看过无数次被描绘得心醉神迷的亲吻，但从未有过这样的机会。

我并不知道怎样去吻，但那一刻，有出自内心的感动和拼劲，我想这两种感情在心里喷薄而出，大概就叫做，爱。我把整个脸迎面贴到他脸上，他的嘴唇捉住了我的。仿佛在我们紧贴的发硬的嘴唇之间突然多了一个温热的灵活的东西，从我的嘴唇缝里钻了进来。我心头一惊，向后一躲，他原来把舌头伸出来了！那多脏啊！

第一章 / 标本

他将头垂到我肩膀后面说:"我不敢相信,你救了我,救了我,我好像又活过来了。"

"是不是为了掩饰刚才可怕的举止而说的呢?"我想。

我闭住眼睛,闭住嘴,抽空把嘴唇上湿湿的东西擦在他衬衣上。口腔里好像有无数异体的细菌在飞快滋长,嘴里滋生出难闻的气味了。我想,今晚回去只好拿牙刷刷舌头了。

离开时他说,考试期间他就不再打扰我了,我该好好考试做乖孩子。到夏天放暑假,我们再好好聚聚。在他的话音里,我感觉到某种暧昧的东西。它使我联想到床。

走到门口,他帮我开门时,我们又拥抱在一起,他突然变得像父亲一样,来吻我的额头。但我从他身体的一耸中觉察到,他是踮了脚的,他并不比我高多少,甚至他的胸膛也远不像我想象的那样宽厚舒适。他低声说:"你是我的小仙女。"那温柔赞美的语调给了我很大的安慰。

怀着这样的安慰,我度过了初恋的第一个夜晚。一个睡得很好的夜晚,没有失眠。

接下来,就是我们第一学期的考试复习。第一学期大考的科目很多,最大工作量的,就是解剖。几乎所有人体的结构都要背,神经怎样从脊柱里分散出来,怎样从末梢一路传导到下丘脑,在那里换了鞋,再进入脑叶,等等,等等,等等。我并不害怕背诵,而且很喜欢独自占用教室里骨髓标本复习,每块,每条,每根,都可以触摸,可以检查它的形状，被肌肉和皮肤裹住的身体再也不是神秘奇妙的了。

人对自己的身体原本是最不了解的，在背诵所有这些的时候，我常常惊异于自己身体的内部结构。这样精细完美，一定是上帝造出来的。有时我想，上帝他费那么大的事造人出来干什么呢？总不见得造出来就算了。我并不信教，我们说的上帝只是一个代名词，用来代替那些我们能感觉到，但却无法命名的事物，它在我们看不见的地方创造着或者毁灭着我们。

在我的心里，上帝造出这样精致复杂的人来，是为了让人过上不平凡的生活。

有个中午，我突然发觉原本总怕记不住的二百零六块骨头已在我脑里清晰地出现了。即使在最热的中午，我都没午睡的习惯。我仍旧去了教室。

无人的教室里，那具骷髅架了在铁钩上面对我而立，像久久等待我到来的约定的熟人。护士学校的每间教室里都在铁架后挂着这么一副骨头齐全的骷髅骨架，是解剖课的教具。

我脱下刚发给我们的护士服、护士帽，给它穿戴起来，它用羊肠线或者尼龙线串起来的关节伸展自如，一动，却发出枯骨的咯咯声音。那骷髅的眼眶大而深陷，骨头上能看到视神经和动静脉穿过的光滑的小孔。颧骨高而口腔巨大，那是因为软骨都已经腐烂了。所以脸上本来柔和的部位被夸大了。这样看上去，它总像在十分欢快地笑着。

第一章 / 标本

穿戴整齐后，我将它背转向我，它变成了一个高大而且差不多是丰满的护校同伴。如果再以血肉加以补充的话，它应该是个高大的女孩，平平的肩，可以做时装模特儿。我突然想到，也许过好多年，我死了以后，我的骨架子也被一个护士学校拿去做了骨骼标本，也会有一个活得无聊的女孩，在中午时把自己的护士服给我穿上。那时有谁知道我今天壮丽的恋爱？有谁知道我那么怕什么也没经历，人就老了！死了！

差不多有整整一星期，怀抱着一个共同的秘密，我和他在食堂里、早锻炼的操场上、教室里、睡前惯常的胡思乱想里，到处、到处，隔着众多同学的身影对望。他越来越温柔、越来越露骨、越来越崇拜地拿目光追随我；我越来越热切、越来越沉醉、越来越优越地与一切抢夺他的视线。有时，甚至，我能感到我们的目光在空中交融，目光的小人在半空中汇合，紧抱在一起跳舞。

我每天早晨都抢最靠窗的那个水龙头洗脸，我傍晚去洗衣服时也只穿一件内衣，在水龙头那里放声高歌，我想象着他在窗前望着我，渴望着我。

星期一早晨像天气预报说的一样，突然热起来了。大家纷纷从放在枕头旁的衣服包里翻出散发去年夏天气味的衣裙来穿。终于露出捂得雪白的胳膊、膝盖和脚踝。光着的腿在布裙里互相碰着，感觉到从地面浮上来的暖风，那时的暖风像有人在轻轻摸我一样，全身心都觉得舒服。

到了傍晚，温凉的空气让人感到有一点怅然，到底那只是风，而不是一个真的人。晚霞使我渴望重复那天晚上的事。我不敢去宿舍找他，只是在林荫道上装作背书的样子徘徊再三。希望他能看到穿短裙的我。

到处都没有他，没有他那赞美的眼神，生活分明无聊极了。但在这样不动声色的黄昏里，这些努力创造出来的不同变得像一堆破布里的一小块绸缎，几近被淹没。我有种将破灭的预感，它使我很不舒服。到后来，我已经不像在散步，而像一只过独木桥的羊那样胆战心惊地走着。

在紧闭的灰木大门旁边，我看到那口钟。沉重的钟绳正在晚风里轻轻摇荡。门房老头用煤炉蒸一碗蛋，锅里扑扑响着。

那口钟像老师一样沉默。

我走过去，轻拉一下钟绳，钟嗡地一声，好像一声不能言明但又不得不发的轻号。如果他有灵气，一定能听到我寄托其中的焦急。

回到操场，谁也没有。操场那面的黄烟囱上光秃秃的，没有吵架的夫妻，窗台上晾着家常碎花睡裤。也没有鸽子。头顶上的秋千铁索咯啷咯啷地响。

这时果然看到了他。他趿着硬塑料的黑拖鞋，从操场那头的浴室里走出来。洗湿的头发直直披在脑门上，一点也没有鬈曲飞扬的意思。

他一路走，一路抓住翠绿的肥皂盒和拧成一团的毛巾，

第一章 / 标本

拿另一只手挖耳朵。也许他挖出些被水浸湿的耳屎,很响地弹着指甲缝里的小团脏东西。

我仿佛看到一池浮着肥皂泡沫的脏水。

他走近来,我跳下秋千,不知是要迎上去,还是想躲开。从摇荡的秋千上突然落到坚硬的地面上,我有种迎面撞上了什么的惊痛。

听到哗啦啦的铁索声,他朝我这边抬起头。他看到我,喜出望外地站下。他穿了一条旧西装短裤,腿很粗壮,如一个成熟的、年轻的、喜好运动的男人。我排除了所有想法迎上去。

我们一起走进黑暗的走廊,在黑暗中,他向我伸过手来,捞到我的胳膊,又摸摸索索抓住我的手,紧握了一下。他打开门,把我轻拉进去。一关上门,他就扑上来搂住我肩膀,并说:"想死我了。"

而我忽然闻到了一股没洗净的药水肥皂气味,特别潮湿地从他头发里漫出来,我的膝盖碰到他的腿,毛茸茸,痒刺刺的,是他又硬又粗的汗毛。我把头偏开,而他的脸却追过来贴在我脸上,药水肥皂的气味里又添了中年男子嘴中重重的人味。我终于忍无可忍,挣脱开来。他愣怔着松开手,在惨淡的窗外灯光照耀下看他,我此刻真巴望自己是在梦里,我竟找到了一个用药水肥皂洗澡、穿黑塑料拖鞋的白马王子,天!

我无法形容在那间黑灯的屋里,心里有怎样的一种失望。就像小时候,拿积木搭一栋五彩的大楼,越搭越高,越来越显示出它的奇特,就在这时,哗啦啦坍塌下来,只听得积木互相碰撞的窸窣声。

他站了一会儿,去拿出一个小录音机,故意欢快地搓搓脸说:"我请你听音乐好吗?"

"好的。"我也拼命使自己表现得高兴。

他拿出盒花花绿绿的磁带,照片上面是眼圈涂得像皮蛋、表情像母野鸡的歌手。她的眼睛分得很开,我总在想,她会不会有先天智能低下,解剖书上称这种脸是蒙古脸。不一会儿,歌声响起来,五音不全而感情做作。而他却说:"很好的节奏,很忧伤,对吧?"

完全不搭界。一点也不忧伤,也没有好的节奏。他像白痴一样,还要装年轻,装懂得流行乐,装腔。

"很恶心。"我说,终于畅快地吐出一口气。

他扫了我一眼,不说话了。

做作的歌声继续毒化我们的空气,这喜欢皮蛋眼睛歌女的白马王子!

"关掉。"我说。

他又看了我一眼,伸手关掉录音机。

黑暗压下来,什么声音也没有,什么举动也没有。

他慢慢将手搭在我肩上,轻声问:"考试压力大吧,没睡好?"

我忍耐了好久,才没把他的手拂下去。我站起来,让他

第一章 / 标本

的手自动落下去,我说:"我要走了。"

他送我到门口,絮絮叨叨地从抽屉里翻出一只旧铁听,费劲地撬开盖,拿出个旧信封,倒出些茶叶放进信封里,塞到我手里。他说:"天气干燥,你拿着回去泡茶喝。晚上别喝太多,起夜了就睡不好了。可以喝浓点,"他顿了顿,"也许你还年轻,茶没什么关系。"他的脸在外面射来的灯光里更显得浮肿而且方短,他掩盖不了那中年人的局促。

我不能控制在心里疯狂生长起来的被骗的愤怒。一点也不能。

走出他房间,我又回过头来,把茶叶放在门口放热水瓶的凳子上,说:"我不喜欢喝茶,大人才喝茶。"

回到宿舍里,大家都在叫背书背得头昏,我说:"那还不如去洗澡。"

大家都说好。灯下面一张张昏昏欲睡的脸即刻显出精神来。洗澡时我仔细擦洗身体,被他搂抱过的地方处处感到滑腻腻的,只好一遍遍地借来芬的丝瓜筋擦洗,拧大热水管冲烫。慢慢的,我能感到,皮肤像被揉过的皮子一样变得又软又薄了。刚开始被丝瓜筋擦得发麻和疼痛的感觉已经没有了,只觉得爽,觉得又把自己洗干净了,心里舒服。本来我见芬用丝瓜筋擦身体,自己从来没做过,觉得会很疼,但这一次我知道,那真是干净。干净的感觉很好。

芬的脸和半个很白的肩膀突然从蒸汽中露出来,她吃惊地看着我的身体嚷叫:"你要死啦。"

我的胸前一片血红。

我上学的时候，护士学校还是合食制，一个小组一张桌子，大家轮流值日，整个一星期全是我值日。同学们坐在一个个小组的桌上，值日生把热腾腾的稀饭端出来，放到桌子上。很像在幼儿园吃饭的时候。英文老师的桌子在离领饭窗口最近的地方，他就坐在那张桌上。他眼睛曲里拐弯地滑过我的身体我的脸，伺机向我微笑。而我总是在他准备微笑的时候马上看别的地方。但几次以后，这种游戏也使我厌烦起来，我不再看他。

本来想等他吃完再过去，可他莫名其妙地拿了一把叉捞稀饭吃，要多慢有多慢。邻桌的值日生去窗口打来甜包子，那一桌喜欢吃甜的人都欢呼起来。我的桌上的人个个露出馋相。芬直叫："你干什么啦？你孵小鸡啦？"我只好收齐餐票往那边走，路过老师餐桌时，乖乖地打招呼，像所有温顺而且腼腆的女学生一样。他也终于得到了我的笑，他的眼睛在浮肿的皮肤里可怜地闪着温柔的光，我头皮一麻，走过去了才大松一口气。

靠在窗口，等饭师傅点包子的那会儿，又想起他那眼光，一个大人，到了这步田地，好像我也太恶毒了一点。我决定在返回的路上再对他笑一下。

我刚拿定主意，只觉得有人小心翼翼靠近过来，说："王师傅，再给添一两。"

有令人恶心的药水肥皂气味。

第一章 / 标本

于是我们就以学校食堂里最自然的方式站在一块了。

他低声问:"我有什么地方得罪你了吗?"

我背着脸不说话,无法解释,总之不是得罪不得罪的问题。

"能到我办公室来一次吗?"

我回头看着他直冒汗的鼻子,断然说:"不能。"那时我发现,尖尖的男人鼻子有时看上去多么可怜!

他像被击了一掌,木然看住我,这时饭师傅把满满一盆包子礅到窗台上,我连忙把餐票塞到饭师傅又厚又红的油手里,特别恭敬地向他点头道别,然后捧着包子走回来。人家埋头吃了好一会儿,芬才点头笑道:"英文先生很欢喜你呢。"

"你不要吓我。"我瞪起眼睛。

我们一桌女孩忍不住去看老师的餐桌。他隔着好几张桌子,喝一碗好烫的稀饭,仍旧在看我。看到我们集体看他,他突地一惊,埋下眼睛,又很快抬起眼睛,像所有的老师一样,温厚而矜持地回应我们的注视。他真虚伪,真胆小。像所有的大人一样皮厚。

他离一个浪漫故事实在相差太远了。

那时我并没有学会遗憾,这是种大人才有的感情。我只是愤怒,怒火中烧。

下午第一节解剖的总复习课,老师让我们去解剖实验室上。太阳照耀下的树和树下的野草散发出刺鼻的树香,我们在一楼走廊里集中等老师拿钥匙开门。在强烈日光反射下，教室的红门显得格外陈旧。平时，这里一直锁得很严实，不知为什么那天傍晚会没有人，却开着门。

老师拿着沉重的生铁钥匙咯啦咯啦开门，不见阳光的底楼所特有的阴湿和着福尔马林气味像水一样漫出来。同学们都止住了嬉笑，脸色呆板地看着呈现眼前的蓝莹莹的屋子，死亡的屋子，到处都泡着肢解的尸体。窗子上挂着蓝布窗帘，那是跟老师宿舍里一模一样的窗帘，然后我看到了鼻咽部的标本，它在老地方。

屋里的空气都是沉甸甸的，同学们走来走去，或蹲下来，短裙和长裙拂来拂去，很好看的样子。在没有阳光又充满福尔马林气味的屋里，也像一些在药水里浮动的人体。在这些死亡了而且被切成一块块的人体中间，最烦躁的我，最精明的芬，都老实下来。

我忍不住走过去看鼻咽标本，我和它真是有缘分，但是，那缘分里面阴沉沉的。鼻咽部是人身体里最隐秘的部位之一，那么难把它指出来，更摸不到。但它，却长得像大寨山上的梯田一样。"奇怪。"我心里响起老师的声音。老师的声音真的是诚恳而温和的声音，他说出来的是我的心里话。"奇怪。"芬突然走过来，点着鼻咽标本说："这是个枪毙鬼！"

顺着她的手指看去，果然发现了太阳穴上有个花生米大小的孔，那里面的肌肉丝丝缕缕的，很像破布条子。

第一章 / 标本

有人惊叹:"难怪他家的人肯把他的头锯成两半!"

又有人说:"这么老的人不知犯了什么罪,怕是反革命吧?"

有谁知道他活着时做了什么惊世骇俗、十恶不赦的事呢?无法知道。

那个鼻咽标本脸上的花白胡子,总使我感到它沉默的大波大澜的一生。多少个标本都是从出生到死亡。作为学习过解剖学的人,清楚生和死的过程,但人们顺应着肌体从始到终的路线,去经历怎样的案情,却是不清楚的。死亡把生命突然就拦断了,就什么都没有了。

这些零星混乱,但却很强烈的发现,使我总无法静心温习解剖学。我感到更烦躁,就跑了出去。外面阳光灿烂耀目,充满夏天爽朗的气息,门房老头正慢腾腾地拿起钟绳,打算撞钟下课。

解剖老师探出头来,叫我到她办公桌上再拿些复习纸下来,她拿少了,不够分的。

我经过他办公室时,尽量放轻脚步,可还是忍不住往里看了一眼。他站在窗前,正抚摸那把我坐过的椅子的椅背,微微弓着背,我心头突然一阵欢喜:幸好那天我并没靠在椅背上,他摸也是白摸。

他惊醒似的回头,猝不及防地看到我,脸上顿时惊喜地一松,张开嘴。我慌忙逃过他的门口,拿上复习纸,从另一边楼梯逃之夭夭。

如果说少女是女人一生中最残酷的时期，我很同意。

　　第二节课是英文总复习。这次大考以后，医用英文就结业了。打预备铃时，我心里烦躁极了，忍不住在椅上扭动身体，大腿的皮肤搓在椅面上，叽叽地响。林小育偏着身体看我，她是个很迟钝的女孩子，什么也不懂，我们班上的同学都叫她"宝宝"。英文老师走进来，目光游离地看我，只有我一个人看出，他的头发整理过，稀薄的头发被吹风机烘托起来，像蚕宝宝结的茧。他以为这样好些，其实这样更老，更衰，更让我恨他，在心里叫他老妖怪。他仍旧和平时一样，在黑板上写下不流畅的英文。他不是那个怪兽，他永远也变不成英俊的王子。

　　在我们抄复习范围时，他好几次在我旁边走动，我知道他想要什么，可我就是不看他。他小腿上有些蜕皮，只有油脂缺乏，又常用腐蚀性肥皂刺激皮肤的人才会这样。那就是药水肥皂的成功之处。那天是我抄写空前端正认真的一天，几乎后来连我自己都相信，我是因为用功而忽视了焦急不安的他。那天我发现自己能写一手好字。

　　他不走动了，靠在窗台上，就站在那架骨骼标本旁边。窗外的高大梧桐正在落籽，一球球褐色的悬铃散落成无数根细小金黄的飞絮，随风到处飞舞。他背着阳光，脸变成了一块模糊不清的阴影，他似乎对那个穿过我衣裳的微笑的骨骼标本发呆。不知他是否也看到它的奇怪微笑。它在笑他不甘心老呢。他沉默地埋着身体看它，阳光必定也照暖了它硬而

第一章 / 标本

光滑的骨头。他的模样使我想到解剖实验室的那个傍晚。为什么夏天的傍晚总会发生些故事呢？如果没有那个傍晚，以后的一切事情都不会发生，一切都不会令我恶心了。想到他曾和我有过的共鸣，我猜想他是故意设下的一个陷阱，几经情场的中年人，轻松地就能骗过我，否则他怎能赢得我？初恋是最不容易的一件事了。

他的腮帮随着嘴角一起挂了下来，看上去多么乏味！我连忙闭上眼睛转过头，看电影时，看到杀人或者吓人的镜头时，我总是这样做的。

芬在前排大声说："先生，那个字拼错了。"

他惊醒似的弹起身体："什么？"

"第一排倒数第三个词拼错了。"芬指着黑板说。正好有束阳光射到她手指上，手指甲闪闪发光，她一定又偷偷涂了指甲油，我在她铅笔盒里见到过一小瓶指甲油，老师不让涂，她说是用来封丝袜抽丝的地方的。她明亮的大眼睛笑笑地瞥着老师，她就是这种四处想电人的女孩。最好每个男人都爱她。

他四下看看，说："让我查查字典。"说着，他走下来，越过芬到我桌边，"借字典给我用一下好吗？"

我看着他说不出拒绝的话，等他把我的字典拿到手里，我动了一下，仿佛抗拒一般。这时，昨晚丝瓜筋搓伤的那块皮肤在衣裳下面通了电一样，热热地跳动起来。老师那双指甲极短，仿佛是用牙齿啃干净的手，使我想到口腔的气味。

他翻了许久才找到，到黑板上改正了，并谢了芬。讲台下面一片怨声。大家都在本子上改正。芬借机半埋怨半撒娇地央告他缩小范围。他看看我说："等下节课吧。你们总该复习一下教过的内容。到工作时都用得上，特别是想考外宾病房的同学。"但是他迟疑片刻，还是举起黑板擦，擦掉了几个词。他从来就是经不起同学撒娇的。大家都笑嘻嘻地在本子上划掉。我独自昂着头，不看他，也不划本子上的单词。

我的字典就这样被他握在手上，然后，又被他轻放到一堆复习纸里，迅速往里一塞。

我恨极了。

我说："我有问题。"

他突然吃了一惊，脸上不自然起来。我发现中年男子的脸是不会显出红晕来的。应该脸红的时候，它便显出肿胀起来的不自然。他彷徨地沉默了一会儿，半窘半悔地说："什么？"

"你没还我字典。"我揭穿他。我微微笑着盯住他。最后还是没忍住，在他把字典递还给我时又说："省得你又在什么时候叫我到办公室去拿。"

那节英文课实在很长！以后的几十分钟，他在我们抄复习范围时，只是躲在讲台那儿的阴影里，头微微向前冲，神情寥落中含着隐痛。是我击痛了他。那时我深恨他，因为他破坏了我寄托在他身上的少女征途中的全部幻想。那幻想

第一章 / 标本

的破裂,也是很疼的。痛击他的快活减轻了我自己的疼痛与失望。当把愤怒集中在一个具体的人身上时,愤怒就变成动力。

青黄色的阳光中传来钟声,钟声安然地响,就像一排排白浪,漫不经心地抹净弄乱了的沙滩,宣布一个新的开始,或者一个新的结束。

晚饭时候,发现他在他的桌上默默看我,等我注意到时,他却掉开眼睛不看了。大家交流家里带来的菜。芬带来清蒸带鱼,大家都争着吃。鱼刺扎在牙缝里,我转身背着大家拔时,正张大了嘴,又看到他的目光。被自己所憎恨的人看到不美丽不超俗的仪态,更让人恼怒。我白他一眼,可他在我表示之前,就掉开了眼睛。

他仍然拿了那把慢吞吞很可恨的叉子捞饭粒。他面前也有一个玻璃瓶,里面盛着五颜六色的小菜,大约是素什锦之类。

吃着妻子的炒菜偷偷的白马王子!我愤愤不平地想,到底要不要脸啊!

吃完饭去洗碗,又看见他默默地看我。我拿着盛满热水的脏碗,真想挥手向他泼过去。看什么!有什么好看!看你抚摸亲吻弄脏过的脸吗?我气得笑起来。他一定弄错了我的意思,他欣喜地慢慢从桌旁站起来,拿起吃到一半的饭碗,装作也来洗碗,走过来。我突然起了念头,我说:"夜自修以后,到教室里等我。"

他努力不被人察觉地，如释重负地点了点头。说实话，他的眼睛仍旧很温柔很赞美，把我当成他的小仙女，但我已经改变，我只想举刀断水，割掉那用芬的丝瓜筋都洗不干净的东西。

整个一个夜自修，我都无法将后天就要考的解剖神经部分温习进去，图解更是常常出错。我看着在黑板前面排着的骨骼标本，心里十分兴奋。

女孩子考试的态度总是紧张的。为了考得好，并不想活学活用，而宁可选择死背这条路。在中学里，因为男女同校，男生的放松态度冲淡了女孩的一些紧张心情；而在护士学校这样全是女生的地方，一个人开夜车复习，会影响所有知道这事的同学，引起大家的惶恐。复习日越减少，空气越紧张，背书也会越演越烈。在那个晚上，林小育紧张得两眼发光，像野猫一样，我装作背书的模样等待夜自修结束的钟声，但心里全是为自己所有的不愉快大大报复一番的干劲。

夜自修终于结束了。同学们终于从教室回到寝室里去。教学楼灯熄了，连走廊的灯也没留下。隔不远的宿舍里，传出吵嚷和说笑的声音。约定的时候就要到了。

我假装上厕所去，摸回到教室里，走到骨骼标本那儿，明亮的月光照亮了大半个教室，照亮了骷髅脸上的笑容。我拍拍它的骨头，"帮帮忙。"我对它说。我拿出护士服和护士帽，给它穿戴起来。安静的教室里，只有窗外树叶湿润轻微的响动，还有它的关节发出的咯咯声。穿上衣服，它重

第一章 / 标本

又变成了高大丰腴的女孩。我将它面向窗户以后，自己躲到教室后排的桌子底下，那里是全屋最暗的角落，满是干燥的灰尘气味。它肩上也洒满了那多情的人喜欢沐浴的明亮月光，看上去竟是非常的含情脉脉，像在恋爱上受了委屈而站在夜晚月光下伤心的人。

要仔细看衣服下面，才能发现那里两条小腿骨闪着枯骨淡黄的微光。那两条腿很可怕，又僵直又飘忽，很像传说里的鬼。如果用力拍它的肩，那腿一定会晃动起来。

教室里没有声音，教室外也没有声音。甚至连树叶的声音也没有了。我的小便突然急起来，急得我要叫出来。我知道这是太紧张的缘故，站起来轻松一下，就好了，可我不敢站起来。

正在这时，听得教学楼的弹簧门吱地一响，他来了。

脚步声很轻很轻，仿佛腿在哆嗦。

教室里突然变得昏暗，好像风摇动了树，树遮住了月亮，一地闪闪烁烁蠕动不止的月亮，像许多眨着的明亮眼睛。它僵直地立在那里，鬼气森森。我突然害怕起来，伴随着越来越近的脚步声。我意识到我在做遭报应的事。按老法说，就是伤阴德。是它报应，还是他报应？

我要报复的心情烟消云散，只想赶快从桌下出来。可出来干什么？去应他的约会，我能吗？不能。

门被轻轻推开。他苍白着脸走进来。

他站下，好像犹豫了一会儿，向它走去。

他说："我来了。"

他陪它沉默了一会儿，转过头去看它。他抬起手，疑问地碰碰它肩膀。它发出一阵枯骨的咯咯声。他大惊，将它转过来，它在月亮里黑洞洞地微笑。那个笑我都看到了。

它其实是向我和他两个活人微笑的。

我连忙闭紧眼睛。

教室里没有惊天动地的声音。

我再睁开眼睛时，他仍然站在那里，和它并肩望着涂满月光的树叶。他的肩上也有许多月光，背影看上去也含情脉脉。

但他的肩软软地塌了下去。

我终于击疼他了。

看着他的肩膀，我突然发现，也许不光是我一个人感到受辱受骗。他背上的表情是我非常熟悉的。

怎么他也会有和我一样的失望心情呢？

在他身后望着他。在某种意义上说，也是和他一块在月亮地里沉默着。

不知道过了多久，英文老师动了一下，他转头望住身边穿了我衣服的骨骼标本。

英文老师几乎是爱抚地拍了拍我的燕帽，月光下的他，脸上的那种中年人难看的浮肿突然消失了，他重新变得英俊，温柔而且聪明。他的那种聪明，使我想起以前他讲青鸟的故事时的情景。

第一章 / 标本

　　幸福是一只小小的，不起眼的小鸟儿，他告诉过我这一点。

　　英文老师像书里写的真正的男人那样，在第二天早餐厅里平静地向我点头微笑，他的微笑使我感到昨晚上的事几乎是一个幻想，是许多个临睡之前的荒唐故事中的一个，甚至整个夏初的初恋，都是一个只在我的遐想中的故事而已。他有着那样平静的微笑，就像所有的中年男老师对他的漫不经心地教着的女学生的那一种礼貌而心不在焉的微笑，他再也没有跟我多说一句话。

　　这一年的夏天，我考得最好的是解剖学，九十八分，全年级第一名，把解剖老师高兴坏了。考得最差的是护理学，实际操作我拿到一个"良"，还被加上了一个"−"号。护理老师说我身上有种心不在焉的做派，绝不是个好护士的苗子，其实是她讨厌我，她讨厌我这种人。

　　拿着护士学校第一学年的成绩单，和我的初恋故事，我回到了家。

　　好容易静下心来。白天时，爸爸妈妈去上班了，房子里静了下来。楼上王家姆妈家的安徽钟点工在阳台上用洗衣机洗衣服，甩干时，她总是掌握不好，不会把衣服放得平均一些，所以洗衣筒总是咕咚咕咚地响。我躺在竹席上，回想英文老师的微笑，那微笑将我的初恋秘密地埋葬了。

　　现在想起来，真的不能确认，到底我有没有和英文老师之间发生过什么。"小仙女。"他到底这么叫过我吗？想到他，我还是觉得恶心。常常都是这样，我躺在床上胡思乱想，然后就想到英文老师，然后我就猛地坐起来，我得做点什么，因为不愿意再想下去。我不是在电影里面，电影要是演到这里，肯定就转镜头了，女主人公焕然一新地走在淮海路上，要不走在烟纸店旁边也行，反正总有方向。但我这故事不是电影，我得一分一秒地过去。而且我也没有方向。我是个在放暑假的孤独的护校学生，一个人守着一间屋子，那么静的房间，那么多时间，一点也不知道要干什么。

中午时，收音机里的"立体声之友"里可以听到外国的轻音乐，《灯光灿烂的小镇》，用口琴吹出来的，好像一个人在傍晚时到了一个陌生小镇子上，有点孤独的心情，听得心里难过起来。但我也不舍得转台。一支一支地听下去，《爱情是蓝的》《日本男孩》《伦敦的街道》，全是让人难过的曲子，就想害得别人最后难过得哭出来，他们算完成任务了。但我还就是不能哭出来，那种难过，像囫囵吞进一个茶叶蛋那样，直闷在嗓子眼里，上也上不来，下也下不去，是一种尴尬的难过。也许在我心里，我觉得自己没有什么资格像通常恋爱了又失恋了的人那样哭，或者悲伤吧，我是那样勾引了老师，还甩了老师的坏学生，也是个坏女孩吧。我有什么权利独自伤心呢？

但伤心却是控制不住的。

音乐在旁边扇动我心里的那种伤心。我其实很想哭出来。

第一章 / 标本

"立体声之友"里,又报出来一支曲子,《昨日再来》,又是一支让我伤心的曲子。把伤心全都倒翻了。

回想起来,这是我第一次独自面对我失败的初恋,没有同学们,也没有父母,没有老师,也没有街上的人,就是我一个人。英文老师和我们班告别时,脸上深深微笑着,我想起他来,但马上避开了,我不想再看到他的脸。一点也不想。

我努力了半天,以为自己可以过不同的生活,但是,我失败了。我还是得过从前那样无聊的暑假,漫长的暑假。顶大的事情,就是约了中学同学到上海跳水池游游泳。天热的时候,游泳池里挤得到处都是人,一游就踢到别人,或者被别人踢到。所有的不同,只是今年我心里多了一块自己也不想去的地方。

这时候,我忽然闻到一股香味,它打断我。那是让人特别愉快的,亲切的香味道,跟着穿堂风一起进屋里来的,从楼下弥漫上来的,是蒸童子鸡的香味。一定是王家姆妈在蒸童子鸡,每到夏天,她总是蒸童子鸡吃,里面放一些白参的参须,还有两颗红枣,是清补的。我想起来每年暑假,我都能闻到她家蒸鸡的香味道,从小到大,这也是我童年的味道。小时候我真馋,妈妈也从王家姆妈那里学来了怎么蒸童子鸡给我吃。

我从沙发上爬起来,走下楼去。

王家姆妈搬了张红漆的小圆桌放在后门口,小圆桌上放了一只大白花碗，碗里有切成小丁的土豆块，红肠块，菠萝块，还有绿色的青豆和黄瓜丁。她正把削好皮的苹果放在碗里的水中，我想那一定是碗盐水，苹果在盐水里浸过不会发黄。王家姆妈新烫了头发，梳得整整齐齐的，要是她不戴纺织工人的帽子，就好看多了，她的眉毛又拔得细细的了，像那种资产阶级的端庄。

"香死了。"我说。

王家姆妈笑嘻嘻地从小竹椅子上站起来，说："你从小就是这么一句话，前世里一定是个鸡贩子。"

我听得笑起来，她也永远是这么一句话。和从前一样，她从她家有绿纱窗的木碗橱里拿出一只小瓷碗来，从锅里盛了一小碗汤和鸡块，特地找了半只肫肝放在碗里，捧了给我。"喏。"王家姆妈说，"吃点补补。"

"谢谢王家姆妈。"我说。鸡汤真的香，暖暖地沿着食道下去，心里突然松了开来。世界上真的有这么好吃的东西啊，每次喝到这样的鸡汤，都让我不能相信世界上还有这样的美味。

王家姆妈把苹果切得小块小块的，倒在白瓷大碗里。然后，她敲开一个鸡蛋，用小汤匙把蛋黄盛出来，放到另外一个碗里地站起来，把盛蛋清的小碗捧回大碗橱的最下面一层放好。她一直很讲究卫生，生的东西一定放在下层，熟的东西才放到上面一层去。然后，她拿出另外一只盛了色拉油的小碗，放到小红漆桌上，开始做拌色拉用的蛋黄酱了。

第一章 / 标本

"我来做。"我说。

"你们小孩没有耐心做这种事的。"王家姆妈不给我筷子。

"我来试试看嘛。"我伸过手去，一定要做。我从来就是看我家房子里的大人们做，自己却从来没有做过。

王家姆妈将装蛋黄的小碗交到我手里，往蛋黄碗里滴了一点点色拉油，指点我说："记好了从什么方向转圈的，不要正面搅搅，反面搅搅，那样蛋黄酱要㶱掉的哦。"

我说："哦。"

听说蛋黄酱做得好的话，可以粘住搅蛋黄酱的筷子。

"主要是自己做的，卫生，放心，也省。"王家姆妈说。

"但是要花那么多时间。"我说，"一下子就吃掉了，什么也没有了。"

王家姆妈笑起来："只有你这种小姑娘才说傻话呢。你把鸡汤吃到肚子里去，舒服吧？怎么叫什么也没有了。"说着，王家姆妈惊叫一声，轻轻拍了下我的手，"不要正面搅搅，反面搅搅，刚刚讲好的呢。"

那个下午，我一直跟王家姆妈坐在后门，我看她做色拉，烧红烧豇豆，她说那是一味宁波菜，用麻油和盐拌蒸茄子。要是我和她都不说话的时候，就隐隐约约能听见楼上我家的房间里开着的音乐声。还是轻音乐，还是想要让人难过的曲调，隔着这么远，我都能听到。

王家姆妈也听到了，她说："妹妹，要不要上去关掉，又不听。"

我说:"不是我家开的音乐。"

那个暑假,我在我家弄堂后面的马路上找到许多饮食店,可以吃到好吃的东西,像小馄饨、三丝冷面、赤豆刨冰、薄荷糕、南翔小笼包子。我在大太阳顶在头上的中午,也会跑出去找一个地方吃东西,说起来,是不高兴自己烧饭。爸爸妈妈只是警告我不要去脏的店家,怕吃出肝炎来,他们并不制止我,我想要吃,总是他们高兴的事。我一家一家地吃过去,然后再从头吃起。还有一次,走了半个小时,特地跑去淮海路上的沧浪亭吃苏式的面条,面筋香菇面,交头有点甜,好吃极了。

每次吃饱了,我的心情就安定了,好像我的心也饱了一样。

王家姆妈常常叫我去喝她的鸡汤,我没有喝到过比她蒸的更鲜的鸡汤。爸爸特地买了一只鸡来送给王家姆妈,算是邻居间的还礼。王家姆妈轻轻地惊叫一声,拍了一下爸爸的胳膊:"啊唷,朵莱爸爸介客气啊!"

那天我突然发现,王家姆妈干干净净,喜滋滋的脸,除了眉毛细得吓人以外,还是挺好看的。

第二章

果珍

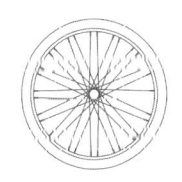

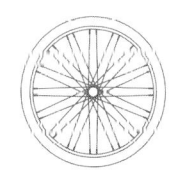

我感到自己像一朵白花,
在绿色的癌病室的背景前,
极慢,
但不能阻挡地伸展自己硕大颀长的骨朵,
又娇嫩、又茁壮。

鱼和它的自行车

～

到了深秋的时候，我去医院做毕业实习。我被分配在九病室，癌病房。

这个病室最初原来是私立医院时的调养楼，所以坐落在医院的花园中央。它算是医院里最独立的病室，所以用来给最重的病人住。大家的概念里，癌症差不多就是等死的意思。病室的房间小而舒适，只是干燥陈旧的绿色墙面，里面像是飘动着一些烟。病人大多数都坐在床上，像等着什么。一路慢慢走过去，总有眼睛看我。那些眼睛像镜子，我从那里照出来自己是个健康无邪的小姑娘，正乖乖地在地板上走，嘴唇很红，脸也很红。

一个护士悄没声地推着一辆白漆小车和我擦肩而过，拐了一个小弯。这时，我发现走廊的另一边，靠阳台那儿，还有一段极短但很暗的凹廊，通向一扇门。门楣上亮着老式的玻璃罩灯。护士进去，用脚勾上门。就在门打开的那一刻，我突然闻到一股捂得很久了的烂苹果味。

阳台上有些旧了的藤条椅，有个又瘦又高的男人坐在椅上，穿着病员的紫袍子。他惊醒了似的看我。他的脸很白，所以头发和眼睛眉毛就分外黑,几乎像孩子。

我的心扑扑地跳了几下,才松松地回到原处。

我想到了英文老师,遥远地在我的脑海里一浮,我的心里扑扑地渴望着。

我在那个男人低沉而惊奇的眼光里面,终于远远地离开了英文老师的阴影。大概有什么事情又要发生了吧!我心花怒放地想。

我把手插进护士服的衣兜里,接着往前走,这样含着胸,背影会很柔和。今天早晨大家都找出各种借口折腾打扮。经过一个暑假,分已经有了男朋友,她只穿了一件毛衣,还叫着热啊热啊,把毛衣脱了。而我,头天晚上就想好了穿薄毛衣,所以就对芬笑得明镜一般。连林小育这样纯洁的人,都在清早就起来,辛辛苦苦在帐子里做好了一个蓬松无比的刘海,不过被医院派来的护理带教老师毫不客气地全都塞到护士帽里去了。一切的一切,都是为了这一时刻,我们不像贵族小姐,十八岁开一个大舞会宣告进入成人生活。第一次实习的第一天,就是我的大舞会。走过去,不回头,如果他在看我,我不去破坏我的形象,如果他已经不看了,我也用不着伤心。我的后背上一片灼热,我突然想到芬说,我的屁股太大,像妇女一样。我几乎立刻就想逃走。

突然,一股烂苹果气味,甜腥腥地漫过来。一间病房靠门的床上,笔直地盘坐了一个老太太。那干瘦无比的老太太紧紧抓着一块西番尼吃,把好好的点心捏得烂柿子一样。她的眼睛明亮如刀锋。她叫:"小姑娘是新来的?"

我点头。

她看看我的身体:"你不冷啊?"

"不冷。"我脸哗地烧上来。

"怎么会不冷!"她反驳我,尖锐地看我,特别像尺一样量了量我胸围,她一定看出来了,如果我加上件毛衣,会将仅有的一点曲线全掩埋起来了,于是,她就抿住嘴笑。

我赶快往护士办公室逃去。

她在我身后很响亮地说:"去加件衣服,小姑娘,保暖比好看重要。"

阳台上那人仍旧在看着我。

护士办公室在走廊底,护士长正在配药间忙着。我走进去,看到洗手池里鲜红一片,是血。护士长说,是个白血病人死了,抢救时接的血,用了一点,就死了。护士长是个面容聪明的高个子,很白,眉毛却淡淡的。她一定是个时髦的人,虽然她和所有的护士一样穿着制服,但是她穿得很漂亮,不知道是怎么打扮的,就是特别漂亮。我叫她"老师",她"唔"了声,拿了腰盘很利落地冲洗手池里的血水。血水很快冲淡并没了痕迹,下水道甚至"呃"地打了一个嗝。然后,她开始打肥皂洗手,一共洗三遍,洗得指甲闪闪发光,然后,仔仔细细擦干手。又去打开一只圆圆的小白塑料盒,上面写了两个字"尿素",那是护士用的护手油。她那双手白而柔软,干净得没法说。而我的手却又红又有皱纹,令人

第二章 / 果珍

羞愧。我把手伸过去，笑着说："你看，你的手一看就是护士的，而我像胡萝卜。"

护士长看了我一眼，没理我的马屁，只是说："二十岁了？"

"还差两个月。"我说。

她点点头，"准备一下，医生要查房了。"就走出去了。

我走出配药间，看到一个脸色红润的小个子男人，穿着医生的白大褂，正在填死亡通知单。他填得很慢，字也不好看，小小的挤在一块。楼梯上有吱呀吱呀的铁轮子声。我凑过去，想看通知单上写些什么，他抬起头来，很傲慢地把我挡回去。护士长哗啦哗啦地把铝面的病史卡一叠一叠抽出来，堆在推车上。

查房的时间到了，办公室里分好几路，我和护士长正好跟那个骄傲的小男人。我抱着病史，小男人很快地走在头里，他的皮鞋底又高又粗。护士长总赶着和他并肩走。他问话的时候，那些病人眼光奸远地睬着他，脸上又笑着，一半苦恼，一半讨好的样子。

一个四十岁的男人，从来不生病，突然发低烧，每到傍晚，都面若桃花。一检查，满肺全是癌。可他根本不吸烟。他躺在那儿，一脸如梦初醒的愣怔模样。

一个五十岁的男人，本来闹痔疮，年年冬天都不好过，去年冬天突然好了，然后又拼命便血，总以为痔疮犯了，后来做检查，居然是晚期直肠癌。

一个十九岁的男孩，大一数学系的学生。上体育课的时候跑疯了，撞在跳高架上，以后腿就不舒服，先贴伤筋膏，再用热水袋，最后才发现是骨癌。

一个老太太，七十岁的素食者，而且还会气功，却得了胃癌。她脸上也堆满苦恼和讨好，但眼睛仍旧灵活锋利地剥着医生的脸。医生草草问了几句就走，她追着医生说："就好了？就好了？不管我了？"

"再加些营养药物吧。"医生像小菜场的农民对付讨价还价的买主那样，又给她加了一种药。

原来那个高瘦男人叫刘岛，记录卡上写着他三十三岁，白血病。我站在医生后面的角落里，斜斜地看他，慢慢，我整个肚子都热起来，刘岛望了我一眼，温顺里面有一种我看到的渴望，也许是一个重病人对护士的依赖，也许也是一个生病男人对健康女孩子的爱慕。在刘岛的目光中，我看到英文老师的脸在暗中倏地一晃，又不见了。

我竭力控制着自己激动的心情，我觉得自己好像一只饿得要命的野猫逼近一户人家挂着的生鱼那样，屏住了呼吸。我尽量不看刘岛，在眼角里，我看到了黄绿色的军服的颜色。

我甚至听不清医生在说些什么。

我感到自己像一朵白花，在绿色的癌病室的背景前，极慢，但不能阻挡地伸展开自己硕大颀长的骨朵，又娇嫩，又茁壮。这奇妙的心情轻盈而热烈，像滑翔一般乘风万里。就

第二章 / 果珍

这样,他的眼睛把我从平淡生活的禁锢中再次释放出来。我一定在他眼睛里舞蹈来着,跳一种在噩梦里才有的,缓慢的舞蹈。医生转向另一床病人,我一步不差地跟在护士长身后,把刘岛的病历收到手里,放在最下面。我知道这时我脸上一定平静得发呆,因为五脏六腑都在自己过自己的狂欢节。

查完房,我最后一个进配药间去洗手。第一遍,肥皂沫从手里流下来,是黑黑的,手指上甚至搓下一些短的油腻。第二遍能看到手上的皮肤软些了,手指上有点粉红。第三遍,我把手放在凉水里揉着冲着,一双手渐渐出现前所未有的洁白和秀丽,真不敢认。再把手晾在窗台的太阳里,看指甲闪闪发出玫瑰色的光彩。窗外有一只活不久了的蜜蜂嗡嗡拍打着一块玻璃,想进屋来。

接下来,护士长让我看病史,了解病人情况。在护士长眼底下,我翻了老太太的病史,我在心里管她叫西番尼,发现她原先住的地方离我家很近,就在安顺路上。小时候当野小鬼,还跑到她家那条弄堂里去翻墙头,依稀记得,那儿有棵很老的无花果树,一摇,就噗噗噗烂饼似的往下掉,可那些果子一落地就烂扁了,没一个能顺顺当当吃到嘴巴里的。

我瞥了一眼护士长,她又把抽屉打开,在看放在里面的东西。我猜想那是书,她看到我在注意她,就转头问我:"有什么问题吗?"我赶忙摇头。

刘岛原来是个孤儿,是新疆陆军的某部工程师。我特别满意地看到,他已经三十三岁了。

在我读刘岛病历时,红脸医生走进来,护士长呼地关上抽屉。医生叫护士长亲自去给三床挂化疗药,他说:"出了问题你要负责的。"

护士长说:"你不是床位医生嘛,哪里轮得到我负责。"

他"哼"地笑了一下,说:"那要看护士执行医嘱的情况了。也会有些情况是错在护士身上。"我发现,红脸医生在和护士长讲话的时候,特别强调她的南汇口音,他的眼睛则似笑非笑地望着护士长。

护士长取了家什,去刘岛房间给他输液。护士长一走,他就拉开那个抽屉,拿眼瞪着那本书,我赶上去张了一眼,这次终于看明白,那是本血液病方面的书。

我放下病史,跟到刘岛房间里。护士长正举着针头发愣,气泡早放完了,小股小股的药水不停地溢到地板上。我知道刘岛一定会看我。所以停了停,我猛地抬起眼睛去抓他的眼光。果然,他躲闪了一下,又热热地看住我的脸。然后,我埋着头走过去。"你是我的小仙女。"我想起英文老师说过的话。

护士长已经平静下来,让我站在一边看,她说:"三床化疗了一段时间,血管有些硬化。你摸摸看。"护士长这时候重新说正常的上海话了,一点点也没有南汇的口音。她正常的时候,简直就是一个比王家姆妈的大女儿蓓莉还要矜持的上海小姑娘,看什么都冷冷的,但冰雪聪明。

第二章 / 果珍

我走过去摸刘岛的胳膊，他的皮肤很有弹性，但是，可以摸到在他的皮下滑动的血管上，有一粒粒小东西。"像沙子一样。"我说。

"这种地方打下去，血管一定会破的，因为它已经一点弹性也没有了。"护士长说，"化疗药水如果溢出来，会损坏周围的组织。所以一定不可以选择这样的血管。"

护士长选了刘岛腿上的一根血管，她的手在刘岛粗黑的腿上轻轻按着，找一根在皮下滑动的静脉。我看着她洁白秀气的手指和他盖着一层黑黑的汗毛的小腿，突然心慌起来，怦怦地跳个不停。

"你注意多观察。"帮忙注射以后，护士长领我出去，吩咐了我一声。我由衷地说："好的。"

这时，走廊旁边的小房间突然敞开了门，里面的阳光一直射到那段小小的走廊里。小房间里有一张床，床单已经撤下去了，床垫上染着一摊摊的黄东西。旁边立着补液架和氧气，还有乱七八糟的什么机器。西番尼晃晃悠悠地停在门口，嘴里说："死掉了！死掉了！"我路过她身边时，她突然热烈地抓住我，拿下巴点着床垫说："他才六十八岁，比我还小两岁多。"西番尼的手很干很硬又很烫，像被火烤得干干的薄木片。床垫上散发出一股股烂苹果气味，我突然看到窗台上有双旧布鞋整整齐齐地晒在那儿，大脚趾的地方还鼓出来一丁点。这是那个死人的鞋了吧。西番尼把全身重量统统压在我身上，两眼炯炯有神。她身上有股甜腥腥的气味扑进我鼻子来，我忍不住把西番尼推开。

从西番尼手里挣扎出来，我回到护士办公室。护士长在洗手，她说："她从来就是这样子，别人死她最开心。她自己那个坏东西马上就要堵住食管了。"

我笑了一下，不知为什么，心里狠狠地一哆嗦。

下午去医院的教室上课，上最后一节护理课，学尸体护理。有人穿了护士服袅袅婷婷地来上课，是那种觉得护士服比自家衣服好看的女孩。带教老师在门口当场拦住她们，说："把工作服脱了，工作服上全是病房里的细菌，以后不要穿到病房外面来。"老师说得她们红了脸，忙不迭地把白大褂脱下来。大家都有点心不在焉，连我的同桌林小育都在悄悄磨凳子。她被分配在脑外科病房实习，说：一眼看过去，全是三角头，又恶心又刺激。她在桌子下面比划着那些病人在颅脑手术后缺颅骨的模样。我看了看她的手，它们像我早先时候一样，红而自卑地团在膝盖上。一望就知道那是没有在恋爱的手，我想。我就笑了一下。

芬趴在桌上，冷冷地观察别人。她也是那些穿白大褂被拦在教室外的人之一。她一定也没能在病房里发现她想象中值得夸耀的人和事。后排有人轻笑一声，她立刻直起身体，不耐烦地说："上课啦！不要随便讲话。"她是小组长。

老师在黑板上写了第一行笔记：潮状呼吸。呼与吸间隔变长，呼吸变深。

老师游动着扁扁的手，做波浪起伏的模样。这时，大

第二章 / 果珍

家都静下来了。这是我们中间的绝大多数人第一次听见正式地说人是怎么死的。我想起来小时候用尽全身力气学鬼魂尖叫，叫得嗓子都毛了。

老师的手做出呼吸起伏的样子，她的瘦脸上出现了一条奇诡而又平静的笑纹。她教我们观察死亡，就好像给了我们与死亡共课什么的权利。也许刘岛小时候也讲过鬼故事吧，我突然想到。下次有机会时，我一定要问问他小时候听了什么样的鬼故事。讲鬼故事吓人的人，他现在自己离死也不远了。这简直像是电影里的故事一样。

第二条：瞳孔散大，脉搏消失，心电图像呈水平显示，这是死亡的肯定证明。然后即可做尸体护理。

尸体护理：

第一步：打开门窗。

这是自然的，要不那股重症病人房间里的烂苹果气味怎么受得了。我摊开自己的手看，多么漂亮的女孩的手啊，用它包尸体，倒是件浪漫的事情。

我想到，也许我会用自己这双手去包刘岛的尸体，他死在我的怀里。他的桌头小柜上放着我买来的鲜花。我还从来没有留意过鲜花，但我知道医院外面，就有一家卖花的小店，擦得不怎么干净的玻璃窗里面，养着些鲜花，那是非常时髦的探病人的人，买来送病人的。但我想，刘岛的床前应该有那样的鲜花。他说最后一句话的时候，是对我说："朵莱，我爱你。"像电影里一样，我紧紧地抱着他，把脸贴在他的脸上面。"我也爱你。"我说。我想得心里真的难过起来，好像眼泪都要出来了似的。

老师在黑板上写最后一条课堂笔记，是尸体护理以后，护士要跟随太平间公务员，送尸体进尸房，并在死亡通知单上签字。

教室里的人这才松了一口气，就像小时候摸黑听完一个最吓人的鬼故事一样。中午医院的食堂里有葱油萝卜，许多人都吃这道菜。

芬在座位上放了一个很响的屁。自从全班都是女生，又学了点消化道构造，对自由自在放屁也就有了科学的放松态度，连老师都不觉得是对她的侮辱。只是芬自己脸上有点寂寞。她高高地托着自己被护士帽压平的头发，她脸扁颈短，靠那点头发往长里拔。

老师最后说了一些关于尸体护理和人道主义的关系。她只要说到专业以外的任何内容，就马上搬出一张一本正经教训人的样子来，我最烦她这种振振有词，但全都是屁话的样子。我也努力放了一个响屁。不管谁，总不会跟要死的人过不去的，跟人道主义不人道主义，一点关系也没有。

下课以后，回宿舍去，在医院的花园里，看到有病人一步一移地散着步，还做扩胸运动，觉得他们好可怜。

林小育说："我要是长癌，保证就自杀。"

芬说."算了吧！现在逞英雄。我的病房里一个肠梗阻，二十四岁的男的，我去打针，他还哭。"

第二章 / 果珍

林小育又说:"我的病房里有植物人,胖得像发面馒头一样。"她说着笑起来,可眼睛惊恐地瞪得好大。

第二天给刘岛输血,护士长让我去。一步一步走向刘岛的病床,他靠在新换过的枕头上等着我,望着我,我和他都忍不住微笑起来。刘岛的好几根大血管果然都硬,而且没有弹性,那些血管四周已经有了不少针眼,摸上去,像摸着些沙子似的。但我不能用腿上的血管,那是为他化疗准备的血管。刘岛躺在枕上安静地望着我,信赖地望着我,让我心里乱起来。刘岛伸过手来,说:"还是扎手吧,这样你省事点。"那是极好听又陌生的北京口音,果然有种细腻和爽朗。

我说:"那你太疼了。"

他笑了一下:"不要紧,我是个大男人。"

"不要。"我说。

"真没事,来吧。"刘岛说,"你心这么软,怎么当护士啊。"

我的心软吗?我吓了一跳,我以为我是个恶毒的女孩子呢。

我在他手背上把针头斜斜扎进去,但自己的牙床酥酥地酸起来,耳朵里灌满了生铁刮骨头的刺耳声响,几乎酸出了泪水。

总算有了淡淡的回血,我抬起头来,发现刘岛的眼睛疼得眯了起来。我也跟着哆嗦了一下。

我连忙说:"我说过不要扎手上的。"

他转过头来,笑了:"我这人。"

"不疼了吧!"

"谢谢你。"他又看着我,他眼珠真黄。

"怎么得了这种病?"我问他,一边把一只病房里自制的铁丝架罩在他手上,再帮他盖上被。这样,手就不会凉了。

他说:"好端端的,牙出血,老出血。后来身上也有出血点,去检查,就说得了白血病。"

满心想着该安慰他,可却说不出话来,便怔怔地看他,他先笑了一下,后来,就不做声地看着我了。

我被他看慌了,就假装什么也没发现的样子,在他眼前晃晃手:"想什么呢?"

他笑了笑:"生病也好,要不然整天在山沟里,看不到漂亮女孩。"

我问他:"你怎么在山沟里?"

他说:"军事秘密不能说。"

我说:"说说你们的大山又没什么关系。"

他笑着看我:"上海女孩会喜欢那样的地方,很多树林子,很多花,大山的顶上堆着雪。怎么样?"

"骗我吧。我听见别人说,新疆苦极了。"我说。

"那才不一定呢。"刘岛说。

我靠在刘岛的床边,和他说着话,直到西番尼突然出现在刘岛的床边。她说:"我等着你呢,小姑娘,你倒玩得高兴。"西番尼以为我接着该去给她输液,可是根本就没有她

第二章 / 果珍

的药水。她不相信我，自己跑去问医生。

我真恨她，这老太婆把我和刘岛的谈话给搅了。我只好跟着她回办公室。

到下午，刘岛有输血反应，微微发起烧来。和刘岛同房间的人来了家属，护士长和我拿了屏风去，把刘岛隔开。按理说，刘岛很怕被外面的细菌传染到的，他的白血球很低，护士长给了刘岛一只口罩让他戴上，可他总是不愿意。我猜想他怕难看。我也劝他用口罩，虽然我心里也不愿意。刘岛的脸烧得红红的，倒显得精神焕发。我给他倒了水，想起小时候发烧时对白开水的憎恨，便轻轻问他有什么饮料可调，他摇摇头，说忘了去买。

我慌慌张张拿了钱就去买。

路过西番尼病室的时候，发现她又在嚼苹果。楼梯上碰见一个捧了整篓苹果来探病的人，那些大红苹果像一朵朵巨大的红花。

我飞奔过园子，一批今天新落的叶子在我脚下清脆地碎裂。一路上听见有人说："出事了出事了！跑得那么忙。"

我砰地推开小卖部的门，震得门上玻璃哗哗响，暗淡的货架上放着一些灰头土脸的东西。我要了瓶橘汁，拿到手里一看，瓶底沉着一些碎橘子瓣。我赶紧还给售货员。

走出来，站在黄灿灿的太阳里，看见有个老头捧了一捧鲜花走过来。我忍不住，左右一看没人，混在进出大门的人里面，从住院部逃出去。街对面有小烟纸店，里面却没有什么漂亮的东西。我又拐上另外一条街，总算买到一瓶果珍，是美国的进口货。这算是最高级的饮品了。我一路往回跑，一路用衣襟擦着那鲜黄的瓶盖。路过银杏树时，我把瓶子举在手里看看，真漂亮！真温柔！忍不住旋开瓶盖，捅破封瓶纸，瓶里扬出一些橘黄色的粉末，立刻闻到鲜橘子的清新气味，我赶快关上瓶盖。

刘岛的热水杯还在冒热气。西番尼踱到刘岛门口，指示他看腋下有没有出血点。她手里拿着另外一块西番尼比划着。我把她拉开，对刘岛说："不要紧的，肯定不要紧的。"我很凶地对西番尼说："你当心自己身体就好了。"

刘岛那样地对我笑笑，笑得我心往下一沉。我把果珍兑到他的杯子里，发现他的匙子是很别致的银匙，花纹里黑黑的。他靠在床头，一口一口把果珍喝下去，我看见一个真正的男人的粗大喉结上下移动。刘岛把喝完的杯子递给我，果珍把他的嘴唇都染黄了，他说："你能在我这儿坐一会儿吗？我床底下有个凳子，可从来没人坐过。"

我拉开凳子坐下，他的手就放在我的旁边，那是一只大而细长的手，手背上有根血管轻轻在皮肤下跳动。看着看着，我突然感到让这样一双手抚摸，决不会再像英文老师的局促。因为发烧，他眼睛里蒙了层湿热的雾。我伸手摸到他的手腕，他的手哆嗦了一下，吃惊地看我。我摸索到他脉搏，假意看看手表，却根本不知道那是几分钟。屏风挡住了金红的阳光，里边已经有了黄昏的意思。他手腕上没有一点

第二章 / 果珍

皮肤的光泽，摁在这样的手腕上，我的手简直能称得上美不胜收。他轻轻伸过手来，把手掌覆在我手上，然后，捉小鸟似的把它握到他手掌里。他的手指很凉，而手心却温暖软和。他把我的手拉进被里盖起来。

我听见自己声音尖细地说："脉搏很正常。"

他说："今天像星期六，我好久没感到星期六了。"

在被里的那只手好热。

这时，我听到走廊里有送药车的轮子声，这才意识到，下午治疗的时候到了。我把手从他手里一点一点移出来，他的手指慢慢地滑过我的手心和手背，不舍得地摸着我的手，但并不硬拉着我，这让我感动。抽出手来，我看到手背上有一道红红的压痕，是刘岛的床单缝压出来的。像冬天在暖烘烘的被窝里睡得死去活来的一张脸。我说："干完活再来看你！"鼻子尖能感觉到嘴里呼出发烧似的热气。我走出去。

果然护士长站在做治疗的小车旁边整理她的口罩。我这才发现，她大多数时间都戴着口罩，把自己和别人隔开来。见我过来，她把一小条写字纸塞进胸袋。我弯腰去推车，护士长看看我的手说："你护理完三床，似乎忘了洗手。"我赶快跑去洗手，一脚踢到本来绝不可能踢到的废安瓿篓，破碎的安瓿发出很响的声音。我马上拧开水龙头，想盖住它们的声音，可水从龙头里疯了一样地冲出来，把我衣服的前襟溅得能拧下水来。慌慌张张洗完手，护士长看到我湿了的衣服，默默地白了我一眼。"小姑娘做事情粗来。"另外一个护士帮护士长说出来。我自知已经一塌糊涂，也就不再耍什么无痛注射的技术，在打针时老实不客气地把针像扎锥子一样，向每一个臀部的左上或右上四分之一处锥下去，在注射的针头扎进去的时候，沿途能感觉到许多肌肉纤维被我粗鲁地拉断。

那个十九岁的男孩，皮肤又黑又粗，他用的青霉素已经在肌肉里结了死硬的块，拔出针头来，我帮他揉了揉，他却满脸飞红地赶快扯上裤子。

我说："那你自己拿热毛巾焐焐。"

他说："唔。"

我从来就是这样，把最好的东西省到最后吃，夏天的西瓜瓤，晚上烧得最烂的一块牛肉，现在最后一个给刘岛送药。

走进屏风，发现刘岛大变，一张脸英俊极了。他用沉沉的声音说："欢迎你。"那瓶果珍，像蓬金灿灿的花儿一样。

趁我递药给他，刘岛拿食指小心地抚了一下我的手背。我扶起他来，或者说，我伏到他身上。他撑着自己的身体，把很烫的额头抵住我，用他的头发痒痒地摩挲我的脸。我把装药的盒子塞到他手心里，他却连我的手一起握住了。隔着屏风，突然听见有人走动，我挣扎站直了，只觉得一头一脸的血管全呼呼地射着热血。昏昏然回到配药间，去洗手，镜子里我的脸像快睡着了一样。洗完了，才发现忘了去西番尼的病室，她那格子的小白盆里盛满了五颜六色的药片和胶

第二章 / 果珍

囊。我连忙转出去,西番尼手里捧着冒热气的杯子正着急,接过我的药,立刻摊在手心里数起来,后来,很激动地抬起头来,点着手里的药叫:"少了!少了!"

"没错。"我真被她烦死了。

她埋下头去又数,突然出了口长气,笑了:"真没错,小姑娘。少数了一粒黄药片。"

我也笑笑,拿起空药瓶,让她手上倒倒,再拿出底来给她看看,就走了。

下班时,路过园子回宿舍,满园暮色凄迷,不觉有了种拍电影的感觉,好像冥冥中有个黑色镜头在沙沙卷着胶片。它正在拍摄一个浪漫的电影:一个护士学校的女学生,手里拿着的不是碗袋,而是一本厚书,她爱上了一个癌症病人,在一栋老式有烟囱的白楼病室里。我回过头去看,九病室的白楼被西天飞满的红霞照亮,晚霞颜色虽然艳丽,但充满了新鲜的寒气。病房里已经亮灯了,那些日光灯惨白惨白的,只有一盏灯是黄色的,那是厕所里的灯。这时,厕所的百叶窗被推开,窗前千真万确站着刘岛,不是电影。我能认出他那种肩膀有点扛着的北方人样子。他突然长长地张开胳膊,向我挥动。我把手里的碗袋哗地扔到草丛里,我忍不住要向他表示什么,我一定是做了一个拥抱的手势。

从此以后,我和刘岛在人前不动声色,默默交流着一些别人看不见的笑容和亲热,像一首诗说的那样,我们的树根在泥土下面紧紧相握。西番尼现在总抱着饼干筒坐在走廊里晒太阳。她喜欢迎住我的眼光，审查似的，同谋似的，然后无声地笑一下。那天给刘岛采血，发现护士长定定地看着我的手怎样和刘岛的皮肤接触，像插进来的一只体温表，但这种表情只有一分钟，然后就消失了。

早晨化验单来了，刘岛的血象指标突然接近正常。红脸医生第一次拿正眼看我，说："是你做的？一定做错了！"

我说："我和护士长一块做的，要么是化验间弄错了。"

这时，发现他很谴责又很得意地看着护士长，然后转身向主任抱怨说："连血都弄不清楚，让我怎么工作？"

主任医师看看护士长，护士长扭头看了眼走廊，刘岛正在走廊里散步，他的步子有点飘，但脊梁笔直。她回过头来的时候，顺便看了我一眼，然后用不容置疑的宁静声音说："绝不会错。"

我从办公室的长窗看出去，突然发现，这儿能把园子里银杏树四周的情景尽收眼底，那就是我向刘岛打拥抱手势的地方。现在那个小湖上漂了不少银杏的落叶，令人想起河里引鬼归坟的莲花灯。中国有一千一万个不好，却有一样好：环绕着鬼，有许多的浪漫故事。

晚上开始做一些和刘岛有关的梦，在梦里，刘岛总归是个看不大清楚的灰身人。我每天都早早洗干净上床，放下帐子以后，一切都是我的了。蚊帐像一个高高在上的，小而秘密的神龛一样。我在放换洗衣服的草包带上，吊了一个很小的椰菜娃娃，它长了一脸黄雀斑。我抱着自个儿的被子，想

第二章 / 果珍

象着我和刘岛的事，我们一定得找个机会在一起。我需要和他在一起，我需要他抱着我。我也需要抱着他。护理老师找我谈过话，她向我宣布：学校规定你不要忘了，坚决不允许实习期间和病人谈恋爱。我很凶地说："谁说的谁说的！说这种话要负责的！"护理老师说："到底是怎么回事，总会明白的，躲不掉，也赖不卜。"我仍旧很凶地还嘴："嗳！"

但我心里是惊慌而欢喜。大概夏娃吃禁果，也就是这样的心情。

我闭上眼睛，就能看见我和刘岛手拉手在太阳里走，像白衣少女最后和她的白血病情人到雪地里去玩的那个情景。人在紧要关头，会变得多么美好！我们这个架子床放在宿舍最靠窗的墙角，像电影里特务接头的地方。我的下铺常常挤着些人说悄悄话。下铺住着的同学是个大肚娘子，一天到晚嘴里不停地吃东西，她的饼干箱一开，香味道全飘上来。

这会儿，芬在说她的男朋友："你们不要外面去瞎讲噢！"她总是这么开头。然后，她得意地骂了一句，"那个寿头。"她对全班每个女生都这样说。于是，芬的男朋友"寿头"的故事就变成了一个公开的秘密。我总不明白，既然芬能把他叫成"寿头"，最傻最憨的人也不过就是"寿头"，怎么可能爱上他！连崇拜都没有，怎么可能爱。而刘岛，是得了癌症的青年工程师，一个军官，一个孤儿，从来没有温暖，就要告别人世，这不是比电影还要浪漫。

下铺笑着闹着打起来，把床摇得吱吱响。芬一直骂她们:"你们要死!"我狠狠跺了下床板,下面还不静,我就骂出来:"烦死了!"芬拉开我蚊帐探进脑袋来:"你发相思病啦?"下面又哗地笑起来。芬得意地望着我,一副什么也休想瞒她过去的样子。我爬起来,跳下去,抓住芬,胳她的痒,旁边的人连忙让出地方给我们打闹,她们一声声地叫:"加油!加油!"

芬很不讲理,胳不过我,便用穿了鞋的脚来踢我,我的薄绒裤立刻被她踢脏了。于是我下手也就重了,林小育扑过来拉开我们:"好啦好啦,疯死了。"她又帮我拍裤子上的脏。我说:"算了,换下来洗。洗澡去。"芬也从床上坐起来,理着头发,我忍不住又加了一句:"芬,你这模样像地主小老婆。"

大家哗地笑开了,算我报了仇。大家收拾了东西去浴室。到晚上,宿舍区除了住院医生,就是我们这帮人了。楼道里响了一片我们穿着去公共浴室洗澡的硬塑料拖鞋发出的声音。护理老师马上从旁边她的宿舍里冲出来喝道:"这么大的小姑娘拖鞋皮,像什么样子!"

是啊,这里不是护校。

老师抓住芬,让她回去换了鞋,再找一只塑料袋把带去换的干净内衣裤叠好,装在塑料袋里,把拖鞋一对一地插好,放在旁边。老师做完示范,对我们大家说:"这样。"

在我们每个人的少女时代,都会遇到护理老师那样的成年妇女,她们已被生活锻炼成了毫不通融的道德专家,她们

第二章 / 果珍

一丝不苟地把毫无生机的生活方式半强制地传授给了年轻的女孩，将她们心里孟浪或者浪漫的念头消灭干净。

我对那种生活方式烦得要命，因此，我和那些脸容坚毅严肃的中年妇女有天然的敌意。我草草地应付她，心里十分恼怒，我故意将自己的花内裤放在塑料袋的最外层，而不像她所指示的那样，藏到毛巾中央。

我们每个人挽一个脸盆，袅袅婷婷走到花园里，医院的职工浴室在花园边上的平房里。一轮黄得出奇的大饼月亮毫无诗意地在天上亮着，路上有凄凄惶惶的病人家属急急忙忙地走向各病区通道。

在外间解衣扣时，我突然好像听到了摄影机嗞嗞的转动的声音，一个恋爱中的女生，正在露出让人渴望的身体。我心里越发地急不可待。从来，对洗澡还没有这样急过。小时候，每次洗澡我都杀猪般地叫唤。大了，到浴室去洗澡，没一次觉得呼吸畅快过。今天不知为什么，这么渴望热水冲在身上，从背上流下来的那种舒服。外间开着气窗，我们听见墙下有人推着车吱呀吱呀地走过，林小育说，那一定是急诊病人来住院。我忙忙地应付她，把脏衣服胡乱塞到塑料袋里，一头扎进蒸汽滚滚的里间。滚烫的水兜头浇过来，突然身体软了一下，我忍不住"哇"地叫了一声。我用的毛巾很硬很结实，不比芬的丝瓜筋软多少。用它拼命揉搓肩膀和大腿，都有一点疼了。在烫烫的水里面，只感到浑身麻麻的，像有许多东西从身上剥开。

我已经有了和英文老师并不愉快的身体接触，但在此刻那种不适和反感都烟消云散，我竟又十分渴望与刘岛拥抱，渴望与他手拉着手在林荫道上散步。在渴望不能实现的时候，我只好去洗澡。从前，我根本不理解为什么芬她们把自己的身体像烫猪一样的折腾，我总和林小育一样，把水调得很凉，来抵抗别人那儿发出的热气。这次，我把大腿和屁股那儿搓得通红通红，旁边的林小育奇怪地看着我，大声对我嚷："你发神经了。"她肩膀上的水溅到我背上，凉得我背上立刻紧了紧，皮肤好像突然关闭起来。我忙把后背凑到热水下面，对林小育坚决地说："你是个笨蛋。"

热水滚滚地从头浇下来，头发像张黑绸子一样，贴在面颊上。浑身的皮肤都像最好的羊皮那样柔软滑薄，而且感到刺痛。浴室里的蒸汽越来越浓，热得透不过气来，蒸汽的白色里时时浮出一根红红的胳膊，或者腰肢，不知谁搓得红红的屁股上微微鼓起一点，解剖课上说过，那是人类到现在没完全完成进化的尾骨。

林小育低低叫了一声："受不了啦！"就逃出去，我故意往她身上甩了些热水，她烫得哇地叫起来。芬跟在林小育后面也出去了，她说："王朵莱今天真正叫兴风作浪。"同学们纷纷洗完，关上水龙头走了，浴室里静了下来。我却舍不得离开，手跟着水流一遍又一遍抚摸自己的皮肤，这是个多么柔软的身体啊，要是刘岛现在像我一样摸着它，一定要爱上它的，也会像我一样惊叹。

第二章 / 果珍

林小育在外面直着嗓子催我:"王朵莱,就是汆江浮尸,也该浮过来啦!"

我忍不住笑,她这个老实人,有时候比喻却用得好极了,我关了水走出去穿衣服。

迎面看见一面雾气蒸腾里的大镜子,里面有条桃色的身体,那是芬。芬站在木条凳子上,脚下铺着报纸,她刚刚穿上紧紧的桃色内衣,正在晾干腿上的水汽。"我的天,你真白!"我忍不住叫了起来。

同学们都纷纷回过头来看,女孩看女孩的眼光是世界上最不带赞美的尖锐,她们之间互相的赞美和陶醉,常常只是想反射自己的光芒。大家纷纷地迎合。我擦干身体后,也像芬那样晾晾水汽,现在我已经理解。这不是原来猜想的,芬那种人不在乎赤膊让人看到,而是因为洗了太热的水,一定得让身体凉一凉,要不然不舒服。里间热腾腾的雾气翻卷着,从气窗卷出去,空气渐渐硬起来,背上的汗毛纷纷竖起,格外舒服。此刻,芬轻轻抖着干净的长裤,两眼若有所思,十分温柔,她一定在想她的男朋友吧。

镜面上流下一缕缕水珠,那是面发黄的老式镜子,背面洇出一片片姜黄色的水渍。我望着镜子里的自己想,如果人的习俗是不穿衣服就好了,衣服无论怎样好,都比不上眼前这个身体。

我想,那时我当真从一个青涩的女孩长大了一步,我懂得了一点女人在恋爱中的心情,那种对自己的欣赏和恋恋不舍。

我在那个心中焦渴的晚上去洗澡,并在医院的旧镜子面前像一朵水仙花那样对自己恋恋不舍的时候,我想就是那个从女孩子蜕变出来的时刻。只是这么一个重要的时刻,却发生在平淡的、潦草的晚上,在遍地湿漉漉的职工公共浴室里。

刘岛又重新查了血象,还是接近正常。小个子医生目瞪口呆地看着报告,却愚蠢地做出大有深意的样子晃着一张红脸说:"噢,是这样,噢,原来是这样。"

护士长拿过他手里的报告单,粘到刘岛的病史上,接口说:"对啊,的确是这样。"

红脸更加红了,护士长却看看我,放声笑起来。我连忙跟她一块笑起来。

笑完,我到厕所给刘岛写了一个约会的纸条,告诉他怎么到那地方。做成一个小团,趁做治疗的时候塞给刘岛。他定定地看着我,并不在意那条儿,我掐了他一把。

我和刘岛在医院是不敢停的,医院四周也不行,公园又太俗气,所以,我约他在郊区车站上等。那儿离医院不远,但除了赶着回郊区的乡下人,很少有上海人中午会到这地方来玩。原先那儿是个天主教堂的广场,现在败落了,大概从前做教堂的大房子,是现在的候车室,广场就是停车场,其他一片片红楼,一块块园子都紧关大门。到了车站,我才知道自己这地方选对了,就像一场戏有了好背景。大上弥漫

第二章 / 果珍

着一些黄黄的雾气,滞留了夏天最后的闷热,混沌的阳光正好把灰拓拓的红顶教堂以及教堂墙上天长日久的常春藤照得破败极了。我独自在长满了野草的石子广场上等着,不远处停着郊区车,有人坐在车上打盹儿,没有刘岛。我不是芬那种斤斤计较小肚鸡肠的人,我愿意为自己心爱的人去吃苦受难,不在乎自己先到约会的地点。

远远的,刘岛来了,他的高瘦苍白,他的肥大而笔挺的黄呢军服使他显得那么漂亮。我向他扑过去。他接住我的身体,他身上医院的那种来苏尔气味使我激动得发抖,他把头埋在我肩膀后面,紧紧地抱着我肩膀,开始我以为自己在发抖,后来才发现,真正发抖的是刘岛,像输血反应的那种颤抖。我害怕起来,我摸索到他的脸,把他的下巴捧起来,让他转向我。他的硬胡子扎了我的手,我突然想到芬曾经说过的,她的"寿头"软软的,让人发笑的胡子绒毛。我特意再去摸了一下刘岛刷子似的胡子。在他脸上我摸到一片湿,是眼泪。他猛地把脸敲在我肩膀上,冲出一句:"我真!"他似乎想再紧抱我一下,但却愈发哆嗦起来,后来他的整个身体都倚在我身上。我扶着他,他却挣扎出来搂紧我。突然听到有笑声,从刘岛肩上看去,广场上站着两个小孩,手里捏着瘪瘪的小黄花,兴高采烈地对我笑着,其中一个长着倒八字眉毛。见我钻出头来,他们越发得意,倒眉毛尖尖地叫了一声:"哦,我爱你!"。

刘岛转过脸去,那两个孩子望着他怔了怔,扔下手里的东西,小蚂蚁似的急急忙忙跑了。刘岛那张脸白得吓人。

"他们是嫉妒。"刘岛说,他这会儿,倒像一个让人冷不防抢去棒棒糖的男孩,懊丧又愤怒。

我们互相搂着,向教堂更背静的地方去。矮矮的黑竹篱笆围着教堂,天长日久,不知被猫还是被小孩子掏出些大大小小的洞来,也不知有多长时间没有往竹上刷柏油了,篱笆轻轻一碰,就发出干朽的声音来。透过篱笆,能看见里面红砖铺成的小径上积了许多年来留下的重重叠叠的树叶,覆盖在上面的是些白旧的阳光。

我过去拨拉了一下篱笆,篱笆竟哗地裂出一条大缝,我探头进去,柏树森森,梧桐森森,都是些多年来没人打扰的荒树,园子里散发出阴凉和辛辣的树汁气味。那条长长的红砖小路虽然败落不堪,但不知为什么,仍旧能感觉到它的庄严。刘岛在后面抱住我的腰:"咱们走吧。"

我回过头去,刘岛没来得及掩饰他脸上害怕的样子,他连忙把身体贴在我后背上,玩笑着说:"你真像个男孩。"

可这里不知有什么东西深深吸引了我,我就是想要和刘岛一起进去。于是,我转过身去,在他脸上吻了一下。我还是不懂怎样接吻,把整个脸全都贴了上去,几乎憋死。他猛地抱住我,很快,他吻到了我的嘴,开始,他小心翼翼地碰了碰,他的嘴唇毛糙糙的,像两片很粗的梨肉。我不由把身体往后仰了仰,他抱不住我,我们向后踉跄了一下,就跌到了篱笆里面。这里充满了死去的植物芬芳。

第二章 / 果珍

刘岛站稳身体，怔怔地看了我一会儿，突然狠狠扑过来吻我，我的牙和他的牙"咯"地一声撞在一块。他嘴唇冰凉，紧紧吸吮着我的嘴唇，以致嘴唇移开时，有"嗦"的一声响。我渐渐从与英文老师接吻的可怕经历中挣脱出来，刘岛有一种奋不顾身的劲头，我心里有温暖的东西涌出来。我睁开眼睛，看见刘岛正紧紧闭住眼睛，他那么用力，像冷不丁吃进去一口辣得不能忍的东西。

他紧紧贴住我身体，膝盖一下一下地往前冲。我觉得自己马上就要被心里不断涌出的东西淹没了，就像淹没在滚烫的水里。我趴住他肩膀，我们一块跌坐下来，仿佛是坐在一块硬而平整的石块上。

那一天，我整个青春所有迟到的吻和拥抱全都补偿给我了，是落叶一样多的吻和拥抱。刘岛不再不安，他细细端详着我，用他的一只食指轻柔地在我脸上画着我眉毛的曲线，咕哝地说着北京话。他说我漂亮极了。这话可从来没人对我说过。他把手沿着我衣领悄悄蜿蜒下去，我昏头昏脑地想起那面流着水珠的大镜子。

临回医院时，我们互相搂着，沿着红砖小道走了一遍。那些疯长的高大树木盘根错节，树干上长满青苔。树底下有些墓碑，都是很老的石碑，被荒草盖着。原来我们走进教堂后面的墓地来了，难怪刘岛不想进去。在路上，我发现了一些彩色的碎玻璃，那是教堂碎下来的彩色玻璃窗。我拾了块翠绿色的玻璃，说回去做个坠儿当纪念。刘岛又吻了我，我们又停下来靠在一棵树上拼命地吻，吻得头很昏。

回到我们原来的位置时，刘岛脸色突然变了，刚才我们坐过的，原本是一块墓碑。上面刻着一个外国人长长的名字，1904—1937年，正好三十三岁。上面还刻着一行英文，刘岛说，那是一句话：

此岸的人说，他去了。彼岸的人说，他来了。

刘岛走过去，把那行字仔仔细细擦了擦，字上的金闪出些光辉来。这时我发现，他手上有一大块紫血斑。

刘岛四下找找，拔了些绿得很好的狗尾草供在碑上。

我去吻他的眼睛，让他把眼睛里那些伤心关上。我在心里发誓一定要救刘岛，像一个童话里的女孩去救怪兽一样，把刘岛从白血病里救出来。

当我们俩累得要命却又容光焕发地回到医院门口时，发现护理老师和护士长都站在住院部的那棵雪松前面。她们四只冰凉的眼睛一齐盯住我的脸，那儿印着刘岛一百次亲吻。大家都没说什么，一起回白楼去。刘岛对她们说："有什么找我说。"我拉住刘岛的手。

走廊上，病人们的眼睛让我觉得，他们在向我和刘岛抛过来鲜花。我昂起了头，大约上刑场，也不过这样。这时，我看见西番尼笑眯眯地把眼睛定在我敞开的衣领上，我针织

第二章 / 果珍

衣服的尖领子向两边敞得很大，是刘岛把它们解开的。护士长趁整理帽子，也把眼光伸进我的衣领里，那就是刘岛的手伸进去的地方。那十九岁得了骨癌的男孩眼睛里充满了明亮的泪水，坐在他的轮椅上，对我鼓掌。

老师把我揪到护士值班室里，她说我真是热昏了，她说，"一实习就来不及地谈恋爱，弄得大家都看不起你。"

看不起我的人，也就是芬吧。我也看不起她呢，我想，当然，我什么也没有说。我自己揉着自己的手，而且小心仔细地观察每一个指甲缝。鲁迅说最大的轻蔑，就是不理她。护理老师自以为是地叨叨个没完，我终于发现，她愤怒的并不是我谈恋爱，也不是和病人谈，而是和一个将死的白血病患者谈恋爱。因为这事浪漫得太不近情理。她说："你是二十八岁还是三十八岁？嫁不出去啦？！小姑娘，不挑个三个、四个，就马上谈恋爱，倒比老姑娘还心急呢。"

最傻的，是我的老爸老妈。通过这一次，我才知道，他们是本分人，但也并不在乎校规不校规，而是癌症病人吓坏了他们。

我星期六一回家，在厨房里洗东西的妈妈就一把拉住我的胳膊，把我直接拉到楼上房间里，爸爸正在八仙桌边上隆重地等着。妈妈掩上门，爸爸站起来，再一次关紧房间门，才开始说刘岛的事。他们不愿意让邻居们听到我爱上了一个白血病人，里面也有怕吓到王家姆妈他们的意思，我想，同时还有怕他们笑话我神经病的意思吧。妈咬咬牙，不惜血本似的说:"如果他是断手,你真喜欢,也就算了,可这种病,这种病将来不要拖死你吗!"爸说的话更奇怪,他一本正经地说:"你姆妈指望你将来能嫁到好人家,过上好日子,我要求比较低,但是,至少我女婿将来可以每个月帮我们去买一次大米吧。"

我镇静地走来走去,什么也不说。我跟他们大家,全都没有什么好说的。但是我斗志昂扬。有一次在病房里,那个十九岁男孩问我知不知道十二月党人妻子的事,我说知道那么回事。他突然很激动地说,在他眼里,我和她们一样,是伟大的女性。而和刘岛同房间住的老头,本来他总把家里带来的菜分给刘岛一些,算是对他的怜悯,现在他连菜汤都不给刘岛喝。我就趁中午吃饭的时候,出去买了一枝扶郎花给刘岛。老头子永远得不到这样的礼物,我要气死他。

刘岛有时悄悄向我送一个吻,有时趁我送药时,悄悄用手指搔我手心,他像个快乐的小伙子。

那天来了大风,大风赶走了满天的云,天突然变得像夏天一样蓝。大风和大太阳,使得银杏叶落得像下大雨一样。我跟护士长做完治疗,又一块去洗手,现在我一点也不怕在她面前伸出自己的手。我有一双恋爱中的手。护士长也看着它,像她这样聪明的人,一定也懂得看我好看的手。她是聪明人,但她不一定懂得做人,一副小姐脾气。我听说她和红脸医生势不两立,是因为她看不起工农兵大学生。更重要的,是因为红脸医生是乡下人。她看不起乡下出身的人,所

第二章 / 果珍

以我猜想她也不一定看得起刘岛，刘岛虽然不是乡下人，也是个货真价实的外地人。因为红脸医生的乡下出身，所以看不起他，对红脸医生是最大的侮辱，他们就这么结下了深仇大恨。红脸医生就借了医生的身份欺负护士长，摆明了要压她一头。

突然她轻声叹了口气，说："我吃力死了。"

当然，我有点受宠若惊，我问："下吗？"

她说："昨天我看书看到两点钟。"

我说："真用功。那天你把书放在抽屉里，林医生没翻了呢。"

她转过脸来看了我一眼，两只手不停地互相揉着，用女孩子想要气人时，常常会用的安静而调笑的口气说："独怕他还真看不懂，还要强调他是用英文草体写的，阿爹伊拉娘。医嘱上那几个字狗爬一样。"

我连忙说："一只骄傲的大公鸡，像真的一样。"

护士长噗地笑出声来，打了我一下："要死！"她又说，"三床血象突然好起来，真给了他一记响亮的耳光！假使我是医生，才不会对这样的情况目瞪口呆。"她停停又说，"你真跟三床好了？"

见我不说话，她轻轻地从我领子上摘下根落发，扔掉，说："我可不是风化警察，这点你尽管放心，我是为刘岛好。我是怀疑，根本就是公鸡误诊。"她说着朝我挤挤眼。

我忍不住笑了起来，她也笑笑，说："如果刘岛还有性交能力，就能提出全面复查，推翻原来的判断。"她说着，眼睛都亮起来了。而我却想起公鸡看到护士长抽屉里的书时说过的话："想跳槽！没有那么容易吧，这种资产阶级思想严重的人，做护士长都不应该。"阶级斗争实在是太复杂了，我怎么搞得清楚。她问："他就有救了！你说他有吗？或者说，你估计他有吗？"

我觉得好恶心。我摇摇头。她把我和刘岛想到哪里去了！

在心里我恨她，我感到她把我弄脏，我一直痛恨着这样把我弄脏的人，她还想利用我去和乡下医生作对，她可真是毒辣。

但是同时，这谈话也刺激了我。我的全身都感到刘岛的存在，刘岛的爱情和气息。教堂墓地里的情形在我眼前重现，我心里涌出一种极强的愿望：我立刻就想扑向刘岛，紧紧拥抱他。那欲望越来越强烈，我很响地咽了口唾沫。护士长抬起眼锥了我一下，循循地引导说："邓肯晓得，邓肯有一次很想要个孩子，她就躺在沙滩上等着，等到了一个她喜爱的青年，她就和他发生了性关系。邓肯就这样生下了一个孩子。我有时觉得，邓肯这样的人很潇洒。"

我不搭腔。办公室的热水汀里面呼噜呼噜地响，锅炉房在试暖气，冬天就要到了。

护士长突然"啊"了一声，说："说话说忘了，赶快去消毒间换针筒。"

她找来一个大篮子，我们把脏针筒和针头收拾好装进篮

第二章 / 果珍

子,我跟她一块送过去。下楼梯的时候,见我用手摸那些木头扶手上的雕花,护士长说:"解放前,这楼专门给肺结核病人住,那时候还没有雷米封,肺病和癌一样,只好住在这里等死。"说着她点点走廊尽头那总是紧关着门的房间,"那儿老早是小祈祷室,省得他们到教堂去传染别人。现在正好做重症病人的单人病房。"

过了园子,护士长领我走进一条弄堂,旁边有扇很高的棕红木门,推开门,屋里白雾团团,充满了热腾腾的怪味。护士长把篮子放进去,别的病房的大篮子也差不多排成队了。旁边的地上堆满了换下来的病员服以及床单被套,它们散发出各种各样的烂水果气味,被白雾浸得湿漉漉,软塌塌的。这时,大屋里发出一声厉吼,紧接着,一团团热腾腾的白雾滚滚而来,充满整个房间。这屋子好像白雪公主里巫婆煮药的大锅,也许真是这样,里面也煮着一个鲜红的毒苹果。我忍无可忍地逃出去,弄堂里雾气蒸腾,水泥路也湿了,墙内的大铁管还往外喷着暖暖的臭气,这时候我突然意识到,全世界最脏的地方,是医院的消毒间。

护士长挽着空篮子从门里夹裹着雾气走出来,她朝弄堂深处看一眼,雾团贴着路面向深处滚去,那儿有一扇灰铁门。她点了点那门,说:"那就是太平间。"

我说:"噢。"

寒流很快过去,蓝天丽日的,好像又暖和起来。病房里开了暖气，上午的阳光一照，到处都暖融融的，让人直想裙子哗哗碰在腿上的滋味。刘岛穿得精精神神地站在楼上走廊里。我路过他，去给男孩做肌肉热敷时，刘岛抓住我的手肘，悄声说："下班咱们出去转转吧。这么好的天。"我欢喜地点点头。看走廊里没人，他将身体迅速地贴紧我。那熟悉的哆嗦，像风一样吹过我的脊梁，我心狂喜地跳起来。我相信，这会儿在写字桌前看书的护士长一定看到了我们的小动作，我也相信，她绝不会声张。

下班吃完饭，在大庭广众下洗了脚，上了床，下了蚊帐，我又装作上厕所的样子，趿着鞋冲出去。我到厕所里面匆匆打扮一下，就顺利地溜出护士宿舍，又溜出医院大门。刘岛正在汽车站的暗影里等着我。街上路灯暖暖的，没有行人，也没有风。刘岛像猫一样缩着鼻子闻闻，说："多好闻，冬天的味儿！是我家乡的味道。"那一天，我才知道刘岛真的是北京人，北京那地方很冷，天很蓝，冬天大家都吃冰糖葫芦。

上了车，刘岛高兴地向我晃晃手里的粉红纸片，我缩到他怀里，他身上的气味使我头有些晕起来，"舞票？"我问。

刘岛怔了怔，说："不是，是滑稽戏。不好吗？"

"好。"我说。但我心里一愣，那是市民最喜欢的地方戏，婆婆妈妈才去看那种东西。这时我闻到了刘岛嘴里的气味，一股不太好闻的气味。他的胃里有太多的药，药的气味都从消化道里反上来了。我把头转了转，避开他的嘴。

第二章 / 果珍

街上没人，人行道的背静角落里，扫街的清洁工在烧成堆的落叶，火焰彤彤红，火星乘着向上的热空气直直地飞上半空，像蛇一样。不知为什么，我被这从小看惯的情形感动了，我重新靠到刘岛怀里。刘岛揽着我肩膀，我准备好迎接一双凉凉的手，而触到的，却是他暖和松弛的大手掌。

车到了站，刘岛从车上蹦下去，一定跳疼了脚，他单腿在人行道上跳了几跳，像只细长腿的大鸟。有个做晚锻炼的老头一路倒退着走过来，他忙忙地躲开刘岛，嘴里哎哟哎哟地叫。刘岛嘿地笑了出来，在路灯下，他的脸变得年轻、淘气，我突然想到芬的"寿头"，这个联想，当然使我很失望。

剧场里很暖和，也很挤，过道上有人勾肩搭背地走路，紧紧搂着彼此的脑袋。我却怎么也不喜欢这样的走法，一看有人这样，我就想起小时候，野小鬼们一块走路，就勾肩搭背，他们嘴里还喊着：老交老交，屁股烧焦。刘岛也学着别人的样子，把手搭到我肩膀上来，一个凄婉的癌症病人绝不该这样子！我想，这简直就像小青年在谈恋爱。好在我们的座位就要到了。可坐垫有个弹簧直直地从座位里挺出来，坐下去便咯咯地响。

刘岛四处张望了一下，看别的女孩子都在嘴里噼叭噼叭地吃着瓜子，别的男孩都殷切地走出走进，侍候他撒娇的女朋友，他也一定要去买瓜子。可我根本看不起那种假装娇气的小女人。我不要他去，他以为我客气，反而一定要去。他不光买了瓜子，还买来了话梅。我选了话梅吃，刘岛撕了半天装话梅的塑料袋,却怎么也撕不开,我急了,用指甲挖破薄薄的塑料纸,被拉长的塑料纸像一团极细极软的头发,紧紧贴在我手指上,甩了半天才甩掉。话梅一到嘴里,无比的咸,完全就是一块盐。我"呸"地一声把它吐出来,吐出来以后,嘴巴还是咸得要命。刘岛手足无措地叫:"这是咋搞的嘛,这是咋搞的嘛!"旁边的人立刻用白眼看他,这种小市民最会欺负外地人,果然那人说:"外地人也来看上海滑稽戏,这个闹猛轧得结棍。"

走到出口处的大红帷帘旁,一撩就走出去,才发现自己却一头撞进一块旧脏的黑帷帘。红帷帘已经在身后迅速关合,潮湿的大布充满陈旧的灰尘气味,紧紧裹着我身体,特别是我的头,什么都看不见。我拼命拨拉,想找到出口,可越拨拉,四周越黑,有什么东西随着扑扑的灰尘一起落在我脸上。从小我就怕被关在一个又肮脏又黑暗的窄小地方,我几乎要大声喊叫起来,我好像被埋起来了,透不过气来,看不到光,于是,我更加拼命地拨拉那些脏布。

这时,我突然清晰地闻到了药水肥皂的气味。那种湿漉漉的难闻气味,是从英文老师在某一个夏天晚上洗过未干的头发里发出来的。我突然体会到,其实那就是一种平庸勤勉,小心翼翼的现实生活的气味,紧接着,英文老师暗暗浮肿,被岁月腐蚀的脸出现在黑暗之中,我突然发现,其实,刘岛和英文老师的脸有着非常相似的骨架。是否刘岛也会在一个白血病人的奇妙外壳里埋藏着一个与英文老师相同的平

第二章 / 果珍

淡无奇的内涵呢？想到这一点，我真的慌了。天知道刘岛怎么会想到来看滑稽戏的！

突然，幕布哗地松下去，门厅立刻出现在我面前。门厅里灯光昏黄，领票员坐在一张看上去又硬又油腻的椅子上，毫无表情地看着我。我转身翻动帷帘，却没发现里面有什么黑布。这时，舞台上突然灯光齐明，舞台上出现了一棵做得让人不想再和它计较的恶俗柳树和一轮黄色的巨月。台下已经到处是瓜子壳了，踏上去窸窸窣窣的，不干不净。

这时，我突然感到惊慌，可说不出为什么，惊慌得我连忙嗒着咸苦麻木的舌尖跑回座位。

我恨死了庸俗的滑稽戏，而刘岛却张着他的嘴，努力想听懂那些油腔滑调的上海话，他忠心耿耿地跟着台上的演员大笑特笑，就是听不懂，看到别人都笑了，他也马上陪着一块笑。真蠢啊！还用手拍打我的膝盖。我却听见心里无法阻止地格格生长着的失望，它枝条茂盛，毫无节制地迅速攀满我的心。

好容易坚持到散场，天突然变了，狂风大作，冻得我鼻子都酸了。刘岛默默看着我，他知道我从头到尾都没笑过一次，也没说过一句话，但他不知道他什么地方做错了，只好小心翼翼地在身后跟着我。男人不知怎样来讨好生气女人的样子，也是一样的不得要领！我冷得哆嗦了一下，他连忙把外套脱下来给我披上。在他衣服上，我又嗅到久住医院的人身上染上的消毒水气味，我闻着这熟悉的气味，心里酸酸的,那个医院里悲剧的刘岛到哪儿去了?

空落落的公共汽车停在医院那一站,我把衣服还给刘岛,让他先进门。他高大威武地走进住院部,消失在拐角,从那儿传来一声声势浩大的喷嚏。我大大地松了口气。

我沿着他走过的路慢慢往宿舍走。夜晚冷凛彻骨的空气里丝毫没了秋天的芬芳,说变就变。我软软地走回去,路过消毒间时,那里仍旧大雾大烟,嚹嚹作响,那口大锅日夜沸腾着。我一路想到,爱情也许是一种极其疏远才能产生的美好感情。

走廊里静悄悄的,同学们都睡下了。实习的宿舍,我们全班三十几个人都睡在一间大房间里,能听到有人在打小呼噜。每次听到这种小呼噜,我都会想,将来结婚了,让她丈夫听到,小姑娘居然会打呼噜,她还有什么脸见人。这次我还是这么想。我刚想拐弯进去,突然,护理老师房间的门打开,灯光像一条白布似的落到走廊的地板上,老师严正地说:"王朵莱,进来!"

我走进去,老师坐在一丝不乱的被里,像尊庙里的金刚。她说:"你又违反校规了,你又违反校规了!"

我不说话,老师恼起来:"你怎么这副样子!"

我说:"我又不是存心的。"

老师敲了一下被子:"是别人劫了你去吗?岂有此理!上学期我不给你好分数,就是有道理的!"

第二章 / 果珍

还是不说为妙,我心里真有被人劫了去的懊丧。我没想到刘岛和看滑稽戏的上海庸俗青年没什么两样,甚至比他们还要起劲。但老师那副教训人的样子更让我讨厌,我就偏不认错。

老师说:"我早劝过你了,不要在病房里谈朋友,你真是鬼迷心窍。我老实告诉你,不要以为老师只是劝劝你,听不听是你的自由。你还是护校的学生,到实在不知悔改的时候,总有办法处理你。"

我也急了,说:"我又不是流氓,怎么处理?"

"你就这点点觉悟水平呐!这样下去,也和流氓没差多少。"老师厉声喝道。

我心里怒火万丈地大骂老师是十三点、猪头三、寿头、老姑娘,但紧闭着嘴不说出来。我知道和老师当面顶不得,就像对爸爸一样。"心字头上一把刀,你就忍了吧。"我对自己说。

老师得了上风头,心也平了,她恨声:"你这种小姑娘,看看蛮聪明的,其实笨得要死!你真正是自己把一朵鲜花插在牛粪上。"见我还不说话,她就说,"回去想想,明天再谈。"我赶紧从她房间里窜了出去。

寝室里黑得要命,充满了女孩子的暖融融的气味。比起窗外的大风,这儿整个就像一床又软又香的大被窝。我爬上自个儿的床,飞快地钻进被窝,心里才妥帖下来。突然想到很小的时候,我生过一场大病,妈在三轮车上抱着我,我满头满身都裹着大被子,只露出了一个鼻子,去医院看急诊。虽然烧得昏昏倒倒,但心里却一片清凉。我想,一直当小孩子就好了,用不着烦长大的心事。

第二天到病房,发现刘岛的床已经空了,原来他下半夜发了高烧,住进危重病房了。刘岛原先的床边,只有我那枝要谢的扶郎花还留着,开始干焦的花瓣显出一派败象。我在危重病房里看到刘岛时,他正躺在床上昏睡。他的脸重新变成灰黄的灰尘颜色,脖子上淋巴全肿起来了。下午病势更重。护士长把急救车都推过来了,急救车轮辘辘作响的声音刚停,西番尼就突然挤到我身旁,她的眼睛放射出深深的兴奋和愉悦,以致两颊像小姑娘一样红彤彤的,嘴里嘀嘀地叫着:"救不了啰!救不了啰!"

我回头白了她一眼,她竟一点也不觉得,仍旧津津有味地挤在一边,打量着护士长急救车上亮晃晃的各种针头,从嘴里喷出一口酸酸的烂苹果气味:"白血病就是癌呀!他脸上那种颜色就叫死人白。"

我走进病房,把门在西番尼鼻子尖上碰上。护士长撩开刘岛的被看了看导尿管,我才发现为了治疗,刘岛已经被脱光了,他的身体很丑,就像一件沾满污物的白衣服。而在死白精瘦的胸前,却出奇茂密地长着鬈曲的汗毛,那些汗毛黑得出奇。我一下子想到了烂苹果里渗出的晶亮汁水。就这样,我看到了一个人马上就要死的身体。那个情形像钉了一

第二章 / 果珍

样,猛地一下,就扎进我的眼睛。

护士长早就合上了被子,示意我过去帮忙。我勉强走过去,护士长示意我帮她打开手术包,里面是一套静脉切开的用具,细毛笔杆粗的针头里套着一个小针头,用粗针刺进皮肤,再抽出来,把小针头留在静脉里,供每天输液用,这样可以不要老扎那些硬化的静脉。

我用酒精给刘岛的颈部消毒。仅仅一天,刘岛的皮肤已经变得干软,湿棉花在他脖子上搓下一些白色的灰球。他的皮肤就像我小时候不小心在后院暗处碰到的鼻涕虫,滑腻腻的,有说不出的肮脏和死气,我哆嗦了一下。

护士长从大口罩里说:"你把静脉两端压住。"我屏住一口气,将他脖子上的静脉两端压住,让静脉鼓起来点。他的脖子软绵绵的,按下去,只感到皮下那些肿大的淋巴结哗啦啦地向四下游移开去。护士长在微微凸起的静脉四周注射了一些麻药,接着,把大针头向静脉扎下去,但那尖利如刀的针头却扎不进皮肤,那皮肤跟着针头一起往前挤去,皱成一个小球。护士长再用力,针管里渗出一颗近乎粉红的血滴。这时,我嗅到从刘岛身上,或者说从他被子里蒸出的一股暖烘烘的、极其强烈的烂苹果气味。那气味是如此酸腐,我禁不住干呕了一声。我手一松,刘岛的静脉一跳,就看不见了。护士长看了我一眼,停下手来。

我憋得满眼是泪地说:"太难闻了。"护士长什么也不说,看着我。我知道没有退路,于是擦掉眼泪,又下手去找那根静脉，它像长满青苔的石头，在皮下滑来滑去。刚才那个针眼还在缓缓渗出些粉红色的水。那个情形真的太可怕了，我忍不住又干呕了一声，但这次我知道自己非得按住那根虚弱的静脉不放手，如果我想早点离开这间屋子的话。所以我紧紧地按着刘岛的脖子，都能感到他喉咙的颤抖。

护士长又往里用力扎过去，这时，刘岛突然大声呻吟起来，那是种如羊叫，如猫叫的细细的惨叫。我两腮的汗毛顿时直竖起来，嘴里布满酸味，护士长却仍旧不动声色地猛力扎进去，皮管里突然开出一朵黑紫色的细长花朵，静脉找到了。护士长开始往外拔大针头，可刘岛的皮肤又紧紧拉住针头，脖子上的皮肤被拉得吊了起来，这时，刘岛突然张开眼睛大声呻吟："我疼，我疼呐！"他眼白发黄，而眼黑却发白了，我从来没看到过这样丑陋的眼睛，想到这身体曾紧紧贴过我的，我禁不住往后一闪。

这时我看到，在黄昏的走廊里，危重病房门口那盏红灯照亮了西番尼兴高采烈的双眼，我真吓呆了，完全吓呆了。

终于等到了下班的时候，我可以离开病房了。为到花园斜角的亭子里去买饭菜票，我绕了条远路，沿着园子的篱笆墙走了大半圈。每个人都有自己拿主意的方式，我的，就是以做件小事为目的，慢腾腾地走一走。园子里寒气逼人，一个老公务员在烧扫成一堆的落叶，使园子里到处都是树叶被烧焦的清香。透过一层层硬硬的树干，隐约能看见火光。走

第二章 / 果珍

到银杏树和小湖那里，我忍不住又回头去看白楼。白楼里灯光通明，厕所的窗关上了百叶，在墙上像个扇子面。刘岛今天不可能再站在那儿目送我了。我站在那里看着，冷得直打哆嗦。天正在很快地暗下来，四周的树木房屋随着暮色而变得模糊，仿佛这全是梦里的情形，连同我到医院来实习，也许醒来，我还是独自躺在满是苍蝇麻花气味的护校寝室里。什么都没有发生过。我知道，我的心里希望一切都没有发生过。

在食堂端着买好的饭找座位，我看到护理老师也在吃饭，我头顶热了一下，感到一个绝好的机会突然拨开迷雾见太阳一般地出现在我面前。那机会好得我都不好意思去利用它。我仍旧很快地向外走，端着烫得很适意的碗，一边高声对旁边的同学说了句笑话，她们果然嘎地笑起来，这样，食堂里的人都朝我们这边看过来。护理老师果然也站起来，她举着筷子对我划拉着：

"王朵莱，你过来，过来！"

我迟疑了一下没过去，也许所有人都认为我在抵抗老师。她急了，严厉地瞪着我。我这才一步一步地走过去，在路上踢到一块骨头。护理老师"呼"地喝了一口汤，说："想得怎么样？"

我的脸真红了，捧着饭说不出话，好容易才说："真要给处分吗？"

护理老师有些恼怒又有些生气地说："看样子不会和你

说着玩吧。"

"如果我改正了呢?"

"怎么改?"

"你们要我怎么改?"

"断绝一切关系。"护理老师又"呼"地喝了一口汤,她拿眼睛盯着我,遮盖不住终于要将我压服的狂喜。

"非得这样?"我问。

"非得这样。"

"断绝关系以后,前面的事就一笔勾销了?"

"当然。你应该相信老师。"护理老师脸上出现了种奇怪的生硬的表情。在以后的岁月里,我明白这种表情就是成年妇女将一个不驯服的灵魂终于压入生活轨道时的疼痛而欣喜的表情。在此刻,她的心里也有关于人生的一些感慨。

"那我,就跟他算了。"我的声音很轻,轻轻地飘过去。

护理老师脸上光芒四射,隔着桌子伸过手来拍拍我面前的桌面,却正好拍在一块谁不小心掉在桌子上的冻豆腐上。她说:"这才是正确的态度。迷途知返,总是好的。"

我看着在碗里被汤泡得涨起来了的饭粒,说了一句本来是我最痛恨的话:"看我的行动好了。"我以为会听到鬼哭狼嚎,我是如此的虚伪,怎么会不遭天打五雷轰?!可什么也没有,只是脚冻得不能动了。

老师站起来说:"饭太凉了,算了,我们一块到外面吃面去。"

第二章 / 果珍

老师和我并肩走出去。凛冽的冷气噎得我说不出话来，老师紧紧抿着嘴，把她的嘴唇都闭紫了。

经过消毒间，消毒间像死似的无声无息，一丝雾气都没有。昏黄的路灯短短地照亮那条夹弄。灯影后面，就是太平间。我想起刘岛那个不会流血的粗针眼。

老师感觉到我朝她靠过去，于是她伸出手揽住我的胳膊，并把我的胳膊夹进她硬硬的腰间，感慨良多地说："老实说，像你这样的女孩，我觉得要好好挑他几个，才定得下终身呢。小姑娘脚明亮，是一辈子的大事。你现在还不晓得这件事的严重性。"

路灯白惨惨地照着老师的脸，寒风阴阴地四处浮沉，街上的行人都缩着头往家赶，我又看见昨天的车站。我和刘岛在那里下了车，我的衣袋里还留着那包他买的比盐还要咸的话梅呢，现在已经是物是人非。

我和护理老师去了车站旁边的庆丰饮食店。饮食店的大门上挂着蓝色的棉门帘，完全是过冬的样子了。棉帘子最能挡风，所以店堂里面很暖和，充满了香葱的气味。我们找了一张擦干净的方桌坐下来。我和护理老师都小心地不去碰桌子，因为我们都学过护士，晓得少接触，就少感染的道理。账台后面的墙上挂着些红色的塑料长牌子，上面写着点心的品种和价钱，有面和馄饨，早市的鲜肉大包、菜包、生煎和大饼、油条、豆浆的牌子已经翻到背面去了。护理老师为我买了馄饨，却不收我的钱。我一直爱吃又薄又软的小馄饨，清汤上面漂着些葱花。又热又香的蒸汽熏软了被冷风吹硬的脸，热乎乎的，柔软的小馄饨沿着食道落到身体正中的胃里，像太阳一样，温暖了身体的四面八方，一个人渐渐就有了着落似的安下心来。我想起来王家姆妈的鸡汤，还有在我家附近街上饮食店里的小馄饨的味道。我家附近那个饮食店里的小馄饨，比这里地道，汤里还有榨菜末和蛋皮丝，好看得很。

店堂里只有一个胖胖的阿姨在招呼客人，送面和馄饨，收脏碗，抹干净桌子，她高高挽着袖子，长着一张像羊一样善良的脸。我突然想，大概这个人不会像我这样残忍地对待刘岛吧？我一点也不善良，我想了一遍我们班上的同学的脸，她们也都没有长着这样温暖和善良的脸。我突然怀疑，一个女孩在年轻的时候会是善良的吗？我就不是。当我青春焕发的时候，我的心很残酷，我想，要是刘岛没有病危，经过了去看滑稽戏的晚上，我大概也不会跟他好了。想到他病危时候的身体，我打了一个哆嗦，我肯定不会跟他好了。我最好再也不要见到他了。善良的表情总是出现在比较年长的女人的脸上，虽然那时候也会有人长得像护理老师这样严厉，但也有人像胖阿姨这样的善良。可是女孩子的脸，只是纯洁和残酷。

第二天早晨，上病室楼梯的时候，看着我已经熟悉并且开始从心里厌恶的走廊，白藤桌椅一一从楼梯尽头升到眼前。

第二章 / 果珍

刚去准备早治疗，电话响了，护理老师要来找护士长。护士长放下手里的东西，让我去给刘岛换补液的药，再给他做次口腔护理。

刘岛的血象仍旧正常，炎症也已经控制住了，真让人惊奇。他躺在一堆烂苹果气味里，用黑得要命的眼睛向我温柔地望着。而我却打起哆嗦来。一天一夜没进食，他嘴里长出一些白色东西，烂苹果气味！我的脸早在大口罩下皱成一团，这样的嘴，它曾经吻过我。他费力地伸出手，用一只手指轻轻抚摸了一下我手背，说："想你。"

我跳起来，心虚地把他的手一推。他的手像个东西似的落在胸前。

我慌了，不敢看他，只是说："快张嘴，三床。给你做口腔护理。"

他大大张开嘴，我屏住呼吸给他在嘴里擦了一遍。他这次没碰我，只是说："我不知道那话梅不好，我从来不吃零食。"

我忙打断他，说："快休息一会儿吧，别说话了，护士长等我呢。"说罢，捧着脏棉花逃出来。

刚关上门，就看见护理老师和护士长愤怒地在护士办公室门口等着我。在她们身后，玻璃窗外，那棵银杏树在寒流的太阳里金光灿烂。她们说我道德败坏。护理老师对自己昨晚上用馄饨奖励我，悔得盲肠尖都青了。她说："好事也不能你一个人全占了。"她又说："你不能坏了良心！"

下午，刘岛又开始发烧，发炎的淋巴涨潮似的到处鼓起来，而且出鼻血，塞止血海绵，不流了。一拿开，又流出来。刘岛的白血病迅速恶化，三尖杉都没用了，红脸医生又开了张医嘱，在桌面上推到护士长面前，让护士长干去。护士长从血库里领了血来给刘岛用。她仍旧不动声色，但不知从她身体哪部分显示出来，我感到她气得想杀人。

　　刘岛拿湿淋淋的眼睛央求地看着我，我直往护士长身后躲，但还是不能忍受。等干完活，护士长拿了东西走，我忙说："三床，有事打铃。"跟着护士长跑出去。

　　走廊里站满了病人。他们围在西番尼四周，用眼睛瞪着我。他们都穿着病人的紫袍，像群幽灵。西番尼慢慢地说："我们癌症病人是不是洋娃娃啊，不好玩了，就丢开。"

　　护士长默不做声地往旁边让了让，把我让给紫袍子的人们。

　　我说："学校不让谈恋爱。"

　　那十九岁男孩坐在我对面的轮椅里，细脖子顶着很大的脑袋，他突然摇动轮椅扑过来，轮椅晃晃悠悠一直冲到我跟前，我叫了一声，想一把抓住椅子扶手，可却抓住了那男孩的手。他的手细长得像女孩子，这时他却狠狠用指甲掐了我一下。我痛叫一声把他推开。原来和刘岛住一间病房的老头子站在男孩的后面说："开除她，开除她！"

　　西番尼抓住我衣襟说："女孩，拍拍你良心，你肚皮里还有良心？"她又瘦又黑的手指发着抖。我只管往后退，再

第二章 / 果珍

也不敢碰到她，在她身上，我闻到烂苹果气味，它们那样芬芳，又那样腥辣刺鼻，令我不能呼吸。

这时护士长过来扶住西番尼，说："我们会研究大家意见的。大家放心回去，我们绝不会袖手旁观的，大家都是人。"

西番尼转过头，瞪着护士长。她眼里渐渐出现了一种威慑的意思，说："护士长，耍我们，天打五雷轰。"

护士长叫来护理老师，护理老师领来了医院护理部的人，也是个女的。她们对我宣布了最新决定：必须与刘岛和好如初，必须用心情去挽救刘岛的生命。鉴于刘岛无家属，试拟给他做特护，马上进病室开始工作。

我辩驳了一声："我们又不是夫妻。"

老师激愤地晃动着满头炸起来的，像钢丝一样的头发说："如果是夫妻，就是法警押送你到病室的事情了。"

护士长静静地说："如果你不在十五分钟后去给刘岛做口腔护理，我们病房马上把你退还给学校。"实习不及格标志着要留级，或者作为不宜做护士的人，分配到医院的动物实验室喂狗。

最后，我冲回配药间拿了腰盘和棉花，去刘岛的病房。

走廊里，各个病室的人都阴险地笑着目送我去刘岛的房间，西番尼的脸被狂喜的眼睛照亮了，像路灯下的一小圈泥地。我从来没看见过一种心情能化为如此强烈的表情。

推开门，走进去，倚在门上，我真像掉进咕嘟咕嘟冒泡的沼泽地了。我的眼泪哗地下来，到处遍布烂苹果的气味，到处都是。泪水模糊间，看到刘岛在枕上殷切地看我，他的鼻子——我一直认为是很好看的直长鼻子——被止血棉撑得翻起来，我忍不住皱眉，可刘岛却笑了一下，那一抹笑容把他的嘴扭歪了。我拼命忍住不往外跑，我知道这不是演电影，我跑出去了，还得再回来，干同样的事。外面哪儿没有有毒的视线呢？止血棉上吸满了淡淡的血浆，变得很沉重，好像能闻到有病的血那种特殊的腥气。

突然有股血从他鼻里窜出来，溅在我手上，我眼泪从心里哗哗涌出来，一时觉得嘴唇和鼻子都肿得硬硬的。刘岛又笑了一下，沾着有癌细胞的血的脸真吓人！我抽泣着给他擦干净血，并塞上新棉花，接着，发现他嘴里的黏膜大块大块地溃烂了，红鲜鲜的肉翻得像一朵花。我连忙闭了闭眼睛，麻着头皮给他用黄药水擦了擦，刚轻轻碰了下他牙床，血就呼地漫了满嘴。我终于撒手哭起来，刘岛勉强欠起身，找地下的痰盂。他胳膊打着抖，突然身体一软，倒在床沿上，血全浸在床单上。他一定没吐干净就倒了，我去扶他，在他肩膀上，我感到某种熟悉的东西，这东西使我恶心不已。我忍着恶心把他拖上枕头。这时，听到他喉咙里咕咚响了一声，他是把满嘴的血水生吞到肚子里去了。

这时，护士长推门走进来，走廊里的眼睛立刻跟着她锐利地刺过来。护士长一声不吭地在杯子里冲好温水，示意我把刘岛扶起来，给刘岛漱口，刘岛几乎躺在我身上，我的眼

第二章 / 果珍

泪就落在他头发里,只有那头发像一直被什么滋润着似的,越发黑亮起来。

那天,一直把刘岛的床单换干净才下的班。到食堂买饭,以为自己会吃不下,就买了二两烂糊肉丝面。一口吃下去,顿时发现肚子里又冷又空,很快就把二两都吃完了,可就像没吃一样。于是又去买了二两,又都吃完了,小肚子涨得打坠。

回到宿舍,一屋子的同学突然都义正辞严地瞪着我,有人低声谈话,嘁嘁喳喳地。然后,有人故意大声笑,那是芬的声音。

我知道不会有任何人理睬我,自己拿了毛巾和拖鞋,去浴室洗澡。浴室空空的,外间冷得要命,脱掉衣服以后,牙便响亮地打起架来。路过那面镜子,我没往里看。拧开水,我找了块丝瓜筋在身上刮,很疼。水不断地从头上流向脚下,但它却没有像我想象的那样带来什么温柔的心情。过了一会儿,听见有人在外间叫:"王朵菜,快出来,老师有请。"我匆匆洗完跑出来,芬在外面等着,她好奇又厌恶地打量着我的身体,我真死无葬身之地。

我们就到老师房间去开会。

老师说我道德有问题,她说我不是中国人,连外国人都比不上,连资产阶级的人情味都没有了。

芬说我的行为给护校全体实习生丢了脸,造成别人身心极大痛苦,是不能容忍也决不能放任自流的。

还有同学发言。总之当然全说我坏，我坏得好比杀人凶手，我比小偷还自私。我坐在那儿，像只被抓住的老鼠。

走廊里传来收音机里的天气预报声，说寒流又将袭击本市，气温在二十四小时内将下降15—16度，有严重冰冻。据说这冬至时的暴寒天气，是危重病人的劫数。

老师让我说，我什么也说不出来。

散会后我冲了个热水袋，钻到床上。听见芬高声说："要是我生病，王朵莱敢这样对我，我就敢把她杀了。"那声音真是杀气腾腾的。等到晚上十点报新闻时，我特地打开收音机，把头蒙上被子再听了一遍，果然不错，未来二十四小时将下降15—16度。这时突然感到被子外有动静，我连忙关了收音机钻出去，是隔壁铺的林小育，她撩开我枕头旁边的蚊帐，钻进脑袋来。我问："干啥？"

她说："要不你一开始就不跟他好，跟他好了，就得负责任，现在这样太自私了。"

我说："好和不好，又不是想怎样就怎样。"我突然很烦躁，躺下去，说，"你不懂。"

林小育说："我是不懂，不过你这样，连外国人都不作兴的，人家白衣少女还和白血病人结婚呢。"

我说："外国人有什么了不起。"

她咽了口唾沫说："你总归要和他保持关系的。"

我心里说：寒流要来了，冬至要来了，重病人总归要到死期了。

第二章 / 果珍

林小育叹了口气,说:"你总归是倒霉了。"说完,她缩回头去,可这句话把我眼泪也引出来了。

睡到半夜醒来,听见屋顶上飞沙走石,真正是寒流来了。我觉得自己像个恶鬼,为寒流的到来呼号不已。风打得玻璃乱响,远远地,听见沉重又尖利的嗞嗞声,那是消毒间的大锅在放气,大约刘岛床单上的血,也被它变成这吱吱乱叫的东西了。放完气,一切又宁静下来,更远的地方传来窸窸窣窣的声音,大概是那棵银杏树在落最后一批树叶。在黑暗里,我想象着金黄色的树叶飘似下落的情景,树为了过冬,便牺牲了它身上依靠它的全部树叶,人人都说落叶美丽,但却从不谴责树的自私。

第二天果然狂风大作,满天乌云翻滚个不停。路过园子去上班时,发现那小湖上结满了肮脏不平的薄冰。来不及变黄的树叶已经被冻死在树上,病房里果然有变:西番尼凌晨病危,夜班护士被西番尼折腾得脸色焦黄。走廊里虽然很暖和,可病人们都静静躺在自己床上。

我连忙推开刘岛的门,看到的却是一双睁得很大、睡眠很足因而显得宁静的眼睛,只是在他的眼白上多了一小块出血点。

红脸医生吩咐化验小便,我去接尿,把便壶递给刘岛,我要替他撩被,他却用手压住不放,脸好像有些变色,也许是变红。他把便壶放进被子里,在被子里窸窣了半天,就是尿不出来。憋了半天，最后他说："请你出去片刻好吗？"我便走出去。

西番尼黄疸出得全身全脸，却断断续续吵着要吃苹果。护士说食道不通畅，吃下去会难受的，西番尼却反复说着一句话："我饿，我饿。"她的声音变得像个小孩那样尖细。护士长走过来说："不可以吃，吃下去太危险了。"而红脸医生却跟进来，视察了一下补液的情况，说："要吃就吃一点吧。"西番尼眼睛突然亮起来，护士打开她的小柜，里面塞满了起皱的旧苹果，新鲜的新苹果以及烂成褐色的苹果，看样子，全是些最大最好的。

护士长与医生擦身而过。见我站在走廊里，就问我："你站着干啥？"

"等刘岛小便，我在，他尿不出来。"

护士长领我一块进去。刘岛已经躺好，旁边椅子上放着便壶，护士长吩咐我收拾好化验管，对刘岛柔声说："三床，你不要有什么顾虑，小王照顾你，是她应该做的。"我想象着，倒出来的尿液会是锈红一片，可它的颜色却正常无比，还有股暖气，透过小玻璃瓶浸到我手指上。

我送走了化验瓶。

可试管上那小点暖气，好像粘在我手指上了，我一直把手指直直地伸着。果然，西番尼吃了一点点苹果，就吐得一塌糊涂，那声音就像一只受伤的猫在哀叫，听得我腮上的汗毛一阵一阵直竖起来。但她却吐不出什么，护士好容易把她

第二章 / 果珍

抱回到枕头上,她仰在枕头上,继续干呕和呻吟,眼睛四下找着,手也从被里伸出来往下摸索,但摸到固定在床垫上的补液管了,捏了捏,才停下手来。她的眼睛定了一下,又开始四处游弋,我还没见过一个垂危的人有这么灵活的眼睛。我走过去,屏住呼吸,迎住她满是烂苹果味的眼光,向她欢笑了一下,这时我甚至看到了自己的笑容,在阴暗的病房门边,我的脸像鲜花骄傲地怒放。

刘岛躺在床上,低烧使他变得精神振奋,就像被点燃着的一段木炭。见我进来,他身子似乎也动了动,做出个很乖的模样。我当着他的面,拿出手绢来垫在口罩里,把口罩戴好,然后,找出准备好的手术室手套啪啦啪啦地戴好,手套紧束住我的手,手是那样细腻好看。全副武装后,我才去给他做口腔护理。刘岛这次却没把嘴顺从地张开,而是猛地把头扭了过去。他一定动得太厉害了,留在静脉里的针头刺痛了他,他只好又缓缓把头移过来一点,我"嘿"了声,说:"三床,不要动得太厉害了。"

他的脸仍旧背着我,不肯转过来。病室里一时静下来,隐隐听见西番尼那边又大吐。我把杯子顿在桌上:"是你不配合治疗。"这时,我才发现,他眼眶和眼白都红了,泪水在变得深陷下去的眼眶里直转。看我转过来,他不再躲开,直直看着我。我肚子里抖了一下,但却挺住不转开眼睛,是他害得我里外不是人。我要告诉他,我恨他,恨得要死,我不怕他装满了眼泪的眼睛,如果要哭,我也能哭。

听到走廊里有动静，我借个由头走出去，西番尼昏迷了。我报到第一天，第一眼看到的那辆急救小车，现在又被护士长推到西番尼屋里。护士长在查心电图，那屏幕上有个绿点滴滴叫着，忙忙乎乎又上又下。这说明西番尼那颗心还活着。我冷不丁看见歪在枕上的西番尼，她张着嘴，嘴唇灰白，焦黄的脸上泛出一片咖啡色的老人斑。可她张着眼，那眼睛像箭一样尖。我哆嗦了一下，然后，才发现她是张着眼昏迷的，也许因为她太瘦，皮肤一紧，眼睛就合不住了。她匍匐在一大堆机器中间，像头受伤的野兽。

我退回刘岛的病室，心咚咚地跳着，仿佛有什么想法，像大风里的碎纸般飞快地在脑子里闪过，但却不知道那是些什么。多少次想象过死，多少次讲死人怎样把活人吓死，但却没有眼前的情景可怕。

这时，我才发觉刘岛的身体移动过了，他正疲惫不堪地倒在枕头上，脸上有些汗。再发觉那些棉花上粘了些黄药水和脓血，他自己清理过口腔了，痰盂边上也有些血。刘岛闭着眼不说话，但我还是能感到他眼皮下面很深的怨恨。

我身后突然响起西番尼的大声呻吟，她用那种又像小羊又像小猫似的声音叫唤着："我饿，我饿！"我把门关严，发现门上面有个天窗开着，那可怕的声音还是会从天窗传进来，于是我跳起来关天窗。天窗一定有许多年没关了，铰链咯咯地响着就是合不起来，但玻璃上的灰尘却雪般地落下来，这些陈年的灰尘也不知道听过多少个癌病人孩子似的惨

第二章 / 果珍

叫了，灰尘飞扬下坠里，我想到剧场那里的帷幕，我看见刘岛深深地看着我。

那天中午，我又吃了四两面，我是一个人特地到医院外面的饮食店里去吃的，一到吃东西，我就高兴起来，把别的事都忘记了。可我总是想起西番尼的眼睛，能听见她在叫，嗅到她身上发出的烂苹果气味。下午去上班，狂风在头顶号啕，不住撕扯我的头发。白楼每个窗户都亮着灯，而且关着百叶窗，但那种阴惨的死亡之气仍旧射向四方。

西番尼还处在昏迷中，她心电图上的绿点渐渐要平，医生给她打了强心剂，就走了。护士们围着，西番尼突然喘着气说："我饿！"接着眼睛突然一动。我连忙逃进刘岛的病室，他好像一直保持着我关窗时的姿态和眼神，直直地看着我。

不久，护士长推门进来，向我招手。西番尼死了，让我去参加尸体护理。越过她的肩膀，我看见西番尼的病房里有人呼地推开窗子，一股寒风倒灌进来，又看见西番尼的一双脚，黄白黄白的。

我打着寒战说："那不是我分管的病房。"我听出自己的声音那么没有底气。

护士长翻起眼睛来看看我："你可要注意这一段的表现。"奇怪的是，护士长现在跟我说话，居然也带着一点南汇口音了。

我瘪头瘪脑地走进西番尼的病室，屋里寒冷刺骨，我的牙齿只管上下打架。正忙着的护士像小工头一样对我扬扬下巴："把管子都拔了。"

西番尼临终时循环已经变得很坏，护士不得不把补液瓶高高挂在补液架顶上。我把手撑在床上，去拿补液瓶。正在这时，西番尼突然长长叹了一口气，把肚子挺了出来，像个缺钙的小孩。我吓得一哆嗦，补液瓶从手里滑下来，哗地碎在地上。我拿个扫把来扫，又发现簸箕里全是苹果皮，干干地锈锈地卷着，像些鸡肠子。

有股热烘烘的东西从我肚子深处腾起，我以为自己要哭了，可马上就觉得，是心里的一股愤怒，我恨这些所有陷害我、惊吓我、强迫我的一切！我把碎玻璃扫进簸箕，护士脚边有一块碎玻璃尖头尖脑仰着的，我没理它，只是留意看了一下她的鞋，恐怕她的鞋底太厚了。

一切停当，让我跟太平间老头去签字，护士早去洗手了。我故意不穿病房护士穿的蓝色护上棉袍下楼，来表示反抗。护士长轻轻说了句："神经病。"就也不理我了。一下楼，风就像刀子一样地割着我的全身，太平间来的接尸车吱嘎吱嘎地响着往前走。我看着接尸车上那段小小的白布包，一个人死了，居然是这样的。老头看看我说：

"小姑娘，不穿上棉袍，要感冒呐。"

"不怕。"我说。

经过巫婆大锅，雾气迷漫，看不清人，老头没推稳，车跳了一下，西番尼的尸体也跳了一下。老头又说：

第二章 / 果珍

"别动感情。"

"不动。"我说。

进了灰门，我在西番尼的死亡证明书上签了字，我的字特别地龙飞凤舞。

仿佛又听到接尸车吱嘎吱嘎的声音，我对自己说：不对，做梦呢。我努力睁开眼睛，寒冷的夜色沉重地压在我眼皮上，连眼珠都冻得酸起来。窗外寂静无声，连树叶都不再响。果然是那接尸车路过我们宿舍的楼下向西去，这不会是刘岛吧？我想。

醒了，就很想小便，我从被里出来，冻得要命，黑暗里又踢到谁的鞋，也懒得去管。摸到厕所，水箱里点点滴滴的声音格外响亮。突然，灯啪地轻响一声，"呜"地暗下去。我拉开厕所的白门，突然有东西忽地跳上来拽住我前襟，我听见西番尼的声音轻而清晰地问："你的良心在哪里？你的良心在哪里？"我吓得大叫起来，很快走廊里就有了动静，老师披着棉袄跑出来，大声问："谁？谁？"

我一句话也说不出来。死死抓住老师的手，老师叹了口气，说："快点，我陪你。"我却无论如何解不出小便来。老师在外面说："中国古话说得一点也不错，没做亏心事，不怕鬼叫门。"

好在第二天出了大太阳，阳光把一切都照亮了，想起昨晚，好像小时候做过的噩梦。

这天我看到的，是刘岛那双从未见过的清澈眼睛，恍如万里无云的蓝天。我走进去的时候,刘岛眼睛闪了一下,换了种样子看我,像是要在我面前藏起什么来。

刘岛的危险期仿佛已经过去。护士长让我给他擦擦身体,洗洗脚,然后换衣服床单。等护士长走开,我仍旧当着刘岛的面全副武装好,特别哗哗响地套好橡皮手套,一边拧干毛巾,一边说:"三床,给你擦擦身体,换下衣服,这样你可以舒服一点。"

刘岛又打算拉住被子,而我装作不理会,猛地掀开被,一边轻巧而又装成万分关心地说:"你放心,室内温度不会感冒。"

刘岛的身体使我一下子想起了小时候被猫拖到皮沙发下,周身弄得又皱又脏又破的那个布娃娃。他的衣服胡乱裹在身体上,身体上有些紫血斑。他的前胸和后背,让我感到了在记忆深处的效果,美好的东西总是那么短暂,就不见了,而为了那一分钟的美好,人却要付出望不到头的沉重代价。

他犹豫了一下,把两腿蜷起来,这样的姿势,立刻显出他下陷而且狭小孱弱的骨盆。我伸出手去,毫无表情地把他的膝盖压下去,还特别让他转过身去,用毛巾在他的臀部搓着,我是在恶心他吧,让他知道我一点也不管他的羞耻心,我也不把他当男人看。可刘岛静静地看着窗外大朵大朵在天上乱飞的云彩,随便我做什么,什么也没说。

我把他的身体翻来翻去换好床单。而他仍旧睁着宁静

第二章 / 果珍

的眼睛深深地看我。刘岛自己把身体翻过来,盖好新换的被子。我端了脸盆出去,临开门时,听见刘岛在我身后轻而清晰地说:"谢谢你。"

回到配药间,倒了脏水,脱了手套,开始仔仔细细地洗手,在冰凉的自来水里,我的手又焕发出从前那种成熟而且晶莹美丽的颜色,远远地看去,真不敢相信自己有这么漂亮的手。照例用肥皂洗三遍,然后涂上尿素。这时,我发现银杏树下有一堆烧得轰轰烈烈的落叶堆。那是一大堆落叶,火很旺,寒风吹扑着火焰,火焰彤红地在褐色的落叶上跳跃舞蹈,并扇动那些薄而死硬的落叶在最后的燃烧中飞舞飘扬。有一片通体金红的落叶顺着寒风,在空中一转,向我扑来,虽然这只是一刹那。它身上的火焰马上就被吹灭了,它突然一顿,变成一块灰白的东西,落了下去。

下午,刘岛全身的淋巴肿竟像潮汐般地全退了下去——鼻血也突然止住,他自己刮了胡子和鬓角。刘岛一直望着天空,前几天的寒流最终带来了上海难得的万里无云的蓝天和闪闪发光的严寒。随着刘岛一同仰望蓝天时,我突然觉得蓝天像一个巨大无比的眼睛,默默地看着大地。

第二天,阳光越发灿烂,空气里充满了被阳光和严寒滤清的那种锐利的透明,阳光把整个走廊照射得明亮如镜。我又见到了进病房第一天的情景,走廊里又放着那辆白色的急救小推车。

刘岛像一堆用旧的东西一样堆在洒落白色阳光的床上，床架子上系着一根表示病危的红布条。补液架上的输血瓶吊得很高。这情景和我多次想象的一样。刘岛凌晨两点突然昏迷，颅内出血全身并发炎症。这时我才知道，前几天他眼白上的血点子就是颅内开始出血的征兆。当白血病人的眼白上有出血点了，死期就近在眼前了。

这一天终于来了。

我站在门口，望着阳光下的一切不敢走近，这时我才明白，我一方面是盼着这一天，一方面是怕着这一天。我惊慌地走向护士办公室，在走廊里我又遇见了那些寒意凛凛的眼睛，只感到自己是走在噩梦里。护士长一边换衣服，一边盼咐我把心电图机器推到刘岛病室里，"他一直没有声音，像死了一样。"夜班护士说，她摇着焦黄的脸说，"我真倒霉，一值夜班，就碰到那不吉利的红布条子！"我走进配药间，想要逃过这一关，我不想看着刘岛死。慌乱中只找到一个废安瓿，我狠狠心，将它捏在手心里，想用它把手切破。但安瓿被我捏碎了，手却没有事。护士长突然探进头来叫："小王，快来！"我只得随护士长推着心电图机器去刘岛房间。快走进那屋的时候，看到西番尼的空床上已经来了新病人，是个年轻女子。我尽量屏住呼吸，但无济于事，走到刘岛床前，只得呼吸他的空气，可他身上并没有丝毫烂苹果气味，没有。

阳光下，刘岛的脸泛着死人白，他的眼睛很平静地合

第二章 / 果珍

着，连头发都整齐安静，脸上有种奇怪的轻松的表情。

心电图那个代表刘岛心脏的小绿点不断掠过，他活着，他静静地不动，也许是在算计什么时候跟我总算账最好。我一动不敢动，想了一千种从这里逃出去的方法，它们在我脑子里轰轰地走来走去。

抢救的强心剂用下去，仍旧没反应，刘岛的脸一如从前的宁静，阳光照出了他脸颊上密密的金色汗毛，微微倒伏着。他的呼吸变得十分宁静微弱，不仔细听，根本听不出来。

红脸小男人把刘岛眼睛翻开来看了看，说："die。"说完，他从我身边擦过，回办公室开死亡证明书去了。

然而就在这时，刘岛突然张开眼睛，他的眼光越过我，落在我身后那个空无一物的角落里。我不知道这时他已经没有视力，只感到他的表情叫我想起昨天他仰望蓝天时的神情。然后，他把眼睛转过来对着我，那些偷偷准备的撒手锏就要用出来了吧！他的眼光坚定地停在我身体的某个地方。我抢着说："刘岛，你不理解我。我做事根本不像你想的那么恶，你不懂我们这样的女孩。我们没经验，我的老师不同意。"那些声音我自己都觉得太虚伪了，于是我又说，"我是自私，我也不知道为什么这样，我不是存心的。"那些声音又使我感到真的太虚伪了，我这才停下嘴来。

这时，刘岛说话了："此岸的人说他去了，彼岸的人说他来了。"

我连忙向旁边闪了一下,让刘岛的眼睛落到我身后去。

不知什么时候,刘岛的呼吸突然停了,他静静地等待着,拿眼睛看着天花板,那儿映着太阳照耀着的一杯水的波纹,金波荡漾。然后,他长长吐出一口气,安静地合上眼。

又过了一会儿,他挺起胸脯,慢慢地深深地吸进一口气。那模样,像阳光里宽广的海面,远远地滚来一排白波浪,又呖呖翻卷着退下去。

我意识到,这就是刘岛的潮状呼吸。

蓝色海洋里的白波浪慢慢平息了。心电图上的小绿点也不再飘动,变成一条直线,就像此岸的船驰向了彼岸,留在船尾的那道被犁成白色的水波。

突然,像大海上空浮来一片遮日的薄云,刘岛本来已经灰白的脸上突然又泛上一层真正的灰白,我这时才发现他的眉毛原来是那样密地连在一块儿的。

我出神地看着刘岛的脸,他的脸变成了一尊英俊的石像。我很吃惊这个男人的英雄气,甚至错乱地想到,如果他这样漂亮干净,我有可能再与他和好。

那时我并不知道刘岛已经死了。实习护士的我,是第一次陪伴一个病人死亡。

我还愣愣地等着刘岛最后的潮状呼吸。

刘岛在迅速地变成石雕。我不能形容灵魂离开肉体之后,肉体的变化,当你触摸时它还柔软沉重,但它呈现出来

第二章 / 果珍

了像石像那种结实与冷淡。

护士长走过去关上心电图说:"die。"她收拾起心电图的那堆电线,"啪"地关掉了心电图上的机器。

我过去打开窗,园子里落叶已尽,枝桠间和枝桠上,是一片碧蓝晶莹的晴空,没有云,没有鸟,没有声音。这时,我几乎感到有什么东西轻柔地从我身后飘向窗外的天空,一些酒精气味,病房里的暖气,或者是刘岛的灵魂。

我掀开还留着刘岛体温的棉被,发现刘岛在医院的病号服里,已经穿好了自己的衣服,用不着我给他换贴身的衣服了,他穿了一身军队发的黄布衬衣和黄布长裤,那衣服使他显得年轻而高大。

护士长进来清点针头、器械,拿出来,临走吩咐我:"等太平间人来了再包,他们总把我们病房的床单包了去,又不拿回来。"

我说:"噢。"

护士长又说:"给他拉直,要不然硬了,冰箱塞不进去。"

我说:"噢。"

我握住刘岛的手,他的手变得好重,我把它们交叉在胸前,并归拢他的腿。他在白色阳光里躺着,真像睡着了一样。我还没看见过睡得这么安详的人,躺在自己为自己穿戴整齐了的尸衣里。

吱嘎吱嘎轻轻响着,太平间老头推着接尸车来了。我和

121

他一块把刘岛包好扎好，放到车上。我去办公室，拿死亡通知单，看见上面写着白血病死亡，我就把它放在胸袋里了。

下了楼，迎面扑来的是凛冽的冬天空气。阳光像冰山一般，光芒灿烂，但毫无温暖。车子仍旧摇晃摇晃着，刘岛的躯体也在被单下摇晃摇晃，经过了落叶的灰堆。

我又走进了停尸间，又来到那张旧桌子前，又要在死亡证明单上签上自己的名字。刘岛，现在已经变成了一张纸，带着我的名字，消失在死亡报告中。我签上字，并小心地把写得太浅的地方描了描。

里面砰地响了一下，是老头把冰箱里的白铁担架拉出来了。我进去帮着他把刘岛放上来，把死亡通知单插到尸袋里。下面就是刘岛的鼻子，很高，很安静，他再也不用止血海绵了，他当真会变成什么飞翔的东西吗？

老头看看我：

"姑娘，别动感情。"

我自己知道，这绝不是别人说的那种虚伪的眼泪。

我和刘岛的故事在护士学校飞快地传开。紧接着，医学院的毕业生来医院实习，于是，又在医学院的实习医生里迅速地传播开。常常有人路过我身边时，故意看我，他们的目光，我认为很像在马路上看外国人的乡下人。

我不能在儿病室再留下去，没等实习结束，我就被换

第二章 / 果珍

到小儿科病房去。护理老师在给我换病室的时候，笑吟吟地说："和小朋友，总没有什么可搞的了吧。"和小孩在一起，握着他们由于重病而薄得像纸一样的小手掌，我的心好像落到了原来的地方，不再像以前那样提在喉咙口，也不再想遇到什么惊心动魄的事情，连说话都简单了。我拼命地讨好儿科的护士长，想让她开口将我留下来。

但护理老师和学校还是没有放过我。

实习结束以后，所有的同学都有分数，只有我没有。

在饭堂里，我又常常能遇见英文老师了。隔着一个冬天，一个刘岛的故事，我远远地看他，他看见我，还和从前一样，温和礼貌地向我点头致意，没有任何的矫情，任何企图和任何嘲弄。只是他再也不肯多停几分钟和我说话，他总是在一笑之后匆匆地走开。

毕业分配的时候，学校宣布我不能分配到医院去做护士，只能去医学院附属的职工幼儿园去做后勤。听说本来我也应该分去动物实验室养狗和白老鼠的，但上一届已经有个女生被分配到那里去了，也是实习的时候，和病人谈恋爱谈出事情来了，才分过去惩罚她的。她已经把那个位置占住了。

我拿着一张结业证书回家。

当然是没脸见人。虽然爸爸妈妈和邻居们都不当着我的面说什么，而且小心翼翼地避开学校、医院这种的话题，但是，我还是不想见到任何人，这是理所当然的事。我家弄堂口的烟纸店里还日日放着《甜蜜蜜》，四周好像什么都没变，让我吃惊。

好在春节就要到了，商店里开始热闹起来，淮海路上到处人挤人，我便常上街去。妈妈留下一些钱来，让我买家里过年要用的东西，我去荡马路，就成为名正言顺的事情。

一到快春节的时候，天气就会变得很糟，不停地下雨。是那种没日没夜的中雨，一连可以下两个星期的。梧桐树全淋透了，变黑了，好像就要发霉似的。街上的积水全是黑色的，店堂里的地也全都是黑黑的湿脚印子。但是，商店里还是挤着买东西、准备过年的人，第二食品商店卖糖果的柜台前面，总是挤满了人。那家店里有进口的糖果，也是最早开始卖进口的果珍的，进口果珍的玻璃瓶很好看。我在那里还看到有进口的雀巢咖啡，它的瓶子也好看。我家的玻璃橱里就放了一瓶雀巢咖啡和一瓶知己，还有一套咖啡具，客人来了，妈妈就取出它们来招待客人。

进口的糖果贵极了，但是很好看，买的人也不少。我也买了一斤。进口的糖果每粒都很大，放进嘴里的时候，我还不习惯。我看到一个女人称了一斤进口的糖，又称两斤国产的玻璃纸水果糖，然后让营业员把它们混在一起装。我马上懂得了她的聪明。水果糖是用最简单的透明玻璃纸包着的，一点也不抢眼，正好和漂亮抢眼的进口糖混在一起，看上去又多，又好看。于是，等那个聪明女人走了以后，我也像她一样，称了两斤透明玻璃纸包的水果糖。糖果柜台的营业

第二章 / 果珍

员们,到底是淮海路上大店的营业员,脸上有种很矜持的样子,个个都烫了头发,用白色的帽子轻轻压着头发,生怕把鬈发给压瘪了。她们也喜欢聪明人,遇到纠缠不清的人,她们就凶人家。

我去长春食品店买炒货,鸭肫肝和干货,像黑木耳、金针菜什么的,但我没买瓜子,我很讨厌瓜子,其实是讨厌吃瓜子的样子。还到哈尔滨食品厂买椰丝球、咸忌司条和小的蝴蝶酥,这些本来都是妈妈过年时去买来备着的,现在轮到我来做了。

买东西很开心,实实在在晓得自己有了什么,也晓得这些东西会用在什么地方,还晓得亲戚朋友来了,会说好话,说让人受用的话。

哈尔滨食品厂的柜台前,当然也挤满了人。拿着包好的点心挤出来,都要费点力气。挤进挤出的人,大多数是当家的女人,还有像我一样的小姑娘。大柜台前,大家的身体都贴在一起,成年妇女们的肚子真的买软极了,她们也不像小姑娘那样小心地用一只胳膊挡在自己胸前,不愿意别人碰到自己。她们拿自己的胸脯去顶别人,她们的胸脯也柔软极了。倒是总护着手里拎着的东西。她们的身上,常常能闻到面霜的香味。

我买了东西回家,有时在后门遇到王家姆妈,她常常问问我买东西的行情,也夸我懂得把进口糖和水果糖混在一起的聪明。妈妈回家来,一样一样看我买回来的东西,有买到特别出挑的,或者特别合算的,妈妈忍不住到厨房间去说,邻居们一致有兴趣,跑来我们房间里看。我家的邻居们,都是小心做人的良民,从来不愿意难为别人的。

借着采购年货,我终于在家里安顿了下来。我洗干净每年春节才用的细瓷糖缸和玻璃高脚果盘,将待客用的东西一样一样装上盘子,放在五斗橱上,觉得它们真是好看。

那是个小年夜的下午,已经有小孩在弄堂里放鞭炮了,爸爸妈妈会提前下班。那天王家姆妈一直在厨房里,用铁勺子做蛋饺,那是为她家大年夜的暖锅准备的蛋饺,但我晓得,她也一定会多做一些,邻居每一家都能分到六只她做的蛋饺。从我小时候,年年都是这样了。我打开房间的门,闻着鸡蛋在铁勺子里慢慢熟了,发出的蛋和花生油的香味。

王家姆妈要做几个小时的蛋饺,她带了一个半导体到厨房去听。隐隐约约的,我能听到,她在听音乐,但听不真切。我想,她一定戴着纺织工人的帽子,穿着工厂里的蓝制服,戴着手术间的橡皮手套。就是待在厨房间里几个小时,她也不想沾上油烟气。

我用热茶杯暖着我的手,感到自己的一颗心,就慢慢地回到原来寂静的角落里去了。

第三章

车铃

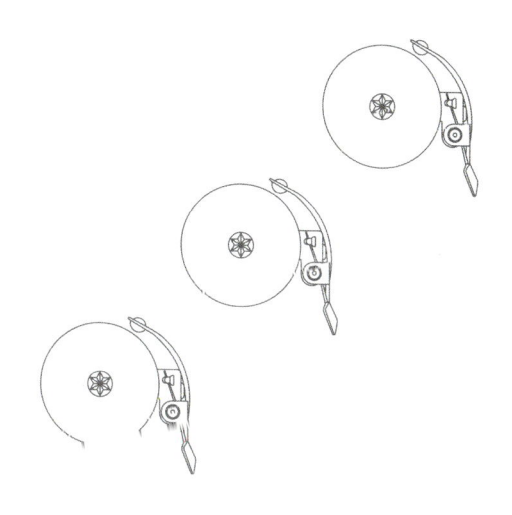

他什么都装作不知道，
照样天天晚上按时回家，
在桌子旁边看书，查词典，或者发呆，
像一只热水瓶，
或者一只冰箱。
我觉得里面有东西，
可在外面一点也看不出里面藏着什么。

我从家里的壁橱里，搬出一个沉重的箱子。又搬出一个更重的箱子，再下面的，是我陪嫁过来的一对樟木箱，要把里面的衣服拿掉，我才移得动一个樟木箱。

夏天就要来了，街上梧桐树的毛栗子纷纷爆了开来，空气里到处飞着毛栗子里的毛毛，鼻子过敏的人在路上走着，吸进了飘飞在空气里的毛毛，就不停地打喷嚏。到了这时候，我得把全家过夏天的衣服找出来，把冬天的毛衣和外套放回箱子里去。我家像当年我爸爸妈妈家一样，也只有一间屋，在老式洋房的楼上，有钢窗打蜡地板，是原来就做卧室用的，这一点也和我爸爸妈妈家的情况一样。当时魏松研究所里分房子，魏松和我来看了几个地方，我马上就想要这间屋子了。这房间里还套着一个壁橱，我们把箱笼都放在壁橱里面，衣服则挂在壁橱的门上，所以房间里还算整齐。

放在箱子里的夏天衣服，虽然都是干净的，可也不能穿，它们被压得太皱了。我把魏松的，我的，丽丽的夏天衣服统统堆在地上，要把它们全过了水，皱的地方才能平整些，这样比一件件烫要省事些。衣服是真多啊，地上马上就

第三章 / 车铃

被堆满了,一些汗衫现在看起来,褪色得厉害,是不能再穿了,但我也不明白,为什么在去年秋天装箱子的时候没有及时就把它们扔了,或者当了家里用的抹布,或者让魏松秋天就扎了拖把,要拖到今年的夏天才扔掉,白白在家里多占了宝贵的地盘。

冬天的衣服更难放,我得把整个身体都压到箱子盖上去,才能勉强关上,每次都是这样的。丽丽才两岁,可她的衣服就足足放了一整个樟木箱。有时我路过一家总是卖出口转内销的小店,就爱到里面去看看,那里的衣服便宜,但质量好,因为本来是出口的,所以式样也洋气,看到好看的,我就忍不住买回来。我想丽丽总是要长大的,有好看的衣服备着,总没有什么错。大概我家的衣服就是这样堆积起来的吧。每次魏松看到我翻箱子,都吓得大叫,他从来不晓得他老婆买了一壁柜的衣服,他也从来记不住自己家的壁柜里就是有那么多衣服,看到一次,就被吓倒一次。

那些箱子虽然常年都放在壁橱里,但面子上总有些薄薄的浮尘,总算将冬天的衣服好歹全塞进去,我已经在箱子上滚得一身都是灰了。

我将夏天的衣服都去过了水,一一吊到阳台上去滴水。丽丽有些衣服今年一定小了,去年没有穿几次,就天凉了。我想大概可以挑出来送给王家姆妈的外孙女贝贝去。我的裙子都是旧的,因为去年丽丽还不能上托儿所,我整天在家带孩子做饭,当家庭妇女,根本没胃口为自己买什么衣服,实际上，买了也没有时间穿。丽丽随时就把她吃得脏乎乎的嘴擦到我身上来。魏松的衣服不少，他是个高大的男人，可还是喜欢穿宽大的衣服和短裤，他的衣服都像女人的睡袍那么大。整个夏天，他穿着那样的大汗衫，摇摇晃晃地骑着他的旧自行车，去遗传研究所上班，又摇摇晃晃地下班回来。谁都能看出来他过日子过得真没劲。

从湿衣服堆里钻出来，我去浴室洗个澡。夏天就要到了，阳光照在陈旧的浴室里，很暖和。墙上挂着丽丽的红色塑料大澡盆，和隔壁人家的铝澡盆。与一个楼面的人家合用的浴室总有些乱的，但现在二楼没有一个人在，能让我定定心心地用浴室，我已经心里很满意了。往常的晚上，两家的大人孩子都要用浴室，隔壁家的女人又喜欢洗衣服，整个晚上就是守在浴室里洗衣服，洗床单，洗电视机套子，录像机套子，沙发垫子，一样一样拿出来洗。她长得又高又胖又白，魏松和我私下里叫她高庄馒头。她把袖子一挽，就挽到胳膊肘上，一边洗衣服，一边常常高声叫骂她的丈夫和儿子，骂他们把油滴在衣襟上，袜子没有及时换下来，穿得太臭。她的声音倒不是尖细逼人的那一种，只是洪亮而已。魏松说这种人就是悍妇。只要她在家，我根本就没有时间，也没有心思慢慢地洗一个澡。

但是她是真的爱干净，爱她的家。她家的拖把吊在浴室的窗台上，即使是拖把，也洗得白白的，很干净。悍妇常常也是爱家如命的女人吧。

第三章 / 车铃

我烧了一大锅热水，够换四盆水的量。

我没有关上窗子，站在临窗的浴缸里，一边洗，一边可以看到春天多云的蓝天。上海的天空在春天总是好像有层雾似的，蓝色是那样的浅。魏松总是说，那不是雾，是大气污染。他总是把所有的事情都往坏处想。我喜欢看到天空，哪怕天不那么蓝，可总还是天空。可我平时好像都没有多少时间看天似的，每次在洗澡的时候看到天空，我都想，啊呀，好久没有看到天了呢。风吹在湿湿的身上，虽然有点凉，但是我还是开着窗，保持着夏天似的感觉。夏天又要来了，夏天是我从来都喜欢的季节。丽丽终于上托儿所了，这个夏天，我终于不用时时刻刻照顾一个小孩子，又烦，又热，又累。我想至少今年夏天，我能定定心心地洗一个澡，用丝瓜筋好好地擦一擦身体。

现在，我真的喜欢丝瓜筋擦在皮肤上那种麻麻的感觉，有一点痛，但很快就是麻麻的了，好像能洗出一个新的人来似的。想起来，还是从护士学校的同学芬那里学来的。那时我喜欢用旧的丝瓜筋，因为它比较软，慢慢的，我才体会到新丝瓜筋才过瘾，它很生硬，很粗糙。

离开了护士这个行当，去做幼儿园的保健老师，我就再也没有见过护士学校的任何人，好像他们从此在地球上消失了一样，英文老师，护理老师，芬，林小育，刘岛。要不是好久没有时间用丝瓜筋洗澡，我也不会想起芬来，也根本想不起我的护士学校的日子。上帝保佑，我总算走过来了。现在我和别人一样，有自己的家，孩子，丈夫，安稳的生活，和别人一样，什么都在轨道上。现在回想起来，只惊叹自己的命里，真的还有化险为夷的运气，连老姑娘也没有当上，也真算是了不起。离开让我永远抬不起头来的医学院幼儿园，顺利地换了一家幼儿园，我就算是重新再做一世人的意思了。

用光了四盆热水洗澡，今天的心情很好。

我决定去荡荡马路，不用带丽丽，也不用和魏松一起，就我一个人。

即使不是星期天，淮海路上还是人很多。也可以看到时髦的上海小姑娘在路上慢慢地走，这种时髦小姑娘已经穿裙子了，一点也不怕冷。她们是特地打扮好了，来淮海路给别人看的。所以她们这样的人走在路上，装着不在意的样子，其实眼睛里一直在注意别人，注意别人的衣服是不是比她们好看，也注意她们是不是受到别人的注意。我从来就不怎么喜欢这种淮海路女孩的俗气，所以我路过她们的时候，总是特别装作不注意她们的样子，来打击她们。

哈尔滨食品厂有点心新烘出炉，半条街上都是他们店堂里飘出来的奶油香味道。我进去买了半斤椰丝球。现在，我和魏松都喜欢吃这种点心，很甜，很香。他们的服务到底有点改进，开始送一个小塑料袋给客人了，不用自己带东西装。

第三章 / 车铃

第二食品商店糖果柜台里的营业员还是上海良家女子的打扮，烫着长波浪，指甲上涂着亮晶晶的指甲油，抓糖果的时候，手指简直就和包糖的玻璃纸一样漂亮。我在那里买了半斤进口的小粒水果糖。现在进口的糖多了，店里开始标明出产的国家，这种小粒的水果糖是从马来西亚过来的。丽丽的嘴小，要是吃大粒的糖，她的嘴包不住，就不停地流糖水出来，弄得一塌糊涂。我想这种小粒的糖最合适她，当然我也喜欢，我一向是喜欢水果硬糖的，最不喜欢太妃糖。我特地到奶粉柜台去看了看，丽丽小的时候，我没有足够的奶水，很早就给她吃奶粉了，这里的奶粉价钱最公道，品种也多，我每次都到这里来给丽丽买奶粉。这里也卖进口的果珍，金黄色的盖子，像橘子皮那样的颜色。我看了看奶粉的价钱，果然又涨价了。我心里有点庆幸，总算我不用买婴儿奶粉了。

这时候，我看到了一家新开张的服装店，写了个外国店名。淮海路上这样的服装店开始多了起来，它们和那种卖出口转内销的小店最大的不同就是，它们没有处理商品的马虎气，但是有贵得吓人的价钱。它的橱窗里放着一条白底子红条的连衣裙，细长细长的，放成一个S型。它和那一天我在淮海路橱窗里看到的所有连衣裙都不一样，它有一种特别的洋气，好像是从什么地方偶尔掉下来，落在这地方的。我走进那家店里去，我晓得这家店里的东西不会便宜，可它的价钱还是让我吓了一跳。不过是全棉针织的面料，可卖得比全呢的还要贵。而且一共只有两件，一件放在橱窗里，一件挂在衣架上，用一根细细的标签，连着它那个吓人一跳的价钱。这家店听说是香港人来开的，卖的大多数是外国的衣服，果然比我在出口转内销的商店里看到的衣服，要考究多了，可价钱也贵多了。有个大脸盘的女孩子也看中了那条白底红条的连衣裙，她问了价钱，然后生气地说："啊呦，这是全棉针织的啊，我以为是金子织起来的呢。"她转身就走了。

我也跟着她往外走。可是，我回了一下头，它真的好看啊。

"你可以试试。"店堂里的小姐招呼我说。

她从衣架上取下那件连衣裙来。

我知道自己不可能买那么贵的东西，可试一试有什么关系呢？

我在试衣间里插上薄薄的门，一一脱下自己的衣服，我闻到自己身上刚洗过澡以后的清新气味，然后我套上那条裙子。我看到在陌生的试衣间的长镜子里，有一个苗条的年轻女人，眼睛很亮，脸上红扑扑的，她的头发有点不搭配，半长不长的，那是因为生丽丽的时候我和大多数产妇一样，把自己的头发剪得短极了。然后一直没有时间管头发，让它自己慢慢长起来，才变得这样潦草的。但是，要把它们绾起来，就显得很有风情，这是一个漂亮的、成熟的年轻女人，我也是第一次了解到，那个女人也是我。

第三章 / 车铃

我的心里很吃惊。

等我脱下那件衣服,穿上自己的衣服,拿上我买的糖和椰丝球,打开门,看到店里的小姐拿着空衣架,靠在试衣间外面的墙上,才恍恍惚惚地想到,这小姐一定在外面等了好久。

"要吗?"小姐问。

"我要的。可是得回家去取钱,我身上没带这么多钱。"我听见自己说。我吓了一跳,我就是买了一壁橱的衣服,也从来没有买过这么贵的裙子,我们结婚时定做的呢大衣都没有这么贵。我怎么能买这么贵的裙子呢,还只是全棉的。

但是,我回到家,拿了家里的活期存折,到我家门口的工商银行去取了钱,然后,我回到那家服装店,交了钱,拿到了我的裙子。我再回到了家,满满一阳台夏天花花绿绿的衣服在风里轻轻地飘动。谁家开着收音机,在听上海电台的立体声广播,那个女播音员的声音是我熟悉的,我在方桌子边上坐了下来,把椰丝球和水果糖放在桌上。我却觉得自己真的,真的是在做梦。

晚上,好容易哄得丽丽睡着了,丽丽手里紧紧抓住她的小熊熊。那是个用毛巾缝起来的小布熊,丽丽到睡觉的时候,就得用小布熊的毛巾耳朵擦自己的眼睛,像上瘾一样。然后,她就能安静下来,然后得握着小熊才能睡着。小熊已经很破旧了,可是没有它,丽丽就不行。我拉上她绿色小铁床的护栏，那还是我小时候用过的小床，我爸爸妈妈一直好好地收着，现在我的孩子又用上了。这种老式的婴儿床护栏很高。我往护栏上搭上小毛巾毯，挡住亮光。

魏松看到我把小床围上了，就从他的椅子上长长地探出手去，打开电视。电视的声音被魏松一直调到很轻，他也并不会真的看电视，他讨厌电视里所有的连续剧，可他每天都得让电视开着，直到他上床睡觉。好在我也喜欢丽丽睡着了以后，我家还有什么其他的声音，我一直不怕在电视的声音里睡觉和做事。

我拿出那件连衫裙，换上。那条裙子像魔术一样，当我把它沿着自己的身体一点一点往上拉的时候，我家穿衣镜前那个原来的我，就开始一点一点变成了另外一个我。晚上有点凉，露在外面的整条胳膊都起了鸡皮疙瘩，我听着隔壁浴室里邻居家的洗衣机转磨一样地响着，今天那女人没有发出太大的声音，好像她也终于有累了想要安静的时候。我用手把自己的头发盘起来按在脑后，好像一个发髻一样。从镜子里，我看到身后的魏松深深地伏在没有涂油漆的写字桌上，一只手按住报纸，另一只手哗啦哗啦地翻英汉词典，他又在读永远看不完的遗传学报。每个晚上他都是这样过的，像一只永远都在孵小鸡的老母鸡。他的写字桌上乱七八糟放着字典，本子，书和学报，从来不让我动，他说他在学校里一直这样，从小学到研究生，他的桌子一直得这样，心里才安生。他的背有一点弯了。电视机的蓝光在我身上和我的四周

第三章 / 车铃

闪闪烁烁,我和魏松的大床上堆满了黄昏时收回来,还没来得及叠好的夏天衣服,起起伏伏的,像被踩乱的沙滩。我穿着细长的连衣裙,像一条在蓝色海水里的鱼。而魏松翻字典的声音,就像海里的波浪。

"你看。"我在他的身后叫他。

他转过头来,好像没有明白过来似的,眯着眼睛看了我一会儿,才说:"又买衣服了?"

"好看吧?"我侧过身体,用曲线最好的角度对着他。

"你又买新衣服了?"魏松问。见我点头,他就开始摇头,"你没看到家里的衣服都造反了吗?还买。"

"你不觉得这件裙子特别好看?"我着急地说,"你不觉得我这样子都变了?"

"看不出来。"魏松说,"就是妖了一点吧。"

妖?怎么没有想我是狐狸精呢?

"我从来没有这么好看的衣服,我的衣服都旧了。"我申辩说,"去年丽丽在家里,我根本就没有买什么衣服,整天忙她。你也是一天假也不肯请,丽丽缺钙,不是我带她一次次去医院看?人家一起陪孩子去看病的女人,都比我穿得时髦。你没看你妈妈,她穿得都比我时髦呢。你本来说要让你妈妈帮帮我们带丽丽,我也没有看到她真的来帮忙。她倒跟我说,每个人都有自己的事情,我的事情就该是带孩子,她的事情就该是上老年大学学英语,我真的不晓得她学了英语有什么用。"我自己也知道自己说多了,可就是停不下来。

像拉着了一根线头一样，说了上一句，自然就有下面一句等着了。我闭上嘴，然后发现自己的手还按在头发上，保持着一个发髻的样子。于是我松了手，头发哗啦哗啦落下来，盖在我的脖子上。

"不就是件衣服吗，我问你一句，你就要说这么多。我也不晓得我妈妈不来带丽丽，和你买衣服有什么相干，真正吃不消你。"他说着，不高兴地把身体转了回去。他马上又向打开的词典伏了下去。

魏松最怕提到他妈妈食言的事情，我知道他心里比我还要不高兴。因为刚知道有丽丽的时候，我们的想法不同，我想要孩子，可他怕孩子来了，他没时间做学问。他妈妈当时安慰他说，她会帮我们带孩子。可是后来她没有。魏松本来喜欢在家里看书，不怎么喜欢去办公室和同事们搅在一起，他心气高，虽然自己是研究所里等级最低的研究员，可一点也看不起拉帮结派的同事们。他天天看英文的遗传学报，可也看不起在那上面发表研究成果的外国人，动不动就身体往椅子后面一靠，冷笑一声，说："要是我有他们那样的研究条件和经费，我老早就做出来了。"在丽丽出生以后，他不得不躲到办公室里去，到门卫要锁大门了才回家。丽丽来了，像是对他判了死刑。

我不晓得自己为什么成心要让魏松不高兴，好像报复似的。

在魏松背后，我换上自己家常穿的薄绒衫和薄绒裤，这

第三章 / 车铃

一套也是在出口转内销的小店里买的。没下水的时候很好看的玫瑰红色，一下水，褪色得一塌糊涂，差点把浴缸都染红了。然后再穿在身上，就软塌塌，皱巴巴的，只好在家里做家务的时候穿。洗的时候也不敢放在洗衣机里，它只要一碰到水，就不停地掉颜色，难怪要转内销了。我把脱下来的裙子叠好，放到我自己的那一格抽屉里。把它放下去的那一刹那，我心里想，要是我没有买这件衣服就好了，真是浪费。

我坐到床边上去，收拾那一床的衣服。

隔壁浴室里的洗衣机还在隆隆地响着，有时很响地"啪塔"一声，停了，然后，就听到洗衣缸里的水哗地冲到浴缸里。电视机里演一个外国电影，里面的人说着拿腔拿调的中国话，西西公主穿着白色的大裙子，从船上下来，走到一条红色的长地毯上，她的丈夫是皇帝。魏松坐在椅子上一动不动，像一条沉在缸底下睡觉的金鱼。

我把丽丽穿不下的衣服放在一边，检查了一遍，真的有八成新的，就仔细叠好，留着送人。丽丽仰天大睡，差不多快顶着护栏了，睡着的孩子显得那么长大。她长得像魏松小时候的照片，他们都是大眼睛，鼓额头，很醒目的样子。

回想起来，我一直还是奇怪。那时我和魏松去看医生，因为我老是恶心要吐，头昏得不能起床，还大把大把地掉头发，症状很像肝炎。那时我还在医学院的幼儿园里，我心里有一点希望自己得肝炎，这样，我就不用去上班了。可是内科医生让我去化验小便，看是不是怀孕了。那是个很冷的冬天，化验室外面的走廊里冷得要命，只站了一会儿，我的脚就冻麻木了。可我和魏松都站在那外面等，没有回到生了火炉的候诊室去等。我看到化验员把我的小便滴在一块玻璃片上，又滴了试剂在上面，轻轻地把它们晃均匀。因为太冷了，他拿那片玻璃在酒精灯上慢慢烤着，加快试剂的反应。我和魏松手拉着手，默默地望着它，要是有结晶出现，就是早孕的反应。我的心怦怦地跳，我想要一个孩子，想要得要命。我想多少人有了孩子以后，就安定下来，再也不胡思乱想，我也想要这样。魏松看上去忧心忡忡的样子，我并不多管他，我认为他这样一帆风顺的人，不会懂我的恐惧。"求求你，求求你，孩子，求求你就来吧，求求你就来救救我吧。"我望着在酒精灯蓝色的火苗上轻轻晃动的玻璃片上的液体，心里不住声地求着。直到化验员站起来，把玻璃片丢进消毒的红色塑料筒里，在我的化验单上，用红图章敲了一个"阳性"。这就是我第一次看到的丽丽，她是在一片玻璃上的小小的结晶体。可是现在，她长成一个大孩子了。我伸手去小床里，摸摸丽丽的身体，软软的，暖暖的，她的后背上和屁股上，有很厚的肉，我常常去摸她，忍不住要握住它们，要亲它们。

现在我体会到了，魏松那时忧心忡忡的样子，就是怕孩子来打扰了我们原来的生活。而我，是怕没有孩子，保不住我们原来的生活。他比我单纯，我那时是飞蛾扑火一样地向丽丽扑了过去。其实魏松也比我聪明，他看到了比我远的前

第三章 / 车铃

景，他比我早，就知道了那种生活很难。只是他不晓得，生活对我来说，一直都不容易。

魏松从他的桌子前面站了起来，他出去倒了一杯水回来。他高大的影子在墙上晃来晃去。然后，他站在电视机旁边喝水，一边看西西公主拖着她的大裙子，在她娘家的森林里散步。"如果你的心里烦忧，就到大自然里去吧。"她的爸爸说。

魏松冷笑了一声，学着苏北人的口音说："吓死人呐，大抒情嗷。"他一看到让人感动的东西，马上就会这么说，把别人刚刚培养起来的感情打断。

我知道他不想生气下去，在找台阶下来。就说："你帮我把叠好的衣服放到抽屉里去，我来传给你。"

魏松望了望大床上堆满的衣服，他一定想说衣服太多了，可到底克制住了自己，什么也没有说。

我感到，他对我渐渐客气起来了，像对玻璃瓶那样小心轻放，尽量离得远远的。他对隔壁家的女人就是这样的，有时候他要到走廊去，一开门，看到隔壁的女人也在走廊里，他马上就会退回到房间里，等她走了再出门。有时我笑他，他就在门后面摇着头笑："吃不消吃不消。"有时我们开玩笑的时候，我问起，他要是娶了那个女人怎么办，他远远地摇着手说："你不要吓我噢。"他虽然现在潦倒，可心里还留着在学校里一帆风顺的男人的清高和骄傲不肯放。我心里动了一下，也许他现在把我也看成是隔壁女人一路的人？抱怨，唠叨，操劳，琐碎，就算我不是个悍妇，大概也是让人心烦了吧。

我是这样的女人了吗？我在心里一惊。

我工作的幼儿园就在我家附近的一条大弄堂里，是一个带小花园的洋房。大多数这样的洋房，花园都没有人整理，草地是早就死掉了，树也没有人整理，长得像野树一样。好在我们是幼儿园，有一个园丁专门做花园，所以我们的花园算是保护下来了，只是在草地上造了滑滑梯和秋千架。房子里打蜡的柚木地板，小孩子在上面几十年又跳又蹦，都没有走样。窗子很大，阳光充足，盥洗室里虽然还是老瓷砖，老浴缸，可还是处处很舒服，这是个上班的好地方。我的办公室在屋顶的阁楼上，因为是医务室，所以家具都是白色的，有股来苏尔的气味。我很早就到了办公室，开了窗，看到院子里的白玉兰本来满树的大白花，一天不见的工夫，竟就开始锈黄了。夏天真正是要来了啊，连白玉兰都谢了。

我换上白大褂，下楼去。楚园长已经在门房间等着接小朋友了，我带了一小盒竹片做的小牌子下去，这是医务室的重要工作之一，要是在早上孩子来的时候发现身体有点问题的，但是又不够让家长领回家的条件，我就把这牌子交给孩子，让他把它交给带班的老师，老师就会特别注意他一点。

我过去坐在楚园长的边上，向她问早。她是我的恩人，要不是当初她决定要我，我就不可能从医学院幼儿园调出

第三章 / 车铃

来。楚园长是个喜欢讲究的人,大概这和她大小姐的出身有关系吧。那时候她正好去参观了中国福利会的幼儿园,发现他们那里每天孩子去上幼儿园,都有一个医务室的老师为孩子检查一下,她觉得这样的幼儿园看上去就很让人安心。所以,就决定她的小幼儿园也要这样做。正好那时候我和魏松结婚,住到这里附近来,我发现这个幼儿园,就找到办公室,想要调到这里来,借的由子,是我的工作单位太远,想换个近的。楚园长看到我伸出来一双护士才有的白净灵活的手,立刻就说好。其实,我在幼儿园的食堂里还能保留住这样一双手,真的是因为医学院幼儿园里用的擦手油,全是从医院劳动保护部门配出来的小白盒,里面是尿素。

"Good morning, Miss.Mary Chu."有的小孩子见到楚园长大声用英文问早,那是楚园长教的英文兴趣班上的小孩,家长们都抢着要把自己的孩子送到楚园长的英文班上去,听到自己的孩子用英文大声地问好,家长们的脸上都骄傲地笑了。

"Morning, Fanny."楚园长笔直地坐在椅子上,伸手去摸小孩们的头,她班上的小孩都有一个外国名字。"Morning, Peter."楚园长对另一个小孩子说。

"Morning."那个叫彼得的小孩招呼我说,一边将他的脖子伸到我的前面,我去摸摸他脖子两边的淋巴结,它们滑溜溜的,像玻璃弹珠一样在孩子软软的皮肤下面滑动,很健康。

"Morning." 我也这样回答他。

他缩了缩脖子，我晓得他有点怕痒，但在楚园长面前却是乖乖的。

幼儿园里的孩子都住在附近。听说早先这里是一家住在附近几个有文化的太太自己办的幼儿园，有点实验的意思，可刚刚办起来就解放了，幼儿园归了街道所有。不过，幼儿园还是由那些新派的太太老师们管着，附近的家长都喜欢把自己的孩子送到这里来。这个幼儿园里留着一些老规矩，比如对孩子的教育很重视，对孩子吃的东西也很讲究，家长大多衣着光鲜，又有教养，特别讲究家里住的地段，同事之间特别客气，决不多问私事。同事之间的较量，除了在穿着的文雅精致上，还有看谁弹钢琴弹得好，诸如此类。我有时候后怕地想，要是让这些过去淑女的幼儿园同事晓得我从前的所作所为，我的遭遇一定比暴发户家长还不如。暴发户家长来送孩子，楚园长也是笑嘻嘻地拉过孩子的手，摸摸他们的头，可很少看他的家长一眼。她的英文班上几乎没有暴发户的孩子，她说，他们的语感不够好，说上海话时就有点大舌头，更合适去学画画。有时候我真的佩服楚园长那种绵里藏针的功夫。她笑嘻嘻，恭恭敬敬的，但是明白地让你自己晓得，最好赶快离开。好在，楚园长从来没有问过我的事，从来没问过为什么不能毕业。我自己明白自己有一条大尾巴在屁股后面，所以识相做人，小心不要惹恼了谁，惹人家来揭我的底牌。没有事，我从来在阁楼上的办公室里不下去。女

第三章 / 车铃

老师之间在穿衣服、弹钢琴上的较量，我从来装作不晓得。幼儿园老师到区里开会，楚园长喜欢我们大家都穿得得体漂亮，我从来只穿到中游水平，不出挑，也不丢丑。

"王老师，你的头发要去弄一弄了，毛出来了。"楚园长抽空对我说，"我以为你调休一天，一定也会弄一弄头发的呢。"

我摸了摸自己的头发："是啊，我本来是想要弄头发的，可是要先整理夏天的衣服，上街去就没有时间了。我想要去红玫瑰烫烫头发，上次去剪头发，里面一个江北师傅剪得不错。可是好几个人等在那里，都点名要他剪。丽丽又要接了。"其实我在说谎。

"就是我上次推荐的那个江北师傅，老是吹一个大包头的那个？红玫瑰里有好几个江北师傅呢。"她说。

"就是你说的那个大包头。"我顺着她说。

"魏先生还是忙啊？"楚园长问。她对魏松一直有好感，因为他是医学院的研究生，还是在研究所里工作的，听上去体面。

"就是的、一直一直忙，晚上回来就是看书，那种外文的资料，他工作要用的。"我说。

开始我听不惯幼儿园里的同事叫自己丈夫和别人丈夫"先生、先生"的，可她们这么自然，而且还有一点小小的得意自己不叫"爱人"，也不叫"老公"，和市面上的上海女人不一样。慢慢的，我也就跟着叫了。从营养室里出来，我还有什么事不能够忍受的呢。我妈妈说，我那些同学在大医院里年年翻三班，日夜颠倒，还不如我的工作舒服。"因祸得福了。"妈妈直到我换了工作，结了婚，怀了孕，才真正说出来她心里的想法，"因祸得福"，开始我听了妈妈的话有点刺耳，但我也不能说她说得不对。我能说过去的不是祸，现在的不是福吗？

"那是应该的，做学问是要这样巴结的。"楚园长点点头说，"你们还是幸福的一对啊。"

"是的。"我答应着，但我心里堵了一下，我们这样能算得上是幸福的一对，那这样的幸福就像麻雀一样小，连普通的小鸟都算不上吧。

我以为，在楚园长的身上也有一种对女人的威慑力量，她不动声色地赶着你向她指出的体面生活的方向走过去。我现在已经学得很会顺从了，再也不会像对护理老师那样毛手毛脚。我只是不想像同事们那样到红玫瑰理发店去找大包头师傅做一个长波浪，长波浪让人觉得那么老，那么妈妈腔，那么小家碧玉，甚至我家隔壁的高庄馒头，这样的悍妇，在过年的时候也烫过一个长波浪呢。可是我说不出口，我难道还不是妈妈吗？难道我不是小家碧玉吗？真是笑话。

"今天中午十二点半到我办公室里来，我们开一个小会，商量一下今年暑假工会组织旅游的事情。"楚园长说，"我们就是在过圣诞节时用过一点经费开联谊会，还有钱多下来，可以组织职工去旅游一次。大家讨论讨论，想到哪里去玩。"

第三章 / 车铃

"那好啊，我也好久没有出去透透气了。"我说。

那个上午，我忙着和街道里的儿童保健所联系给我们的小孩接种的事，可心里常常想起楚园长说的话，我们可以去旅游。我还是在上学的时候去郊游过，毕业这么多年，都没有出去过了，好像也从来没想起来要去郊游。"如果你心里烦忧的时候，就到大自然里去吧。"茜茜公主也是这样说的。她心里烦忧，就到她家的森林里去了，那里还有雪山，还有马和小鸟。突然我想到了新疆，新疆也有雪山，马和小鸟，那是从前刘岛告诉我的，吐鲁番有火焰山，还有绿色的葡萄。那时，我觉得新疆比美国还要远。

后来，在中午的会上，同事们并不想在大热的天到外面去玩，不想晒得黑炭一样，夏天的火车上又脏，很多人挤在一起，有臭味道。大家都同意，还是把工会的经费用在办圣诞联谊会上比较好。有人笑嘻嘻地说："要是钱够用，我们去静安宾馆吃圣诞大餐好了。"我什么也没有说，就是心里不高兴。听到她们想要到宾馆去吃圣诞大餐，我忍不住说："那种地方才是暴发户去的地方呢。"

在行的人就朝我摆摆手，说："希尔顿是暴发户去的地方，静安宾馆还好。"

总之，大家都不愿意去旅游。可是我想，我要去，我自己去。到新疆去。下班回家的时候，我特地走乔家栅旅行社那条路回家，路过旅行社时，我问了柜台上的小姐，他们就有去新疆的旅游团，教师凭工作证还可以有优惠。我想，我要穿我的新连衣裙到新疆去。我选了最便宜的那种团，乘飞机去，乘火车回。"这种团也没有什么不好，都是年轻人去，玩起来更有意思。"柜台上的小姐告诉我说。

魏松听到我想去新疆玩，马上表示他不高兴去，而且他也没有假期。他可以在家里带丽丽，丽丽也可以到奶奶家住几天。"我妈妈本来就说了，暑假让丽丽去玩几天。"他说。不用我内疚自己想把魏松甩开来，他根本就不想去。我一定给了魏松一个假象，让他以为我是和单位里的同事一起去的，他说："我和一群幼儿园的女人一起去旅游，人家以为我是洪常青。"我也没有特别说明是我自己想去，就一个人去，不存在洪常青的问题。他也没有特别问仔细。

事情就这样简单地说妥了。让我不能相信的简单明了。

我躺在靠丽丽小床的那一边，用手握着丽丽胖乎乎的小手，望着沉浸在电视机蓝光里的房间。那天魏松在看他借回来的武打片录像带，因为丽丽和我都睡下了，他自动把电视机的声音调到最小。他站在电视机旁边的那一小块空地上，探出头去，紧紧盯着电视机屏幕，好像看什么重大的新闻一样，看林青霞演的白发魔女在山坡上飞来飞去。在我看来，那是再难看不过的电影了，可他的态度，比看他的遗传学报入神多了。我从他紧张得弓起来的后背上就能看出来，这时候，他才打开了他的心。

高庄馒头又在洗她的东西，她家的洗衣机沉闷地发出转动的声音，她的丈夫一定又出门去了，他是派出所的警察，

第三章 / 车铃

却难得晚上在家。只要他不在家,高庄馒头就有可能不高声骂人,只是默默地洗东西。我在想,我是真的,真的要一个人旅行去了。

我是穿着那条白底子红条的连衣裙上飞机的。果然,我们这个旅游团里大多数是大学生,有几个结伴出来的外国留学生,还有从香港来旅游的年轻夫妇。我的裙子让我也看上去很年轻,但是又不像学生们穿得那样随便,像魏松说的那样,有点妖。可我也不像从香港来旅游的女人那样从容,她一定常常旅游,也习惯了穿这样的衣服,坐在飞机上。我自己都感到了自己有点懵里懵懂,不晓得手脚怎么放才好,我是第一次自己出门,为了玩。去旅行社交钱的时候,我把自己家的那么厚一叠钱放到柜台小姐面前的时候,我都有点心疼了,我这是干什么啊?为了一条裙子,花这么多钱。我想着,可是就在这时,柜台小姐把我的钱一把收了进去,递给我一张发票。还是魏松劝我,已经准备好去了,就不要患得患失。在飞机上,我老是不由自主地去摸背包,那里放着我的钱,我的身份证,我的细软。我晓得这样做,真的像乡下人。飞机像汽车一样在地上开着开着,突然大声地轰鸣起来,冲上了蓝天。突然我看到大地倾斜,天空到了我的脚下。然后,它像鸟一样侧着身体转了个弯,摆正了身体,带着我,冲上天空的深处。机舱里响彻着机器的轰鸣声,就像我心里的呼啸声一样的响。这时,眼泪突然浮了上来,我终于像飞机一样不可阻挡地飞了起来,就像一条被人从衣服已经缠成一团的洗衣缸里硬拖出来的毛巾,滴着水,被拉成了麻花似的一条,简直就不成形了,可是,终于是被拖出来了。

我跟着旅游团到达吐鲁番的时候,是一个黎明。在平时,六点钟,也应该是起床的时间了,离我家不远的小菜场里已经吵成一片,我该起床来,准备好丽丽和魏松的早饭。晚上要吃的鱼,肉,也要从冰箱里拿出来化冻。然后去上七点一刻的班,跟楚园长的英文班孩子问早。

而在吐鲁番,六点钟的时候还算是在深夜,这里的天色黑极了,连星星都没有,天和地,全都黑做一团。只有在路边等我们的破卡车的大灯,射出两条短短的懦弱的白光。我还从来没有见过没有灯光的大地,在上海,只有因为灯太亮,而见不到黑夜的事情。天原来可以黑得那么厉害啊,我心里想。

吐鲁番的导游沙沙把我们领到那辆破旧的绿色卡车上面,告诉我们现在这样的时候进市区,只能找到这样的车子,委屈大家了。沙沙虽然说的也是汉语,但非常生硬,就像同团的那些在北京学汉语的留学生一样。跟上海去的导游交接完了,沙沙点我们团的人数,特别拍了一下我的肩膀,像一个大男人对一个小姑娘那样。在新疆,只有十多岁的小姑娘才会像我这么细瘦,结了婚生了孩子的新疆女人,都有

第三章 / 车铃

着又结实又肥大的腰身,她们穿着艳丽的长裙,走起路来,像座山一样移来移去。也许是这样,沙沙才会把我像个孩子那样招呼着,或许还有一个原因,别人都是三五成群的,就我是一个人。他帮所有的客人爬上绿卡车以后,就过来站在我的身边。他爬上车的时候,灵活得像个猴子,我看到他身上带着一把小刀,刀把上闪闪发光地嵌着彩色的石头:"它们是宝石啊。"沙沙拍拍腰里的刀,快活地对我说,"我有这样的刀,所以你什么也不用怕,姑娘。"

我看上去很怕什么吗?我想。可我高兴他这么说。我从来没有受到过这样的优待,我小心地快活地承受着,装成自己习以为常的样子。上海女孩子都会这一套,我也好久没有机会用这种手段了。

破旧的车子在戈壁上走着。漆黑的天上不停地发出闪电,地上不时地刮起大风。当大风呼啸而来的时候,就能听到四处的荒野里到处都响着叽里咕噜的声音。沙沙告诉我们说,那是大风翻动戈壁上的大小石头的声音,他说就像大鱼在江里吐泡泡的声音一样。戈壁里的风时而干热,时而又凉得刺骨,就像一盆没有兑好的洗澡水一样。

戈壁的闪电,是碧蓝碧蓝的一长条,从天空中直直地劈下来,到最远方的地平线上,像画出来的。在蓝瓦瓦的闪电里,我听见沙沙叫我,我应了一声。沙沙伸过他的胳膊肘来:"你抓好我的胳膊,看大风把你刮走了。"

车上的人并没有笑,而是非常认真地彼此把胳膊圈在一起。我说:"是啊,沙沙在把我们带到一个妖魔鬼怪都会出来的地方去呀,马上就会有人来吃我们了,就是老早想吃唐僧的那些妖怪。"

还没等别人接口,平地又刮起一阵狂风,那是一股烫得像火一样的大风,兜头扑来,把夹在大风里的沙子扑扑打进牙齿里面。我紧紧闭着眼睛,听那风在戈壁滩上呼啸盘旋,吹得地动山摇。要是这时有一个长绿毛的妖怪跟着大风出现,大概谁也不会感到奇怪。倒是等那风终于贴着地面而去以后,车上的人都有点怔怔的,不相信这风就这么过去了。又一个闪电,像一匹红绸子舞的绸带一样,长长地,从容地,威严地从整个天空上掠过。

在蓝色的闪电里,我像被突然唤醒的小妖,连想都来不及想,就提起嗓子,发出一声尖叫。我已经有很多年没有这样放肆地惊叫过了,我一直以为我不会再有力气,也不会有机会这样喊叫。我听到从自己嘴里发出了这样兴风作浪的声音,想起来在护士学校读书的时候,我们班到解剖陈列室去大扫除,一个泡在福尔马林药水里的头颅标本被林小育碰了一下,大玻璃缸动了一下,晃动了里面的药水,药水里的人头也跟着水轻轻漂浮起来。林小育开始还看着它笑,可是后来就尖叫起来。那时,教室里大多数同学并不知道发生了什么事,听到林小育站在梯子上尖叫,也都跟着尖叫起来。我们班上所有的人都发出这样的叫声,整个教室里都响彻着这样响亮的尖叫声。我们心里都知道这种尖叫不是因为怕,而

第三章 / 车铃

是因为激动，激动于有什么不寻常的事情发生了。原来我的声音还是这么尖呐。

沙沙在闪电消失的最后一刹那，热烈地望了我一眼，然后，像突然到来的黑暗一样，他也发出了长长的呼啸，又尖又亮，像长刀一样的声音，紧跟着我的声音向黑暗的荒原里杀去。

我感到紧紧压在我心里的大石头，小石头，灰尘，沙砾，终于被喊声冲开，我满心都是像打开的街头消防龙头里的水柱那样高高喷个不停地激动。紧跟着我们，我们旅行团里的女人们也尖叫起来，原来每个人的声音都是一样的尖利，就像我护士学校的同学们在解剖教室里发出来的声音一样。后来，整个团的人都向着闪电飞舞的荒野大叫起来，男人们粗壮的声音像石头那样滚动，沙沙的呼啸带领着我们大家。在风停止以后，我们的声音就忽然变轻了，即使是用尽了全身的力量，还是很快就被漆黑的，无边的戈壁吸进去了。好在大风和闪电又来了，它们又一次让我感到自己是能呼风唤雨的妖精。我站在沙沙旁边，我说："沙沙，我真的高兴啊。"我听到自己的声音都哑了。

沙沙拍了一下我的肩膀，说："你真的是个奇怪的汉族人。"

是的，我也觉得自己要疯了。我并不真的知道自己这是怎么了。我怎么在一分钟里面，就又回到了二十岁的时候，那种不顾一切的疯狂感情，像戈壁上的闪电一样，一下，一下，在我的心里闪着，从这一头劈向那一头，那种东西在我二十岁的时候差点把我给毁了，有了丽丽以后，我以为它们真的不会再来了，可是现在它们又再一次回到了我的心里。

到火焰山的时候，已经是上午11点了，吐鲁番的黑夜变成了阳光像刀、天空像一块蓝布的长长的白天。车里有了空调，但是坐在窗边，还是可以感到玻璃外面的热气像取暖器一样射着热量。沙沙说外面的气温有摄氏80度了。同车的女孩子们都紧张地在车里换上长袖的衣服，戴上帽子和墨镜，把自己尽量遮起来，怕被晒黑了。香港来的女人在擦防晒霜，我没有也没有做，我就想穿着我最好的裙子过一天。

远远的，我看到金灿灿的沙漠和蓝天的中间，有一座红色的大山，长长地躺在阳光下。我们的车越来越近，慢慢地看到路边有被晒死的树，像火柴棍那么白，直直地指向天空。大山像在燃烧的火一样，所有的石头都是蜷曲着向上。我们的车在山脚下停住，沙沙打开门，我就跟他下了车。像一步跳进了开水里一样，大山下就是那么热。我一句话也说不出来，感到自己完全已经变成了从冰箱里拿出来的棒冰，在摄氏80度的阳光下散发着白色的热气。我不知道世界上还有这样的地方，就这样毫无遮拦地站在那里，望着面前无声无息的红色的大山。我从来没有梦想过还有这样热烈的大山，在这个世界上。漫山都是红色的大石头，看上去像馒头一样松软的石头，像是被热气烤化了。通红的石头山，像火焰那样熊熊燃烧着。在山上，没有一棵树，一根草，没有

第三章 / 车铃

只小鸟，没有一丝声音。它就热烈得连生命都容不下。恍恍惚惚的，我听到后面有人照相的声音，我听到沙沙告诉他们，在这里滚烫的沙地上，很快就能烤熟一个鸡蛋。他们不晓得这里已经有了一颗快被烤熟了的心，我都闻到它的香气了。

沙沙过来拍拍我的头："要不要我帮你和大山照相？"

我摇摇头。

我转过头去看沙沙，由于阳光实在太强烈了，天空变成了紫蓝色，沙沙的脸几乎变成了黑色的，我看不清他的脸。我感到自己好像是在做梦，随时都可以在梦里软软地飞翔。而面前只是在神话故事里听到过的火焰山，真的像没有被孙悟空扇灭以前一样，终于熊熊燃烧起来了，那是在蓝天和黄沙之间通红的大火。在这样的地方，不让妖精显形，还能够干什么呢？戈壁是那么大，闪电是那么亮，山是燃烧着的火，我感到自己像离开冰箱太久了的棒冰一样，一点一点在融化成水。这地方让人觉得，人的生命里也应该有许多伟大的奇迹。问它要一些奇迹，也没有什么错。要是因此会死掉的话，那么就死掉吧。原来是这样，原来很早以前的我，还好好地活着，沉睡着，那个容易不顾一切、把自己的生活弄得不能收场的人，只是沉睡着等待苏醒的时刻的到来。当我遇见了，就会醒来。

"要死快了。"我对沙沙说了一句上海话。

沙沙又做了一个照相的手势。

我突然烦他打扰我,他把我叫醒干吗?他知道什么?我坚决地摇摇头,转身向车里走。别人都已经上车了,个个都在自己的座位上直着脖子喝水。一个女孩子躲在厚衬衣、墨镜和大草帽里面对我说:"你在外面站这么长时间,要中暑的。"

我点点头,说:"是的。"

沙沙递给我一瓶水,水那么凉,直直地流向我的心。扑地一声,将我心里的烈焰熄灭。于是,我眼前的万物,又变得安静了,可是也褪色了。我就眼睁睁地看着红色的大山在车窗前一点点地远了,我们的车后扬起了一条黄色的尘土,它遮没了路边被晒死但却没有倒下的杨树。我把喝剩下来的水扑在烫手的腿上、脸上和手臂上。

沙沙的手握在我前面的椅子背上,他高高地站着,头发顶着车棚,对大家说吐鲁番的故事,古老的城市,有壁画的岩洞,关于唐僧的传说,他的讲经台就在废弃的古城里。我望着他的手,一双男人有力的大手,对上海人来说它们太粗壮了,他的手指上戴着一只粗大的戒指,戒指上有一个长毛狮子的脸。这是我第一次好好地看我们的导游,他的眼睛是浅咖啡色的,看上去像玻璃弹珠一样,快活地闪烁着。吐鲁番一到晚上,葡萄园里就会挤满了唱歌跳舞和喝新鲜葡萄酒的人,小饭馆里就会飘满了烤羊肉和麦饼的香味,街道上不认识的人也会彼此微笑招呼,孩子们骑着小马,在山坡上飞奔。沙沙是那么热爱他的家乡,他把吐鲁番说得像天堂一

第三章 / 车铃

样好。是什么让他那么容易爱,那么容易就把自己的爱说出来呢?他的眉毛很浓,在眉心那里几乎连在了一起,但就是这样,他还是有一张快乐迷人的脸。沙沙突然坐回到我的身边,他转过头来细细地看住我,把他的手在我眼前晃了晃:"姑娘,你走神了。"

他的眼睛是那么聪明地看着我,我感到自己的脸红了起来。我着急自己的脸红,我是不可以脸红的,可是我的脸越来越烫了起来,

颧骨那里好像肿起来了。沙沙安慰地拍拍我,转过了眼睛去。

正午以后,吐鲁番的太阳太酷烈了,大家都不上街。沙沙把我们都安顿在房间里睡觉。要到下午五点以后,才安排到外面去。同伴们都到旅馆的大堂里打电话回上海报平安,然后洗了澡,擦好润肤油,用生黄瓜切成薄片敷在脸上,躺在各自的床上。大家已经相熟了,开始讲自己的身世。她们都是简单的人,放假,和朋友一起旅游,讲起来是理直气壮的。而我太复杂了。

开始的时候,我没有跟她们一起去打电话。等同屋的人都躺下了,我回到旅馆的大堂里,她们问我是不是去打电话,我"唔"了一声。我知道自己不会去打电话的,我不想听到魏松的声音,好像我也不怎么想听到丽丽的声音,更不想说自己的身世。这时我发现了一个人旅行的好处,谁也不

知道你是谁，于是，你就可以忘记很多事。现在我不想说自己的事，不想说丽丽和魏松，不想说幼儿园，就想自己静一静。

旅馆的大堂外面就是密密的葡萄架，葡萄架上挂着一串串小小的浅绿色的葡萄。白灼的阳光被葡萄架挡在外面，里面还算阴凉，老式的铁皮电风扇在头顶上嗡嗡地打着转，在一个角落里，连屋顶上都爬满了葡萄藤。那是旅馆的酒吧，我看见那几个留学生坐在里面喝啤酒，我假装没看到他们，找到一个角落，不那么热的，坐了下来。在那里能看到窗外葡萄叶子没有完全遮住的街道。土黄色的街道上，这时候只有阳光直直地射下来，路边的白杨树那细小的绿叶簌簌地闪烁着。白杨树和葡萄藤覆盖着的土黄色的小院子都关着门。树丛中有一座天蓝色的圆顶房子，房顶的正中做了一个新月，像上海屋顶上的电视天线一样冲天竖着。我需要定定神，沙沙说得对，我走神了，坐在那里，有点不能相信眼前的一切都是真的。

我也要了一杯啤酒喝，为什么我就不可以喝啤酒，只能喝可乐呢，我从来就不喜欢喝甜水。可和人一起吃饭，开联谊会，到魏松家看他爸爸妈妈，我从来只装乖，自己要求可乐。通常在饭桌上只有男人才喝啤酒。

啤酒有点苦，但它像灭火器一样，安静着我的滚烫的胃和心。慢慢地，我的头有一点发飘，很舒服的头昏。我觉得自己好像没有结过婚，没有上过护士学校，我还在我家附近

第三章 / 车铃

的红砖楼房里上初中，我的心还没有乱，我还在安静地等着自己生活中会出现奇迹，我从来就相信长大了以后，我是一定不要虚度我的生活的，虽然我不晓得有什么机会，可我就是天经地义地相信了这一点。别的女孩子不也是这样吗，她们相信自己将来一定要有机会找到一个体面的男朋友，那个人会帮她改变自己的一辈子。我从来没有到过又挤又脏的上海，从来没有强迫自己过自己原来根本不喜欢的生活，也从来没有为自己怎么长着一颗这么不温顺的心而紧张，为了让自己能生活下去，拼命地把它包起来，最好谁都不要看见它，连我自己也不要。

魏松就是个体面的男人，高大，漂亮，有学历。

我也真的不明白，我是个妈妈，怎么就不想我的孩子呢？我看见丽丽站在前面，可我的思想一拐弯，就绕开她，走过去。我怎么是这样的人？

"你怎么不睡觉？"沙沙手里拿着一本书站在我桌子旁边。

"不想。"我说，我拉开旁边的凳子给他坐。他换了一件白衬衣，是新疆男人穿的那种领口绣花的，一定也洗了澡，头发湿湿的，很鬈。

他坐下来，说："我看着你半天了，你到处躲着人。是因为心里不快活？"

"没有。"我说。我不看他的眼睛，我知道他聪明。所以我问，"你在看什么书？"

"阿凡提的故事。"

我笑了起来，我小时候也看过阿凡提的故事，还看过一个阿凡提的动画片。他是再聪明不过的新疆人："就是那个大锅子会生小锅子的阿凡提呀？"

沙沙也笑："就是他。"

"里面有什么好笑的事情？"我问。

"有一天，在沙漠里，阿凡提看到一个女孩子在路上一边哭，一边走，一边回头看。阿凡提就问她有什么伤心事。女孩子说，她好不容易走到泉水边，盛了满满一罐清水，可是在快要到家的时候，把水罐打碎了。阿凡提说，不要哭，也不要回头看，在沙漠里打碎了水罐，只能继续向前走。再找一个水罐，然后再找一眼泉水，再装满它。"沙沙翻到折了角的那一页，点着那些新疆文，告诉我说。

我明白，他是为我找到这个故事的。

沙沙说："我们生活在沙漠里，就是这么想的。就是你丢掉了最珍贵的东西，也不要回头，要接着往前走。可是你们汉人，比我们想得多。"

沙沙伸手过来抓住我的胳膊，轻轻地摇了摇："你现在是在吐鲁番，是我们新疆最漂亮的地方，最可爱的地方，你就试一试像我们一样快活地过上几天。"

我点点头："怎么才叫快活地过日子呢？"

"想哭就哭出来，想笑就笑出来，这就是快活的日子。"沙沙说，"你看，我喜欢你。"

第三章 / 车铃

我看着他说不出话来，他接着说，"你也喜欢我，我知道，因为你的脸红了。"

我也能感到自己的脸像有火在烧一样。

"这是因为我喝了酒。"我用手背去冰自己的脸，说。

沙沙耸了耸肩，对我摇头："啊呀，姑娘，姑娘。"他握起我的手，认认真真地看住我。

我不知道怎么办，可我张开了自己的手掌，把我的手掌贴在沙沙的手掌上。他的手，比英文老师的灵活有力，比刘岛的热。他的眼睛，真的，实在实在太明亮了。我的头还在发飘，好像自己要飞起来一样，我想，别是真的醉了吧。

五点以后，我们跟着沙沙出发，才发现原来吐鲁番的黄昏有这么长。五点钟的太阳还是亮得像一把长刀，热得像一条火焰，天还是像一块蓝布那样。我看到了阳光下寂静的到处挂着葡萄的街道，有着绿色或者蓝色圆顶的房子，刷着白色的土墙，我看到白色的墙上画满了绿色细小花纹的寺庙，有一个长长白胡子的男人坐在圆拱门的阴影里，默默地握着一本书。

在爬满葡萄架的土坡上，我看到了一些四面的墙壁做得像篱笆那样的平房，沙沙告诉我们说那是晾葡萄的小屋，绿色和紫色的葡萄被放在那里，变成了葡萄干。我想起来，刘岛那时就告诉过我说，吐鲁番的山坡上到处都可以看到这种晒葡萄的泥屋，看到它，嘴里就好像有了葡萄干的甜味。原来就是这样像竹篮一样的屋子。

在从葡萄藤遮盖住的街道上一掠而过的时候，我看到一些圆顶的小房子，比晒葡萄的房子更小的房子，在那些小小的屋顶上，有一根木棍长长地伸向天空，木棍的顶端挂着一弯泥做的新月，就像在酒吧的窗外面见到过的蓝顶房子上的新月一样。那些小房子被白杨树圈着，一弯弯泥做的新月静穆地挂在细长的木棍上面。我以为那是个风景点，但是沙沙说，那是吐鲁番人的墓地。我转过头去看，但我们的车已经飞奔而去。

我们的车子沿着一条沙土飞扬的小路一直向前去，高高的杨树领我们去了一个绿洲，树越来越密，葡萄藤越来越多，阳光渐渐变成了绿色的。路边上有一条水道，里面流着清亮的水，我们停下车去吃葡萄。

我看到了漂亮的咖啡眼睛的新疆人，女人们穿金戴银，手指上和脖子上都戴着粗大的戒指和项链，浑身上下都是花的，那是在上海不能想象的扮相。有个小孩子蹲在水井边上向我微笑，这是我第一次看到一个不认识的小孩子向我微笑，什么也不为，就是因为我的眼光撞到了他的眼光。我过去摸他的头，他的头发里窸窸窣窣的，好像有沙子似的。看到我去摸那孩子的头，一个手里正在忙着的年轻女人向我笑了笑，她笑得像狐狸一样聪明和漂亮，又黑又长的眉毛向鬓角飞上去。还有一个娃娃床，就放在阴凉的水井边上，里面躺着一个很小的孩子，盖着五彩的花被，头发是淡黄色的。

第三章 / 车铃

娃娃床上画着五彩的图案,还描着金边,像一个小小的皇宫,那也是她的孩子。我突然想起来王家姆妈告诉过我,在我小时候说过,等我长大了,要生一百个孩子。

我常常和沙沙的目光相遇,像我们的手掌曾经贴在一起那样,我们的目光也在那个长长的吐鲁番的黄昏里贴在一起。吐鲁番的黄昏是那么金红,那么长,大树下的空气是那么清凉,用井水洗干净的葡萄是那么清甜,有时候我的眼睛里会突然就涌出许多眼泪来。我觉得自己好像在这里生活过一次一样,心里是那么亲切,这一生是第一次,我遇到谁的眼光,就向谁微笑。我像一条鱼一样,自由地在沙沙的目光和吐鲁番漫天金光的黄昏里游来游去。

在离开坎儿井的路上,沙沙走在我旁边,他说:"你如果跟我回家去,到我家的山脚下,我家的羊群里去,你也会变成一个每天用羊毛织地毯,吃烤羊肉,每夜都跟着手鼓跳舞的欢快的女人。你会很快壮实起来的,长得又丰满,又可爱,又结实,你能够在中午跳舞都不累,你也能生十个孩子。"

"就像那个在坎儿井边上遇到的女人一样?"我笑着说。

"就是那样。"沙沙点着头,"我也会做那种娃娃床。你知道为什么要把娃娃床做得高高的?是因为有时候要把它们放在马背上,和马褡子挂在一起。"

"晚了,沙沙,已经太晚了。"我笑着说。

如果我出生在沙沙的家乡,我会早早地就当他的妻子,穿艳丽的裙子，把眉毛画得黑黑的，向鬓角飞去。我也要生十个孩子，把他们的小木床挂在马褡子上。可是，我没有，我出生在上海的弄堂里，我家的后门是我们房子里四家合用的大厨房，王家姆妈在那里全副武装着烧好吃的。

"是啊。"沙沙也点头。

在好像永远都不会天黑的黄昏，我们在葡萄园里跳了舞。我知道，我们团里的人都猜我是个有过感情创伤的老姑娘，一个人出来散心的。所以我才老躲着幸福的人们，而且行为和常人不一样。一开始跳舞，他们就叫沙沙来请我跳。我就和沙沙跳起来。沙沙带着我飞快地转圈，不像别人那样腰杆笔直地跟着音乐在地上滑动。沙沙整个人都融化到了音乐里，我放在他肩膀上的手能感觉到，他的身体轻轻地跟着每一个节拍动着，就像音乐在他的整个身体里荡漾着，他得像音乐那样动才行。我在他的手臂里，跟着音乐，眼前什么也看不清，开始我像楚园长训练我们的那样，直着自己的背，只看沙沙靠我这一边的耳朵，像一个淑女。可沙沙根本不理这一套。后来我怕自己会摔倒，但我紧握着沙沙的手掌，根本停不下来。他跟着音乐撮起嘴唇吹起了口哨，像鸟叫一样的婉转，我晓得这是他的鼓励，于是，我跟着他转啊转啊，我看到白杨树的绿叶子在天上簌簌地抖着，像是水面上细细的波纹。那时我突然想到，要是现在死掉，会不错吧。

第三章 / 车铃

中午大家都睡觉的时候，我还是睡不着。躺在床上，看着拉紧的窗帘下漏出来的阳光，像不锈钢那样的硬和亮。我在想曾看到过的吐鲁番的墓地，里面有一弯弯泥做的新月看护着坟墓。我在想刘岛。刘岛的骨灰最后也是由他部队里的人来上海带回新疆的。我并没有仔细地问过刘岛他的部队到底在哪里，我只记得他要在吐鲁番下火车，然后再乘汽车。所以我不知道，要是他有一个坟墓的话，它是不是就在吐鲁番。他说过，吐鲁番是个长着满街葡萄的地方，人们喜欢唱歌跳舞，喜欢吃羊肉。当时他说的新疆，像大风刮过我的耳朵。现在，我一一把刘岛的话想了起来，他说的没有错。那时我真奇怪，我好像一点也不关心刘岛他到底是从哪里来的，我只在想自己要怎样怎样。我想，刘岛应该就是躺在那样的墓地里，他的坟墓的顶上，也应该有一弯新月守着他。

我想要去看看他。

于是我起床出去找沙沙，沙沙正在床上像蚕一样昂着他的头，他的头发是栗了壳的颜色。

他正在看一本新疆文的书。沙沙没有认真问，就说好。

他找来了两块白色的床单，一块帮我兜头裹起来，连额头都遮上了，只露出眼睛。

"这样太阳就伤不到你了，也可以保持通风。"沙沙说。

他把自己也这样遮了起来。这样打扮让沙沙变得比穿在长裤和汗衫里英俊多了，他的眼睛像宝石一样在白色的被单边上闪光，就像在电影里看到过的人一样。

"你真漂亮。"我看着他说。

他笑着伸过头来亲了一下我裹在被单里的头,晃晃自己的脑袋说:"是啊,这是我们新疆人的漂亮。"

我们冲进了吐鲁番七月的酷暑之中。开始的几分钟,热气逼得我无法呼吸,眼睛也被阳光晃得睁不开。沙沙找来了一辆歇在树荫里的驴车,我们真的像阿凡提一样,坐到了驴车上。驴车摇摇晃晃地在路上走,我的眼睛渐渐适应了阳光,我的身体和着驴车一起摇晃着,轻轻撞着沙沙的肩膀,他把自己的肩膀迎过来,让我靠着。他的身体像一团火那样热,可是我还是舍不得移开自己的身体,中午街道上的毒日头里,我们的身体来不及出汗,就被干热的空气蒸发掉了。我感到自己像一块冰一样正在化掉,可是我还是舍不得离开沙沙的肩膀。靠着他,我的耳朵嗡嗡地响,我的手指变凉了。

我们到了墓地,路过一个有坎儿井的小树林,我在那里采到一些野花,我想到了从前我买过的一枝扶郎花,刘岛转移到危重病房里的时候,它还没有谢。我买到了那瓶全进口的果珍的时候,也曾一路飞奔回到刘岛的身边。

墓地里一个人也没有,滚烫的沙地上,白杨树在坟墓上一动不动。那些泥做的圆顶墓穴,其实被做成了通风的矮屋子,从敞开的小门外面,能看到里面放着长长的棺材,有的是独自一个人的,有的是并排两个人的。我看到一个小矮屋,圆顶上原先大概涂过蓝色,但是已经褪得差不多了,可顶上的新月还端端正正地弯向天空。里面放着一口棺材。我

第三章 / 车铃

对沙沙说："我想就在这里吧。我的朋友，他一定是独自一个人的，他是个孤儿。"

沙沙点点头，站了下来。

黄色的沙地上，安放着扑满了尘土的棺材，那个死去的人就独自安静地躺在这里。我用手把上面的沙土拂干净，把我的花放在上面。那些紫色和黄色的小花，像落下的眼泪那样沙沙地在那上面响了一声，我的眼泪也突然涌了上来。我望着沙沙，想要告诉他，这是我第一次想和一个人说说我和刘岛，可我却不知道怎么说，从哪里，说什么。我张着嘴，听到自己发出了难听的声音，那根本就不是一句话。沙沙过来拍拍我，然后，把我的头放到他的肩膀上去。他说："娃娃，你就说出来吧。"我也拼命想发出声音来，它们就在我的喉咙里，那么硬，那么多，那么疼，卡得我不能呼吸。可是，我什么声音也发不出来，只会一阵阵地抽泣。那些抽泣那么猛烈，让我窒息。我想我应该直起身体来喘气，可我不能离开沙沙的肩膀，我得紧紧地贴着他。

沙沙从后面抱住了我，他的脸贴着我的脸，他说："大声地哭啊，娃娃，大声。"

我现在连大声地哭也不会了，原来我变了那么多，那么多啊。在泪眼婆娑里，我看到我的那些野花很快地被热空气吸干了，变成了干枯的花朵。

最后一个晚上就这样到了，我们就该离开吐鲁番，回上海去。沙沙按照他答应我们大家的那样，半夜以后，带我们去本地人的葡萄园，和本地人一起跳舞。半夜以后，一般的旅游者都离开了，这时候吐鲁番的葡萄园才真正是吐鲁番人的。

这最后一晚上，大多数人都买了回去送人的戒指、地毯、葡萄干和新疆小刀，所有的人都曾经在卖花布的柜台前流连，可也都知道这样的花布到了上海什么也做不了，它会把上海人的眼睛给晃花了的。所以，到底没有人真的买花布。每个人也都整理好了各自的行李。全团的人都感觉到自己要跟一生中的好日子告别了，所以，每个人都有点蠢蠢欲动。女人们都在脸上用了很重的化妆品，刚来的时候还不是这样，现在人人都像新疆女人那样，画着长长的眼尾。我也是。到这时我才发现，我化妆包里的眼线笔，在去火焰山的那天，被暴晒过，铅芯一定是融化过了，它比原来的长得多了。

最后一晚上我们去一家葡萄园边上的小馆子吃烤全羊，大家挤着坐在新疆人的地毯上，热烘烘的空气里充满了羊肉和新烤的麦饼的香气。大家互相开着玩笑，把男男女女配好对，说定了跳舞的舞伴。连本来在我们团里和人相处一点不知所措的那对香港人，也笑呵呵地答应分开，和别人跳舞去，还问要不要把手指上的结婚戒指先脱下来。大家心里都肯定我和沙沙会单独在一起，他们总是望着我和沙沙笑，说："你们两个人我们就不管了。"沙沙也笑着用刀灵活地割

第三章 / 车铃

下羊肉来,回嘴说:"你们自己不要丢了就好。"

坐在饭桌上,望着天一点点暗了下去,漫天的霞光从金色变成了深蓝色,很大的星星一片片地掉了出来,渐渐布满了天空。从葡萄园里传来了急促的手鼓声,那暴雨般的鼓点,真敲得人灵魂出窍。

深夜的葡萄园的空地上,到处都是举过头顶转动的、戴满了戒指的手,到处都是切开的金黄色的哈密瓜,到处都是转成了一把伞的花裙子。新疆的曲子是那么热烈,那么含糊,好像已经醉了一样。把一张脸跳得通红的,一定是那些被像沙沙这样的人领进来的汉人,他们通红脸上的笑,不像吐鲁番的人那样自由,而是有一点疯狂。

沙沙领我到葡萄园深处去,正跳得大汗淋淋的香港人大声冲着我们说:"祝你们良宵快乐。"我明白他们会想象我们做什么事。我紧紧握着沙沙的手,跟着他向葡萄园深处的坎儿井和树林那里去,我也不知道我要做什么,我的心怦怦地跳着,就像手鼓的声音一样着急。四周是成行的葡萄架,我们经过时,葡萄叶在我们的身边发出沙沙的响声,渐渐地,灯火远了,我能看到月光照亮了发白的沙地,然后闻到了坎儿井流水的森凉的气味。我们走到了杨树下,我们在杨树下互相亲吻。透过沙沙的鬈发,我望到月光下的杨树叶子在簌簌地颤抖着。我想起了魏松和我新婚的晚上,当魏松解开我的衣服时,我也这样颤抖过。我并没有对那些事很不习惯,也没有很高兴,后来,我也知道了那里面的乐趣,可是,在我的心里，我却有一点失望，因为我不觉得那是优美的行为。沙沙的嘴唇很灵活，也很温柔，像一个小孩在吃他最喜欢的冰激凌，那样全心全意的开心。

沙沙的皮肤渐渐地变热了，手指也渐渐地重了，我懂得他要什么，但我的心在懂得了他要什么的时候，突然就缩得又小又硬，接着我的身体也变硬了。

我对沙沙说："你不知道，我在你的身上，放着我一生的梦想，你是我的偶像，你不是真的人。"

"我是真的。"沙沙拉住我的手，放在他的身上。

"你不是真的。"我缩回自己的手，去摸他的脸，他的眼睛在脸上深深地凹进去，睫毛又密又长，他的鼻子像山顶那样尖和结实，他脸上的胡子茬像沙子那样，他是一个梦想。沙沙用他变得火热的嘴唇咬住我的脸，我的头发和耳朵，他说："你这个想得那么多，只做一丁点的汉人娃娃啊。你像冰河上的冰山一样，只露出一点点来，不知道在水下面还藏着多少冰。"

我说："我也不知道。"

当沙沙把他的手再一次伸进来的时候，我推开了他。我不能，也不肯让他打碎我心里的幻想。肉体的爱情是生活中的男人和女人要有的，是我和魏松的，可我和沙沙不是这种关系。

沙沙张着他的两条长长的胳膊，他望着我问："你不爱我吗？"

第三章 / 车铃

我过去抱着他的脖子，我想要说，可我还是不知道怎么说，从哪里开始，说什么。我的眼泪又流了下来。沙沙安静下来，他用自己的嘴唇来擦我的眼泪，我从前总是为流泪而害羞的，总是认为眼泪是最没有用处的东西，是魏松用江北话嘲笑的那种"大抒情"，我总是强忍住眼泪。到了吐鲁番，我在沙沙面前成了一个爱哭的人了。

他说："你们汉人都是这样的吗？"

我说："也许别人不这样，可我是这样的。"

他叹了一口气，重新抱紧我："我会一直记得你的，你是河流上的冰山。为什么你把日子过得那么累，要想那么多呢？"

我说："我不是你，沙沙，我得回家去，我得住在离吐鲁番那么远的地方，我可不想把水罐不小心打碎了，因为我来不及再走一次取水了。我得很小心很小心。"

沙沙点头说："我真想看见你在我家门口的大草场上骑着马的样子，你一定是个好看的女人。"

我说："等我的下一世，一定会投生到那里去。我就做那样一个女孩子，骑着马，唱着情歌来找你。我经过你家的门口，等着你出来。"

沙沙说："我会等你的。或者我早就变成了那匹你骑着的白马。你喜欢白马吗？"

我说："是啊，我骑着的就是白马。"我心里突然难过起来，"你和我结婚吗？"

沙沙点点头："我把结婚用的东西全都准备好了，等你来。"

我说："我要为你生十个孩子，你也要做好一个结实的娃娃床。不要不结实，从马上把我的孩子摔坏了。"我的眼泪开始往下流，它们悄悄地流进了我的嘴里面。

"我会和你每天晚上都通宵跳舞的。"沙沙答应我说。

后来我们不说话了，我们在白杨树下听葡萄园那一头传过来的欢快的歌声，看在盆地上空很大、很亮的月亮一点点在杨树的碎叶中，从天空的中央向旁边移动，等待着我们永别的时刻。我摸着沙沙的头发，他的头发很软，耳朵边上有一些短短的鬓发，可以绕在手指上。我猜想，很可能在我的一生中，只有这样一个晚上符合我对生活的想象，它十全十美。我悄悄地流着眼泪，因为不想让沙沙知道我在流泪，所以我长长地伸着舌头，把流到嘴边的泪水都舔到自己的嘴里去。我对自己说，我终于终于，等到了这样一个晚上。我抚摸着沙沙的头发，就像抚摸着我期待了那么久的心。我想我还是幸运，虽然我等了那么久，等得连自己都不知道是在等了，可是最后，还是等到了。这不是生活中的奇迹，又是什么呢？

我想现在我已经学会了怎么保护我的梦想。可是我不知道这是我学会了节制，还是学会了自私？我从来就是自私的人，所以，我想自己是学会了把自己想要的一个幻梦死死抓在手里，小心不弄坏它。在我年轻的时候，我已经弄坏够多

第三章 / 车铃

的东西了。

我们分手的时候,沙沙用力地吻了我整个脸,我也这样吻了他。我们说,这样用力的吻,是为了下一世见面的时候,再吻一下,就能够想起来,不会认错人。

回上海的火车要花好几天时间。火车上很脏,很热,茶杯上要是不盖上盖子,开水上面就会飘一层黑色的小灰尘。但这对我都不是太大的问题,我一离开吐鲁番,就上床去睡觉了,我睡了那么多,连饭也不吃。同团的人都以为我是伤心,都来拉我去吃饭,跟我开玩笑说身体是革命的本钱什么的,可是我不伤心。他们不知道,要离开沙沙和吐鲁番,他们才能永远在我心里,而且再也不会被弄坏。有什么比这更好的呢。我睡得那么好,就像吃饱了热乎乎的东西以后,马上就上床睡觉那样笃定。

有时候我也醒来,躺在枕头上,看着火车飞奔着经过一些灰蒙蒙的城市。我看到铁路两边的树叶上蒙着发白的尘土,看到阳台上堆着坏掉的炼灶车,窗户上吊着褪色的薄窗帘,窄窄的窗台上,在掉了瓷的脸盆里种着太阳花,小小的彩色的太阳花,跟着太阳光的方向拧着自己的身体,向一边倒去。也看到被我们的火车拦在路边的人们,女人们靠在自行车上,又累又干的脸,像褪色的塑料娃娃。一个大肚子的女人,穿着男人穿的宽大的汗衫,已经肿胀起来的手上,提着装满了蔬菜的网兜,在火柴盒一样四四方方的居民楼前面摇摇晃晃地走着,张着两条腿。我知道这是因为肚子里的孩子太重了，已经压断了耻骨联合上的韧带，要不这样张着两条腿走路，会很痛的。她也已经把头发剪成很短很短的那种，准备好了要去生孩子。她也有一张像灰尘一样发白的脸。除非是心累了，世界上没有哪一种生活能让人的脸变得这么苍白而疲劳。我在枕头上望着她们，想，要是我没有去吐鲁番，有一个人在火车上看到我在路上走着，大概也是这样的人吧，就像是离开了水的鱼一样无论如何也没有希望。

无论是睡着了，还是醒来，我都在心里庆幸自己终于等到了吐鲁番。我知道自己已经不一样了。我在集市上买了一块红色的新疆地毯，一块新疆桌布，是红色和金色织在一起的，还有铁做的细脖子花瓶。我想，等我回家以后，要好好打扫，把家里收拾得像新的一样，把阳台上堆着的那些没有用，也没舍得扔掉的东西全都扔掉。我和魏松结婚这么些年，一直没有把家具重新搬一搬，彻底地收拾一下。我还买了新疆姑娘做裙子穿的大花布，我肯定不能在上海做裙子穿，但它们可以做我们家的窗帘，晚上拉上窗帘的时候，花花的一大片，一定是漂亮的。我的手指上戴着四个新疆买的戒指，都是很大的戒指，占住了半个手指。我会把自己打扮得很漂亮，画长长的眼尾，跳起舞来，转得裙子都不沾腿。

就是带着这样的雄心壮志，我回到上海，回到家。在弄堂里我就看到魏松的大汗衫在我家的阳台上晾着，拖得长长的，被太阳晒得褪了色，像件道袍。我想应该给魏松买些新的衣服了。

第三章 / 车铃

下午两点多钟，房子里没有什么人，有一股蚊香的气味。每到夏天的晚上，家家都点蚊香，要是晚上到走廊里取什么东西的话，能看到走廊里沉浮着灰白色的蚊香的烟雾。所以整个夏天，我们的房子里总是散发着蚊香的气味，多大的风也吹不散那种气味。楼梯上还是堆满了东西，都是不用的纸箱子，娃娃车，楼梯的扶手上甚至还绑了一辆女式的小轮子自行车，那是高庄馒头原来骑着上班的，后来她说骑车太累，就改乘公共汽车。底楼厨房的油气每天每天熏上来，她的车上粘满了油油的灰尘。楼梯的窗户上用白绳子吊着一块咸蹄髈，那也是高庄馒头家的，她说咸肉放到冰箱里容易哈掉，得在自然风里吹着。她就是这么一个随便什么小便宜都要占的人，要不是魏松常常阻止我和她计较，我大概会和这样的邻居早就翻脸了。魏松每次都说："你和她多说什么，你是谁，她是谁，吓死人了。"我明白魏松的意思，高庄馒头比我垃圾，所以我不能和她一般见识。从前在医学院幼儿园里受气，魏松知道我心里闷得过不去，也是这样劝我。他这个人，一脸骄傲的样子，像那些当着优秀学生长大的人一样。现在不修边幅，可脸上还是一团愤怒，那是连自己也看不起的样子。

我的家看上去比从前小了好多，猛的一眼望去，我们的大床突然矮了好多，竹席红红的，因为上面吸足了汗。我走以前在家里穿的背心裙，淡黄色底子，绿色小花的，现在还挂在门后。魏松的桌子上还是乱糟糟的，他放词典的白色小推车把手上，留着发黑的手印子，是因为好久都没有用湿布擦的关系。为了让房间显得大一点，我们在壁橱的门上装了两面镜子，镜子上也有不少手印，那是丽丽留下来的手印子，她喜欢看糖是怎么在嘴里化掉的，一吃糖，就到镜子前面去了。我的家，真的就是这样潦草。刚结婚的时候，我每天花几个小时收拾这间屋子，擦灰，擦干净镜子，擦亮打蜡的地板，拍干净床单，检查米和干货是不是生虫，为魏松和我自己熨衬衣，洗干净短裤和袜子，把家里收拾得干干净净才罢手。但是，每天每天，灰尘又积起来了，镜子上又有不当心碰上去的手印子了，家里有小飞蛾在灯下面乱撞，是什么东西，一时来不及吃，又生虫子了。和家务的斗争中，我永远都不会胜利。所以我的家，就成了这样。

我放下行李，坐下，盘算着要从什么地方开始收拾家，把地毯铺在什么地方，什么时候把丽丽接回家。

这时，就是那么偶然的，我看到魏松的桌子下落了一张纸，粉红色的，是魏松实验室的实验报告纸，他常把这种纸带回家来，当草稿纸用。我就近弯下腰，把它拾起来，打算扔掉。我看了一眼，上面的字一行一行的，像是写的诗，还是两种不同的笔迹的，我觉得熟悉，也觉得奇怪。开始，我以为魏松抄的，他居然还有心思抄这么幼稚的肉麻的话，这是让我奇怪的地方。

"和你在一起，我发觉自己又可以呼吸了。你是我心爱的人。"这是魏松的笔迹，我能认出来他的字，他人虽然长

第三章 / 车铃

得高大，可字却小小的，十分秀气。

"我也爱你，我爱看到你现在的样子，你看上去焕然一新，你的样子让我感到幸福。你是我的亲爱的怪兽，你也是我的王子。"这是另一个人的笔迹，也是秀气的字，可不是魏松的字，还有人跟他一起抄这种话？我心里奇怪。

"我愿意是你的王子，但我是么？我怕自己永远是怪兽，没有一个好女孩子爱上我，让我能够变成王子。"这是魏松的。

"我已经爱上了你。我绝不会让你成为怪兽的。"这是另外一个人的字。

"会吗？我的亲爱的，亲爱的小姑娘，亲爱的，亲爱的，亲爱的。"这是魏松的。

我想起来，在我和魏松恋爱的时候，他就很害怕当面说热烈的话，他老是拉着我坐在他腿上，他一句，我一句，往纸上面写。为了和魏松写这种字条，我特地猛练字，就怕自己写的字不够漂亮。当时我们也是这样一句一句往纸上写。所以我在看到这张纸的时候，会觉得熟悉。可，另外的字体不是我的。

这时，我才反应过来，这是魏松和另外一个女孩子写的情话。这就是说，魏松爱上了另外一个小姑娘。她也坐在他的腿上，和我那时候一样。她对魏松说，"我爱上了你，我绝不会让你成为怪兽的。"那口气也是我熟悉的，就像我对我的英文老师说话的口气，一样的霸道，一样的一厢情愿，就是那种以为自己可以把男人从发霉的日常生活和讨厌的中年妇女包围中拯救出来的豪情，那种一定要得到伟大的爱情的决心。难道现在，我是像英文老师的妻子那样的中年妇女了吗？我在幼儿园工作了这么多年，还不懂得童话吗？她要把魏松从我的生活里救出去，就像那个童话故事里说的那样，她对怪兽说了"我爱你"。怪兽惨叫一声，倒在地上，然后醒来，就成了一个英俊的王子，他们于是幸福地生活在一起。魏松爱上了别人，这是什么意思？我费力地想着。他为什么？她是谁？他们想干什么？我怎么办？我得和魏松离婚吗？那我妈妈的担心要成为现实了，她本来就觉得我配不上魏松的，魏松比我好看，出身和背景都比我好，前途也比我好，他从前的女朋友是大学的同学，也比我有出息。所以妈妈说我是因祸得福，要不是我的幼儿园和他研究所的单身宿舍紧贴着，我那时老是下班以后留在幼儿园里学钢琴，他住在单身宿舍里准备出国进修的英文考试，大概我不会有机会认识他。那天黄昏时候，我们在幼儿园外面的台阶上遇到。魏松认出我就是那个从前的实习护士，为了和一个白血病人的事闹得一塌糊涂，那时他是那家医院的实习医生，他有一个又聪明又漂亮的女生当女朋友。他听说了我和刘岛的事，还是他和他的同学们到食堂里买饭，遇见我，他的同学告诉他的。他觉得我是个发疯的小姑娘。要是他没有过来跟我说话，后来又送我回家，就不会有我们的姻缘。妈妈从来就是这样认为。魏松和他大学里交的女友分了手，那个女孩

第三章 / 车铃

马上就到美国去念书了。开始我对魏松没有非分之想，虽然那时候找一个大学生是最吃香的了，何况是医学院的研究生。后来我们很顺利地结婚了，我没有多想我和魏松配不配的事，我们是夫妻。可是我现在知道，要是魏松离开我，我大概再也找不到他这样的人了。魏松要是离开我和丽丽，大概可以和那个"小姑娘"在一起吧，她不是要把他变成她的王子吗？

我站起来，到魏松的桌子上去翻，因为我从来不翻他的桌子，所以他的抽屉全没有锁，我连他的桌子都不擦，因为魏松很恨别人碰他桌子上的任何东西，也就是些书，杂志，草稿纸和词典，可他就是不让动。为了丽丽翻东西，他就打她，从小就把规矩做好了，连丽丽都绕着他的桌子走路。他的桌子上也有一种他头发上油哈哈的味道，因为他洗头发要人催着才洗。我不明白那个女孩子怎么会喜欢这种油哈哈的男人，她以为她真是仙女，可以点石成金的吗？这种游戏，我在十七岁的时候就玩过了。

大概是因为不习惯，我拉开他抽屉的时候，心怦怦地跳。第一格抽屉里整整齐齐排着他的卡片，那都是他专业的英文词，正面抄着英文，反面抄着中文。里面有好些，是他那时考公派出国进修时做的卡片，后来他争取的那个名额被人家在北京开后门顶掉了。我有了丽丽的那一年，他又考过一次，这一次是被所里的同事开后门顶掉的，魏松英文考得比他好，可他和所领导的关系比魏松好。我那时就说，大概得送烟酒炸药包去吧，可是魏松死也送不出手，说这是侮辱他的人格。只知道坐在桌子前面整晚整晚地翻书，其实是在生闷气。那时候，我也在想办法往楚园长的幼儿园调，我晓得魏松的脾气，就叫我妈妈陪着我去给楚园长送东西，妈妈先看准了楚园长这个人，回家准备了人家从香港带来送她的丝巾和粉盒，结果一次成功。楚园长还真的喜欢那条丝巾，常常衬在西装领子里面。

第二格抽屉里是他写的文章，有些是用那种粉红色的实验报告纸写的草稿，虽然他拿不到独立的课题做，可是他还是不停地写他专业上的文章。那些都是我一点看不懂的，我草草地翻过去，看到有一行行分开来的，仔细看，却是魏松文章最后的注释和索引，一行行，都是英文的，这是魏松多少个晚上的时间变成的，他开着家里的电视，可是从来都不正眼看电视一眼，电视的蓝光闪烁着照亮他埋着头的半边身体。我记得我躺在床上看愚蠢的电视节目，像在小菜场上摊头上看到的鱼那样，张着嘴，一口一口的喘着，到处都是它不需要的氧气，但没有一滴水。

下面的小柜子里，都是魏松存的武侠小说，金庸的，古龙的，柳残阳的，萧逸的，还珠楼主的，倪匡的，陈青云的，梁羽生的，卧龙生的，诸葛青云的，上官鼎的，东方玉的，司马紫烟的，还有一大堆日本人名字的书，这是魏松后来着迷的东西，看得把吃饭睡觉都废了。最厉害的时候，就是我要生丽丽的时候，我的羊水已经破了，要马上去医院，

第三章 / 车铃

魏松还在我已经准备好了的住院用东西的包包里，塞进他的书去。我后来在家庭病房里生孩子，本来就是为了他可以陪在旁边壮壮胆，开始他不想陪我，说他不想看我受苦。他想要他妈妈来陪，我当时又气又怕，连哭带骂地揪住他不放，连生孩子都顾不上。他这才留下来，用一只手拉着我的手。我知道他另外一只手里，一定是握着他的武侠书，就像上了鸦片瘾一样。连来接生的医生都说他真的是个书蠹头。他唯一看电视的时候，也就是看武打电影的录像带。但是那些带子通常都是他到弄堂口一个私人开的租借小店里，用身份证押在那里借来看的，一天四块钱，看完就还了。有时候他一晚上要看两个电影。那些都是他的精神鸦片，我最恨的东西。我翻了翻他存的书，他有一套《神雕侠侣》是新的，还是繁体字版的，在一大堆破烂书里显得气概不凡，像是个礼物似的。我觉得异样，就找出来翻，里面什么字也没有，可是夹着两张用过的电影票，是新光电影院的。有了丽丽以后，我们几乎不可能一起去电影院看电影的。

在书的下面，还压着一张粉红色的薄纸，我心惊肉跳地看着它。

"我在车站等着你，看到乡下人搬着行李等车，看到满身灰尘的长途汽车等在车站上，要开到远方。也想和你一起到远方去，到什么人也没有的地方去，只有山水和我们两个人。"这是魏松的字，他真的要离开我和丽丽，要和那个女孩走。

"我在人群里看到你，你像一个外星人一样陷落在那群忙着奔向他方的地球人中间，我很心痛，人的生活不应该是这样的。我们一定要逃出去。"这是那个女孩的字，她也要逃，而且要带着我的男人一起逃，我从前原来是这么自私的女孩，把别人家的女人看成粪土一样。魏松会对她说："我很爱我的妻子。"但是把自己的头放到她的肩膀上，带着满头的油哈气，就像从前英文老师对我做的一样吗？

我们还没有说到过什么"我要逃"。

我发现自己看不清楚纸上的字，是因为天暗下来了。弄堂里有小孩子跑来跑去疯的声音，楼下厨房里有烧饭的动静。上海的天暗得这样快，像一块毯子一样罩下来，大衣橱上的镜子泛着前排人家后门的灯光，别人的生活还好好的在那里，像王家姆妈家那样每天都有好菜，让日子过得舒服，虽然平淡，可是安稳，但我的天就要塌下来了。我以为自己看不起平淡的生活，可其实，我也并不一定就能得到平淡的生活。

"你在干什么？"魏松回来了。他惊慌之中在门边打开了屋顶的吊灯，那是我们家里没有客人就不怎么开的大灯，房间里面大放光明，外面的天这才一下子暗了下来。这下子，他能看清楚他的桌子被我大敞开了。明晃晃的房间里，我家的秘密大白于天下。

"我在找还有什么东西是我不知道的。"我心慌了一下，然后恼怒渐渐升上了心头，心慌就没有了。我把那些粉红色

第三章 / 车铃

的纸放在桌子上。

魏松动了动手指,好像要挡住什么,他没有说话,原来他也有惊慌的时候,他的大眼睛像麻雀那样快和惊慌地闪了一下。

突然,我也不知道要说什么了。我想起了沙沙。我们这份人家是怎么了,我心里问。

房间里面什么声音也没有,我和魏松都站着,像开追悼会一样。魏松一定又有几天没洗头发了,脏了的头发又是一缕缕地挂在脸上,我都不知道,他到底在什么时候就变成了这样破罐子破摔的男人了!

"你怎么能侵犯我的隐私。"魏松突然说出这么语无伦次的一句。

我心里的怒火突然被他的话点燃,我突然就开始说话了。开始我说:"你倒是真有本事,文章一篇也发表不了,小姑娘倒已经轧到一个。"这时,我看到魏松的脸突然白了,我就是要刺痛他,凡是没有本事的男人都会找野女人去,就是因为他没有本事干别的。我心里就是这么想。

我想到他夜夜在他的写字桌前孵小鸡,不会跟我一起说说话,他一定要开着电视机,就是想家里有点声音,他可以不要再说什么;想到他在单位不开心,就回家来哭丧着脸,我跟他说话,他成心爱理不理的,让我自己知难而退,好放他清净;想到他在我怀孕的时候半开玩笑半当真的说,孩子是你要生的,你自己带;想到他看到我最漂亮的裙子的时候,那种麻木的样子;其实我现在回想起来,那种样子里还有种厌烦。要是开始想,就把我从前放在心里的不痛快全都想了起来。我想到自己,从刘岛以后,我其实只求安稳,把自己心里想要什么都关上,再也不去看它。和魏松在一起,妻子应该做的,我都做了,我心里感到的无聊也从来不说,我想要丽丽,是以为有个孩子,我会不再出轨。和丽丽在一起,妈妈该做的,我也都做了。我开始哭起来,可是我忍不住还要骂,那些话都不用想,就一句一句在嘴里等好了,排着队说出来。我听到自己连哭带骂的声音,想到了生丽丽的时候,我心里害怕,可魏松不想在旁边陪我生,我拉住他连哭带骂的声音,那次也是这样,说什么都不用想,满心的恶意,都像刀一样向魏松飞过去。我看到高庄馒头在走廊里走来走去,望着我们的房间。她的脸像通常的那样生气一样地嘟着,但我看出来了她脸上的轻松,她一定晓得我们平时从来不跟她啰唆,是看不起她的意思,也看不起他们夫妻大吵大闹的样子,现在我们终于也像他们一样了!

我闭上自己的嘴。我看着魏松的脸,他也在看着我,他的眼睛里含着一层眼泪,他的脸上有种奇怪的厌恶和怜惜交织的表情。我想起来,生丽丽的时候,我逼魏松在家庭产房里陪我生产,我拖了很长时间,阵痛是那么长,一阵一阵的,好像没有到头的那一刻,我一点力气也没有了,只知道自己是躺在湿漉漉的床上,那是我的羊水、血和疼出来的一身又一身的急汗。可还是能够感到魏松一只手握着我的手,

第三章 / 车铃

另一只手在一页页地翻他手里的那本武侠小说,好像没有它,他马上就会死掉一样。可我连恨他的力气也没有了。我感觉自己在退化成一个动物,没有衣裤的遮盖,发出非人的叫喊,身体畸形,气喘吁吁。在一阵很大很大的痛到来的时候,我大叫一声,魏松的手想要挣脱开来,可我紧紧地抓住它,它像一条黑鱼那么滑,那么难抓住,可我拼命也要抓紧它。我听到魏松的声音里发着抖:"医生,孩子的头!"他叫。我听到有人跑了进来,有人说快剪快剪,有人在我的肚子上用力推着,人户喝着:"用力,用力!"我没有一点力气,我觉得我就要死了。在这一刹那,我的心倒松了下来,我终于可以死了,对我的折磨总算到了头。就是在这时,我听到了婴儿的哭声,像在水泥地上打碎了一只碗的声音。那就是我的丽丽。那时候我睁开眼睛,透过没有流光的眼泪,我看到了魏松的脸,他的脸上,就是那样的表情,那种厌恶和怜惜的样子。

那人我们什么也没有吃就睡下了。魏松睡在长沙发上。我知道要是他上我们的大床,我一定要赶他下去,但看到他自动地把他的枕头和毛巾被搬到沙发上,我的心其实有一点失落。我想,说不定他也不想和我在一起睡呢,这样更合他的心意。我闭上眼睛,眼皮是肿的,重重地压在我的眼球上。我像一个丈夫不规矩的女人那样,像悍妇一样又哭又骂,可我和沙沙又是怎么回事?魏松的事,是对我的报应吗?可这是对我和英文老师的报应呢,还是我和沙沙的报应？我们的房间里今天没有电视机的声音，我听到高庄馒头家的电视里发出的声音，她家的电视机也是一直要开到睡觉才会关上的。

虽然上海比不上吐鲁番热，可是也不能盖东西。我突然感到，要是我躺着，我的睡裙遮不住大腿，我的短裤一定是露在外面了。我再也不想让魏松看到我的短裤和大腿，于是我爬起来，找出秋天时穿的长睡裤换上。我发现魏松在沙发上动了动，在注意我的动静，可我一点也不想说什么。

等我再醒来，已经是半夜，月光照亮了大半个屋子，在地板上印着窗户大大的黑影子，还有魏松在阳台里晾着忘了收的汗衫，它跟着南风在摇晃着。

我饿极了。

我起床来，在柜子里找到方便面，拿到底楼的公共厨房里。我找到一只小锅，是丽丽小时候的牛奶锅，她小时候是专门给她一个人用的，怕大人身上带的病菌传染给她。我只用她的小锅煮开水，等于给它消毒。在丽丽的东西上，我总是按照在护理课上学到的防感染的程序做。我站在自家的煤气灶前，等着把水烧开。突然我想到，魏松会不会真的想离开我们？这时，我才发现自己原来一点也不了解自己的男人，我不知道这时候他会怎么做，我说了那么多，可他只是那样望着我，什么也没有说。像妈妈说的一样，他的条件比我好，他的女朋友比我出挑。他一直想出国，可能他们还能一起到国外去。

第三章 / 车铃

我见到他的时候，他是皇帝女儿，我是残花败柳，为什么他看上我，来追我，和我结婚，我其实一点也不晓得。

深夜的弄堂里安静极了，野猫在月光下悄悄地走着，空气像坎儿井的树林里一样森凉，沙沙要是知道我现在的情况，会说什么？

"你做啥？"魏松突然出现在厨房里，他紧张地走过来，看我到底在干什么。

"你放心好了，我不会自杀的，我没有那么浪漫。"我说。

魏松瞪了我一眼，转身上楼去了。

等我在厨房的煤气灶前吃完方便面，回到房间里，魏松正坐在沙发上等我。我发现我也不想让魏松看到我吃面的样子，不想让他听到吃面不得不发出来的响声。甚至我用冷水洗了脸，洗掉方便面的热汤熏在脸上的胡椒气味。

在灯下，魏松的脸和丽丽的脸像极了，他们都有明亮的大眼睛。

魏松认真地说："我可以说点什么吗？"

我说："你应该说点什么。"我的心里松了口气，这说明他还在乎，要跟我说点什么。

他说："你刚刚说得不错，你原来是一个浪漫的人，或者我以为你是一个浪漫的人，可你越来越不是那样的人了。"

我以为他要狡辩，他说的却是这个。我检查似的望着他，他也直直地望着我，他的眼睛无论如何，还是不能与狡辩和欺骗放在一起说。"你以前不是这样的。"他强调说。

"从前是什么时候?"我问。

"我刚见到你的时候。你下了班不回家,在幼儿园的教室里弹琴,弹《外婆的澎湖湾》。开始我以为是哪个老师把自己家的小孩带到幼儿园里来练琴,后来才知道是你。那时候,我觉得你是心里像野小孩一样有梦想的人,不肯向庸俗的生活低头。所以也被生活弄得很可怜。你是那样的人。"魏松说。

"原来你是同情我。"我说,"你要来英雄救美啊。可惜我不是美女,你瞎了眼睛。"

魏松看着我,不说话了。

我低下头,心里想,我以后不要再这样说话了,这样没有办法把话说下去。魏松其实说的不错,那时候我在医学院幼儿园里切肉洗菜,是很惨。幼儿园里唯一有一个好心的老教师对我说,一段时间以后,要是我能夹着尾巴做人,领导也许会让我去带小班,因为她要退休了,而且食堂里也不需要我,只是为了惩罚我而已。她劝我自己抓紧时间学学琴,给自己打点基础。那时候起,我就开始学琴。但是我一点也不喜欢那个人人都看不起我的幼儿园,不喜欢看到医学院里所有的人,每天上班都是痛苦的,这不是很可怜的人么。下了班,我在幼儿园里学琴,一是因为我家没有钢琴,只能留在幼儿园的教室里。二是因为我不想回家,不想经过热火朝天烧晚饭的后门厨房间,回到家里,别人做什么,我也做什

第三章 / 车铃

么，就像木偶一样。

我想起来，魏松从前在我们谈恋爱的时候，就告诉过我，他为什么爱上我这样的人。那天傍晚，我在幼儿园的台阶上第一次遇到他，我磨蹭着不想回家，他问我有什么要帮忙的，我说谎，说我忘了带钥匙，不能进幼儿园的门。他真的相信我，帮我爬窗进去开门。我们这才开始谈话。当他把那个被惩罚的实习护士和像小孩一样寂寞地弹着琴的幼儿园帮工联系在一起以后，他就爱上了我。他要让我可以接着当那样的人，而且幸福。

当时我就说，原来是同情啊。魏松说，是因为他一直喜欢我这样不顾一切的人。

我说："我想起来了，你很早就告诉过我了。"

魏松接着说："你一直问我为什么爱上你，要和你结婚，我一直告诉你我就是喜欢自己心里有对生活的想法，而且不顾一切的人。我要是喜欢循规蹈矩，前途远大，在社会上如鱼得水的人，我那时候的女朋友就是现成的。可是你从来没有相信过我。后来我真的怀疑，是我搞错了，你本来就不是那种人，你像平常的女人一样，要孩子，怨恨婆婆，不停地买衣服，没什么追求。"

他晓得沙沙的事情吗？他晓得我从前在电视机的蓝光里被窒息的痛苦吗？他真的想帮我从不想过平凡日子带来的可怕后果里挣脱出来吗？他不晓得我努力想要像别人一样过平静的生活，也是可怕的后果里的一种吗？还是因为爱他，想要为他保护一个平静的家。魏松从来没有真正在意过我的心里在想什么，他在意的是他自己的感情。但是，我也没有真正在意过他在想什么，我也是只在意自己。

"那她是吗？"我问。

"她是的。"魏松说。

"她是谁？"我问。

魏松紧张起来："你要干什么？"

"你以为我要找她去吵闹吗？我没有这么贱。"我生气地说，"我敢说这个人没有超过二十五岁，觉得自己的日子过得太无聊。"

魏松看着我，说："是。"

我冷笑一声，说："她以为这种事情能做得通！真是笑话。我十七岁的时候就知道行不通了。"

魏松赶快声明说："我们是柏拉图式的关系。"

我接着冷笑："你以为她会跟你上床？你也把自己想得太高级了。"我望着魏松从头上耷拉下来的长发，望着他踩在地上的光脚，他的脚上长着男人粗大的黑色汗毛，因为整个夏天都光脚穿凉鞋的关系，他的脚很粗糙，我想起了英文老师黑拖鞋上的白色肥皂沫的痕迹，心里涌出来一股厌恶，就像从前对英文老师的那样。我心里想，那个小姑娘迟早也会像我一样，给魏松一记痛击。那时候英文老师的妻子会原谅英文老师吗？她会在心里像我现在一样厌恶自己的丈夫吗？但是他们是不会分手的，我们大概也不会吧。

第三章 / 车铃

"那你也从来没有告诉过我,你十七岁的时候发生了什么事。"魏松以为自己抓到了把柄。

我真的没有告诉过魏松英文老师的事情吗?我从来没觉得这件事对我和魏松来说有什么重要,连我的父母也不晓得,连什么事情也瞒不过的芬也不晓得,连我自己都不愿意多想,那是我人生中的第一次失败。

"这也是我的隐私。"我说,"你也不能侵犯。"

魏松被我顶得说不出话来。

"你打算怎么办?"我问魏松。

"我不知道。"魏松说,"我并没有想要破坏家庭。"

"那么你很想脚踏两只船啰?"我马上说。

魏松终于被我逼急了,他瞪大双眼,伸手点着我的脸,说:"你自己看看自己,我说你变了,一点也没有说错。你现在这种不肯好好说话的刻薄样子,跟高庄馒头有什么区别?你怎么是这样的!"

我气得倒头就睡下。刚一躺下,眼泪就涌出来了。可我不想让魏松知道我哭了,他大概会以为我这又是悍妇的那一套制服男人的手段,一哭二闹三上吊。我张开嘴呼吸,这样就没有声音,让眼泪自己流到枕头上。眼泪滴到枕头席上,嗒嗒地响,于是我把脸仰起来,让眼泪经过太阳穴,流到头发里去,这样就一点声音也没有了。我怎么会这样的!魏松的话留在我的心里。

等到第二天魏松上班走了,我才睁开眼睛。走到壁橱的镜子前面，在丽丽小手的污渍上面，我看到我自己，真的像高庄馒头一样的苍白，浮肿，鼻子两边的颧骨上，有怀孕留下来的蝴蝶斑，因为被吐鲁番高紫外线的太阳晒过，更加深了。我的脸上也有好像随时打算发作那样的愤然，我就是这样变成了像高庄馒头一样的悍妇。我想起来，在我们平时对高庄馒头爱理不理的时候，她握着打湿或者洗干净的拖把冲出冲进，脸上的样子，就是在说，神气什么，你也会像我一样的。我从来没想到过，魏松爱上我，是因为我有一颗不甘平淡的心。他爱上的，是我自己又爱又怕的自己。而我爱上他，却是为了要过和别的女人一样平静的生活，不要再理会自己那颗不甘平淡的心。原来，它是我生活中的定时炸弹，要把我的生活弄到不能收场。可现在，它成了抓住魏松，保护我生活的法宝。我爱上的，是帮我在平淡的生活中安顿下来的魏松，是他根本不承认的按部就班，步步顺利的他自己。

原来，生活是这么难的事。

我和魏松之间的冷战开始了。开始的几天，我们分开吃饭，分开睡觉，谁也不说话，我们家那间屋子里，装满了沉默和冷淡，这种气氛让我坐立不安。我也想到过住回娘家去，但是我对自己的父母说不出口我家发生的事情。我又想起来，刘岛的事情出来以后，我妈妈爸爸脸上的害怕和担心，还有怕丢面子的那种躲闪。我也想起来后来他们对魏松

第三章 / 车铃

和我的爱情的怀疑,他们心里觉得我是跌一跤,倒拾到一只皮夹子。可是他们认为,拾到的皮夹子到底不是自己的东西。他们常为了我巴结魏松。现在我怎么对他们说?我什么都不想说,不想见任何人。好在我们幼儿园在放暑假,不用去上班。其实楚园长也是善于察言观色的人。从吐鲁番买来给我妈妈的马奶子葡萄早已经放烂了,我带回家的行李能不拆的,就连行李袋一起塞进壁橱里。我带回来的地毯就是这样塞在里面,开门进去拿东西时,整个壁橱里都是吐鲁番的羊膻气,冲得我马上又把门关上了。

我天天睡,白天把门窗统统关上,拉上窗帘,开电风扇。房间里很阴暗,外面的阳光和热气都进不来。我是那么累,只要躺着,都能睡着。有时醒来,我想到魏松沉着的脸,因为拉长了脸,而显得很长的鼻子,他的眼睛到鼻子的部分那么长,像马鲛鱼的脸一样。我不晓得我要做什么,我能做什么。这个问题是那么复杂,我还没有想出头绪,就又睡着了。如果我醒来,就到楼下厨房,用丽丽的牛奶锅烧方便面吃。方便面里的汤料包里不晓得放了什么东西,吃了以后,不停地想喝水。

晚上魏松回家来,把门窗再统统打开。他倒是不在晚上出门,像从前一样,吃完饭就缩到他的桌子前面。路过电视机时,他随手打开它。因为丽丽不在,他就把音量调到如果我们再讲话会感到吃力的程度。这时候,我们的家虽然还是冷淡,可是不再沉默,听上去和别人家的晚上一样。我如果不上床，也没有什么地方可去，沙发现在是魏松的地盘，我不想坐，桌子也被魏松占了，所以我总是草草洗干净自己，就上了床。电视机还是蓝光闪闪的，照亮着那张像马鲛鱼的脸一样的侧面。我有时看电视，有时看它，他像平时一样，这意味着他不再和"小姑娘"来往了呢，所谓"我没有想过要破坏家庭"的意思，还是他们从来就不在晚上见面，所谓"我不知道"的意思呢？

我们谁也不提丽丽，好像她从来就是住在奶奶家一样。我和丽丽从来没有分开这么长时间，可是心里还是不怎么想，有时候看到她的玩具和小衣服，我的手想要摸到她软软的小身体，想要抱抱她。但我的心顾不得去想念她。我每天需要这么多时间睡觉，我没有力气照顾她，也不能对她笑。

到了实在拖不过去的时候，魏松才让他妈妈把丽丽送回来。他妈妈还以为我们小夫妻美美地过了几天安静日子呢。魏松早上临上班时，脸冲着门，把他妈妈送丽丽回来的事告诉我。

到了下午，我开始紧张起来，我不晓得怎么招呼我的婆婆，怎么对我的孩子笑，在他们面前，我怎么和魏松相处。于是我决定离开家。

下午，街上虽然有梧桐树的树荫，可还是很热。我走了几条街，就热得有点头昏。我看到一家咖啡馆，想要走进去，除了在吐鲁番我去过我们宾馆的咖啡馆，我还从来没有一个人到过这种地方。从玻璃窗外面看上去，里面的人都是

第三章 / 车铃

成双捉对的，我一个人一定很奇怪，像那种不正经的女人。我在咖啡馆朝街的弹簧门前犹豫了一下，可弹簧门突然从里面开了，里面应门的小姐大声对我说："小姐请进。"她的声音吓了我一跳。我只好走进去。"小姐几位？"那个女人带着我往里面走，一边问。

我听见自己说："我找人，我约了人在门口等，可是时间都过了，她还没有来。"我四下里看了看，然后说，"她也不在里面。"

"你可以坐下来等的。"领位的小姐对我说。

我向后退着，一边说："不要了，我还是到我们约定的地方去等。"

我慌张地从咖啡馆里退出来。街上还是那么闷热，阳光像蒙上了一层雾，白潦潦的，马路中间的柏油都软塌塌的了。从凉爽的、喷香的咖啡馆店堂里退出来，一下子连气都喘不上来。我怕咖啡馆里的人从玻璃窗里面看我是不是说谎，只好装模作样地在弹簧门那里站下。我看到26路公共汽车在街对面的车站停了下来，那是开往外滩方向的26路，车上的录音响亮地报着站名，下一站就是我妈妈家的那条街了。我看着那辆车"哗嗒"一声关了门，然后它慢慢地离开站，向我妈妈家的方向开去。

我过了马路，站到车站的树荫下面，这样别人就看不见我站在这么热的街上发呆了，我像所有等车的人一样。我看到一个女人背着包，手里提着花花绿绿的马甲袋，脚边上还躺着一只黄色的哈密瓜,她是那种早下班的主妇。魏松单位下班也很早,我想他应该到家了,应该发现我不在家,应该明白我是避出去了。他会着急吗?我们还有夫妻的情分吗?

26路车又来了,我和那个大包小包的女人一起上了车,看她平静地买了票。然后就在车门边上站着,用一双脚管着那只想要滚来滚去的哈密瓜,手里的东西也不肯放下来。她急着回家做晚饭吧。然后我想起了王家姆妈煤气上的鸡汤,从后门听到的断断续续的立体声音乐《灯光灿烂的小镇》。要是夏天买来的西瓜皮厚,王家姆妈就把西瓜皮去了外面的绿皮,再去掉里面的红瓤,切细了,先用麻油拌一拌,再放盐和味精。后门的厨房里太热了,王家姆妈一早就把她家的改良漆小桌放到后门外面的大树下,拌西瓜皮,择菜,都是在外面。要是回家,一进弄堂,再一拐弯,就看见了。这是第一次,我想起我家来,心里有了留恋和安稳。

我家的那一站到了,电车的闸尖叫着,停在站台上面。那个女人提了东西下了车。但是我还是不行。要是我回家,妈妈一定会和我打了招呼以后,向我身后看,要是魏松没跟着一起来,她就看我一眼,再看我爸爸一眼。我真的不能回去。车门就在我面前关上,开出车站。车子就这样开过我家附近,要是再走进去,就可以看到我家的小街道了,就可以看到我小时候买零食吃的小烟纸店了,那家店总是在录音机里放邓丽君的歌,那支歌叫《甜蜜蜜》。26路离我家越来越远了,我这才第一次知道,把东西埋在心里不说,是什么样

第三章 / 车铃

的滋味。

我在淮海路最热闹的地方下了车。我到妇女用品商店里去试了试衣服,那里的衣服看上去那么妈妈腔,那么难看,一点魅力也没有,很像弃妇。

我又到哈尔滨食品厂去看了看他们的椰丝球和小蝴蝶酥,可是我没有买。下午的时候买东西的人还是不少,我挤在那里什么也不买,让别的女人心怀不满,我从她们用力挤我的动作里察觉出来了,我也用力挤她们。

然后我去第二食品店看了看丽丽从前的奶粉,又涨过价了。在柜台前买东西的,大多是穿得随便的妇女,好几个人的裙子都是没什么式样,但是穿在身上舒服方便。我猜想她们都是有吃奶孩子的人,就像我去年也总是到这个柜台来买奶粉一样。虽然,看上去她们都不老,可是就是不像女人。她们的身体看上去总是有点松松垮垮,那就是经过了怀孕和生产,把肌肉、皮肤、韧带都撑大、拉松、绷坏的身体;是为了自己的孩子能够吃到带天然免疫营养的初乳、拼命喝鲫鱼汤发奶、就是被自己的孩子嘬烂了乳头、也不肯不给孩子初乳的松软的乳房。我一看她们就能够认出来。她们是我的同志。这个柜台并不像哈尔滨的那么挤,大家虽然也人贴人地站着,可是没有穷凶极恶的表情。她们的脸上很少能见到书里形容的母亲的骄傲和满足,却能看到许多忍耐和哀伤。"真正痛苦的日子还在后面呢。"我心里对她们说。

经过我买裙子的那家专卖店,我远远地看到橱窗里的裙子还摆成一条蛇的样子。我走过去，经过店堂的时候，看到原来穿我裙子的衣架上，现在穿着别的裙子，裙子的下摆有一圈荷叶边围着。原来那条裙子，现在在我的行李包里团着呢，我还没有心情把它洗干净。要是我没有这条裙子，大概也不会想到要去吐鲁番吧，要是不去吐鲁番，大概魏松也没有机会轧"小姑娘"吧。可要是我没有去吐鲁番，大概永远没有机会过一个有沙沙的夏天吧。再次想到沙沙，看到那条白底红细条的无袖连衣裙，好像是很遥远的事情了，比英文老师还要遥远的事。魏松认为我现在根本就不是一个对生活有梦想的人，他是真瞎了眼睛。不过，我也瞎了眼睛，我从来没有想到过魏松爱的是那样一个我，他在我的眼皮底下为没有找到有意义的生活，变成一头脏头发的男人，我却一点也没感觉。我想我的气愤里，还有对魏松的内疚。我没有再进那家专卖店。

　　好在淮海路有许多可以看的商店，还有一条挤满了小摊头、卖时髦衣服的华亭路，我可以挨到天黑。我算了算，魏松他们应该已经吃完晚饭，我婆婆差不多也该回家去了。我在淮海路上吃了一客三鲜豆皮和一碗小馄饨。那天饮食店里的客人多，一客三鲜豆皮很快来了，可是小馄饨等了半天。我总算很有理由地一个人坐在店堂里等，装出不耐烦的样子。我看到淮海路上的灯越来越明亮，是因为天越来越黑了。丽丽一定会问，妈妈到哪里去了，婆婆一定会不高兴，因为我带回来的吐鲁番葡萄早烂了，扔掉了，带回来的新疆

第三章 / 车铃

小花帽还在行李里面没有打开。看魏松怎么对付她们吧。高庄馒头一定又在堆满了旧东西的走廊里冲出冲进，像母老虎那样守卫她的家，对她家的人怒吼。魏松一定拉长着他的脸，让丽丽和他妈妈都不敢多问什么，他最拿手的，就是对人爱理不理，让你自己讨个没趣，离他远一点。我很希望那碗小馄饨被忘记了，可是，它还是被送来了。清汤上漂着黄色的蛋丝，绿色的葱末，还有透明的、一滴滴的油花，就是我一直吃惯的那种柔软的小馄饨。肚子里热乎乎的，我想我还是应该回自己的家去。

终于，我回到了自己的家。

丽丽冲过来抱住我的腿，她比我记忆里的小孩，还要小得多了。我抱起她来，她真的很软，很香，我突然为了能抱住丽丽而高兴起来。

"丽丽！"我亲了丽丽一下。丽丽晚上一定吃了带鱼，她的脸都是腥气的。

"妈妈！"丽丽转过头来亲我，她那么高兴见到我，我从来没有想到。

"来抱一个紧的。"我对丽丽说，这是我和她的游戏，丽丽伸出手紧紧箍住我的脖子，我紧紧抱着她的后背，我想起这时候常说的话来，"我要把你放回到我肚子里去。"我和丽丽亲来亲去，弄得脸上都是丽丽的口水。

我发现自己脸上有许多笑容。这时，我看到自己离开家时，换下来搭在床尾的睡裤，穿了好几天的睡裤上，留着好多皱褶，是我的膝盖拱出来的。望着那条睡裤，我能感到穿在睡裤里的那么多悲伤。我再也不想穿那样的睡裤了。

然后我看到饭桌上留着菜、汤锅和饭，盛菜的蓝边碗口，有锅铲留下来的油酱渍，我猜想晚饭是魏松做的，总是把碗口弄得涕涕逼逼，是魏松的风格。那些饭菜用纱罩罩着，而没有放进冰箱，我明白是为我留的。

"我跟我妈说，你今天去幼儿园值班了。"魏松对我说。

魏松大概真没有离开家的念头，他和英文老师一样，既笨又聪明。明白了这一点，我心里很可耻地暗暗松了口气。我把魏松留给我的晚饭都吃光了。

第二天，魏松上班去了，我抱着丽丽回我妈妈家，对我妈妈说，我刚从新疆回来，家里被魏松弄得太脏了，要大扫除，让我妈妈管一管丽丽。我妈妈最愿意看到我尽妇道，一口答应。可丽丽不愿意我把她一个人放在外婆家，抱着我的腿哭，我刚开口哄她，突然自己也哭出了声，倒把丽丽吓得停住了，瞪着和魏松一模一样的大眼睛看我，拿出去托儿所的勇气，让步说："那你一弄好就来接我。"我答应她，把家里一弄好，连澡都不洗，就来接她，让她陪我洗澡。我妈只以为我哭，是不耐烦丽丽，所以抢着把丽丽抱了过去。

我回到家里，将头发扎起来，把壁橱门打开，将我从新疆带回来的脏衣服统统拿出来，放到洗衣机里，用肥皂粉泡起来。把那块地毯抖开来，它是用生羊毛绳织的。鲜艳的

第三章 / 车铃

红色、蓝色和绿色让我们的房间一下子变得那么旧，那么潦倒，我在买的时候没有想到我的家这么小，只有桌子前到门口那么一小块空地，连半张地毯都放不下。我和沙沙在巴扎上买的时候，也没闻到它有这么重的羊膻气。那时，我对沙沙说，我要一块最抢眼的地毯，走在上面，都不知道自己是在哪里。我还记得沙沙听了笑，他说："在鸦片地里走，就是这样。"我把张开的地毯拖到阳台上晒。它太大，它有味道，可无论如何，我也要用上这块地毯。所以，我决定要把整个房间搬一下，空出地方来。

我把我们的大床翻了起来，大床下面，有丽丽玩过的脏皮球，有魏松忘了擦油，然后放进鞋盒子里过夏天的邓禄普牌的棕色懒汉鞋，还有我不知不觉掉下床的绿色避孕药纸型片，刚结婚时，我吃这种纸型片避孕。魏松上学时的课本和笔记也打成包，放在床底下。上护士学校时的书和笔记也打成一小包，塞在那里。现在它们上面，落了像棉絮一样一团团的灰尘，我用自己的肩膀和头顶起床板的时候，它们飘飘摇摇地粘了我一身。

我搬动了大床的位置，又搬动了沙发的位置。家具太重，我根本推不动，于是，我找了一块家里的厚塑料布，把它在地板上铺平，一头塞到家具脚下，然后慢慢把家具推到塑料布上，在塑料布上推，借着它的滑，就很快推动了沙发，后来，又推动了大橱。因为到底受力不平均，大橱发出吱吱呀呀的声音，好像里面有什么东西要断一样。可最后，我还是安全地把它推到了更节约地方的墙角里。甚至我还用这个办法搬了魏松的钢琴，当年我们结婚时，魏松请了两个搬运工人才搬动钢琴的。它被两个搬运工人唱着号子抬进屋的时候，魏松用手把我挡在他的身后，怕钢琴撞到我。现在，我竟然可以一个人，靠一张厚塑料布，给钢琴换一个地方。我的腿因为用力太猛了，一阵阵地发抖。可我并没觉得累。

钢琴背面的墙上，也粘着一缕缕的灰。我把墙都扫了一遍。因为不耐烦扎一只长柄的扫把，我从床上跳到桌子上，再跳到钢琴盖子上，这样，像猴子一样。

然后，我擦了窗，换掉了原来的竹帘。

又擦了地板。

连魏松的桌子也被我仔细地擦干净了，这是最让我心惊肉跳的地方，我想不光是因为我从来没为魏松擦过桌子，还有一个原因，是怕再看到一张新的粉红色的薄纸，上面写满了我没见过的话。从我的心里，我不想碰这个倒霉的地方，可我就是要整理魏松的桌子，我要让他知道，这张桌子是我们家的桌子，它得和我们家一样干净。我给魏松买了一把新疆小刀当礼物，是和沙沙用的一样的，刀把上嵌着五彩石头，石头四周围着银丝。我在魏松桌子前面的空墙上钉了一个铁钉，把它挂在上面，吐鲁番人在家里也是这么做的。我用清水一遍遍地擦魏松的桌子，他用这桌子，还像学生用课桌那样，有事没事，就往桌面上写字，画小人。魏松总是在

第三章 / 车铃

桌子上抄他写英文文章时用的英文词。那时候我说他破坏公物，他说等他以后发迹了，这张桌子可以放到博物馆里去。我想要把桌子擦洗干净。桌子上散发着森凉的水气。如果不是这水汽里有那么重的消毒药水味道，它就像那晚上坎儿井里散发的水汽了。坎儿井原来不是一口井，而是井和一条细长的水道，那里围着好多钻天杨，仔细听，也能听到流水的声音。

凡是用不着的东西，都被我扔掉了。我还从来没这么放手扔过东西，丽丽的脏皮球，我的旧睡裤，我家的电视机包装盒，掉了搪瓷的脸盆，魏松的旧鞋子，统统扔掉。连原来实在气不过高庄馒头寸土必争、放在门口挡住高庄馒头蚕食的几个旧纸箱，放我们暂时用不到的鞋子和杂物，也被我统统扔掉了。扔东西真是件上瘾的事，越扔越想扔，恨不得把高庄馒头的脏自行车一起扔掉拉倒。

然后，我把地毯拖进屋，铺在好不容易留出来的空地上，因为它真的太大，所以有一小半不得不伸到了大床底下。

我匆匆出去，到车站边上的花店去买花。因为天热，鲜花放到下午就全都开了，花店老板不敢留过夜，我用很便宜的价钱买到了一大把白玫瑰和满天星。

我把它们好好地养在大玻璃花瓶里，把花瓶放在桌子当中。那还是我们结婚时，魏松同学送的礼物。他们都知道我就是那个疯狂过的小护士。当时我还以为魏松告诉他们我的过去，是口无遮拦；我还不晓得他因为这样的故事，而觉得自己很了不起。这个车料大花瓶，除了我们结婚的时候，就一直没有用过。现在，总算又用上了。

等我把丽丽接回家的时候，魏松已经先回来了。他光脚站在地毯上，不知所措地望着他的家，还有他家的鲜花。我和沙沙去买巴扎地毯时，是一个黄昏，吐鲁番明亮的黄昏，是巴扎热闹的时候，到处飘着烤羊肉的香气。这张波斯地毯搭在一道刷了白漆的土墙上，白墙里面是清真寺好看的圆顶。在我买下这条地毯时，沙沙一直搂着我，我搂着地毯，我心里所有的空洞，那时都是满满的。我这时发现，原来魏松的背有点驼了。要是我骑着白马经过他家的门前，他会和我生十个孩子吗？他会和我在夏天通宵跳舞，在地毯上吃葡萄吗？他转过头来吃惊地看着我。现在他应该晓得了，我有多大的力气，多大的决心吧。

丽丽从我的手里挣脱出来，扑到地毯上。然后她又跑回来抱我的腿，她抬起头来说："妈妈，它是臭臭。"

丽丽回来以后，我们家的气氛不这么闷了，丽丽这次可以跟我睡大床，自然是高兴得要命，天天都早早就上床，要和我拉着手睡觉，有时半夜醒来，也要凑过来，把她的手塞到我的手里，才接着睡。丽丽从小就自己睡小床，是因为日本的育儿书上说，孩子跟母亲睡，人格发展不那么健全。魏松看了那本育儿书，就严格规定不让丽丽睡在我们床上，生

第三章 / 车铃

病的时候也不行。

丽丽还是太小了，来不及发现家里有什么变化。她只是一直说房间里有臭臭，我想那是地毯的羊膻气，我以为放一段时间就会好的，像新漆了桌子，也会一段时间老有油漆味道那样。

因为丽丽回来了，我和魏松也开始说话。可只是说必须要说的话，决不多说一句。我们好像彼此都小心了，没有逼到眼前的事情，就最好什么也不说，可是，那"小姑娘"的事情横在我们中间不说，就没什么真正值得说的了。他也不提我又动了他桌子，还在他墙上挂礼物的事，他什么都装作不知道。照样天天晚上按时回家，在桌子旁边看书，查词典，或者发呆，像一只热水瓶，或者一只冰箱，我晓得里面有东西，可在外面一点也看不出里面藏着什么东西。但我一定要知道。我和魏松之间的关系也是用这种奇怪的、热水瓶或者冰箱的样子保持着，不想打碎它的话，我就不晓得怎样才能改变它。有时候，在晚上，我在床上玩着丽丽睡着时候又滑又软的手，看着魏松的背影，我发现自己真的一点也不晓得应该怎么做，才能抢回他的心，因为我不再是不平凡的人，他就要找别人。

我学着王家姆妈的样子，到小菜场的乡下人那里去买了活杀的新母鸡，等乡下人杀鸡，烫毛，开膛，把鸡肫肝里的黄皮剥下来，洗干净放在鸡肚子里。旁边的鱼摊头，一条大花鲢鱼正在卖鱼人的手里死命扭着身体，它拼命挣扎，不知道是因为想要回到水里，还是想要逃脱被卖的命运。它好不容易跳出来了，却一头摔在湿漉漉的水泥地上，它摔蒙了，躺在水泥地上不动。卖鱼人趁机抓起它来，高举过头，狠狠朝水泥地上再摔下去。花鲢鱼被摔昏过去了，卖鱼人很顺利地将它放在湿漉漉的秤盘里过了秤，然后用一把大剪刀，剖开了它的肚子。这时它痛醒过来，翻身跳起来，在地上一下接一下撞着自己的脑袋和尾巴，在水泥地上发出沉闷的声音，将自己的血和鱼摊头地上的污水混在一起。它在污浊的血水里扑打着，把血点子溅到我凉鞋上。

我将自己买好的新母鸡拿回家，把刚刚被杀的母鸡从蓝色的塑料袋里拿出来，它还有点体温留在身上，很像刚刚死去，正在做尸体护理的人。我忍着自己的怕，没有把它扔下去。刚刚结婚，自己做饭的时候，我就把它扔在水斗里。

像王家姆妈那样，我也在鸡汤里放一大块生姜，一勺加饭酒，等锅开了以后，在滚汤上一片片撇掉汤沫子和浮油，刚被滚汤烫得缩小的鸡块里散发出畜生肉的腥气，再新鲜，也有点臭。从前，在手术间实习的同学就说过，开阑尾炎的人，肚子被切开的时候，也有一股臭味道。但是用文火慢慢地炖着，里面再放些火腿丝，放几粒红枣。在锅盖上支根牙签，让热气不要扑打锅盖，厨房里渐渐可以闻到火腿的鲜和红枣的甜夹在鸡汤的味道里，那就是王家姆妈鸡汤的味道。我闻着那香味，那香味真的让人的心安定了一点，我站在煤气灶边上，不愿意离开它。后门厨房的窗外有人经过，都往

第三章 / 车铃

我们这边看，都是被香味吸引过来的。

"香哦，妈妈。"丽丽说，"我们吃吧。"

丽丽总是以为妈妈做什么事情，都是为了她一个人。

魏松晚上回来，喝了不少汤，他忍不住。但是，等我们吃完饭，我给丽丽洗好澡，进屋来，他还是和从前一样，已经把电视开好了，自己也端端正正地在桌子前面坐好了，还是没有想要和我说些什么的意思。

有一天深夜，我醒过来，发现房间里亮着灯，魏松蹲在我们的大床前，我吓了一跳，他要干什么？想要做爱吗？我的心怦怦地猛跳，他终于忍不住了！可是，他在丽丽那一边干什么？上床得从丽丽身上爬过来。我以为自己在做梦，于是我探起头来试试，我可以控制自己抬起头来，说明不是在梦里。我抬起身来，才看到魏松手里正拿着什么东西往丽丽身上擦。然后，我闻到风油精的味道，意识到魏松在帮丽丽擦风油精。

丽丽闭着眼睛在哭。

"怎么了，丽丽？"我这才完全醒来，一下子爬起来，我伸手去摸丽丽的额头，可探不出有什么热度。

"痒。"丽丽含含糊糊地说。

我看到丽丽身上有些红包，像是蚊子咬的那样。魏松也正在找丽丽身上的红包，往上面涂风油精。

"怎么了？"我从魏松手里接过风油精的瓶子来，丽丽身上有好几块，看上去比蚊子厉害。我也是招蚊子的人，可我和丽丽睡在一起，把她咬得这么厉害，我身上一点也没有，这很奇怪。

魏松看着我，我的心再一次暴跳起来。我突然想到自己正盘腿坐在床上，样子一定很不好看，于是换了姿势，伏在床上的时候，睡裙的背带有一个从肩膀上滑到了胳膊上，就像那些外国电影里的女人一样。我装成仍旧专心在丽丽身上找红包的样子，把原来已经擦过的地方，又再擦一次。要是他来我床上，说明我要赢了。

魏松撑着床沿站了起来，但他并没有往我这边来，而是向后退去，把本来放在大床和沙发中间的蚊香盘子往我们这边移了移，说："明天你到药房里去看看，听说新出来的雷达蚊香，是没有烟的。你买那种蚊香来，这种除虫菊的烟对小孩子不好。"

我说："噢。"

我还是不想放弃这个机会。

于是我抬着头看他说："我会在地毯下面，床下面放一点樟脑丸，听说樟脑丸杀虫很好的。"

魏松并不看我，他回到他的沙发上，躺下："好的。"

然后，他就闭上眼睛不说话了。

我也只好关上灯，躺下。丽丽躺在我身边，像一罐开了盖的风油精一样，直辣人的眼睛。

礼拜天的上午，丽丽想要看动感电影，她说高庄馒头的

第三章 / 车铃

小孩告诉她的，可以看到天上的星星，还可以飞到离星星很近的地方，连电影院里的椅子都是会动的。我家丽丽真的长大了，这是她第一次向我们提出来比讲个故事更高的要求。魏松先答应了丽丽，丽丽高兴得在房间里疯跑，然后倒在地毯上打滚，冲我们大声喊："爸爸妈妈快换漂亮衣服呀！"

丽丽想要我们三个人一起去。我穿什么，穿白底红条子的连衣裙吗？那件我最喜欢的衣服，就是魏松视而不见的。魏松穿什么，还穿大汗衫，吊着长头发吗？像十六铺卖鱼的贩子。我的头发也不好，根本没有什么发式可言。也许我该把它们盘起来，但这样显老，也许还是应该披着，但是没有吹过风，头发一定是不服帖的，像蓬头痴子。一家人这样走出去，也太不体面了。

魏松慢腾腾地对丽丽说："为什么要换漂亮衣服？我们都是老头子老太婆了。"

我也会装没听见的。

丽丽先叫起来："不好！就不是老头子老太婆。"

我对丽丽说："中午场还早呢，爸爸带你先去，妈妈去剪一个漂亮头发。"在说的时候，我还是赌气，不想跟魏松一起出门。可一说完，我真的想去剪头发，剪一个完全不同的发式。

我换了衣服，和魏松说好在南京西路放动感电影的电影院门口见面，他在家先给丽丽吃点东西，魏松答应着，垂着眼睛不看我。我想，他一定是怕我看到他眼睛里的不以为然。我听到自己的血在血管里哗哗地奔涌着,那是不甘心吧。不甘心自己就被推到了这样的悬崖边。我得做些什么。我拿了自己的钱包,就走了。钱包还是在吐鲁番买的,上面绣着鲜艳的十字花。我的手紧紧地捏着它,能感到里面装着的纸币被捏得发出响声。

我特地挑了家高级的美发厅,橱窗里面挂着不少外国美人照片,门口卖洗头和剪发筹子的小姐穿了白制服,把自己的头发吹成一个爆炸式,头和肩膀差不多宽,像大头娃娃一样。她开始时很热心地要推荐我烫头发,说他们店里的药水都是从香港进来的,一点不伤头发,保持的时间也久。说着她拉拉自己的头发,说:"你看我的,已经一个月了,弹性还这么好。"可是我一点也不喜欢烫头发,不喜欢她那种爆炸式,据她说这还是"高子头"流行完以后,刚刚时兴起来的。那种放肆和豪迈的样子,有种野鸡腔。

我摇摇头,说我不烫发,只要剪发。

她马上拉下脸来,不跟我多说了。

洗头的时候,我跟洗头的阿姨商量,洗头阿姨说,要时髦,就得找最靠窗的一号师傅,上海的时髦小姑娘都排队找他剪头发。香港流行什么发型,他一看就会剪,剪得和原来的一模一样。

我说好的,我就是要找一个功夫好的师傅给我修头发。

"就是啊,头发又不是别样东西,剪坏了,装也装不回去了。"洗头阿姨附和着我说。

第三章 / 车铃

然后,洗头阿姨把她的脸凑到我面前悄悄说,这个师傅是要小费的,剪一个头,要十块钱小费,可是质量保证:"到底一分钱一分货。"她说。

我这才在心里明白过来,洗头阿姨原来和一号师傅是串通好了的,先把小费落实了,才肯剪。

洗头阿姨见我不说话,就细细地帮我擦头发上的水,等着我权衡。

我看到一号师傅的椅子上真的坐了一个高颧骨的白净女人,看上去很时髦的样子,可也不俗。瘦瘦高高的理发师傅正在给她吹头发,手指尖尖的张着,用手掌小心地护着吹起一缕翻翘的地方,他那么小心,好像它不是头发,而是豆腐花。

洗头阿姨告诉我说,那个式样叫"戴安娜"式,是英国王妃的发式。"你看那种头发洋气吗?全上海也就是我们这里做得最像。那个女人每个星期要来吹一次的。"

我说:"唔。"

洗头阿姨马上扬声大叫:"一号,客人要你剪头发。"

说完,她从我手里拿去洗头的竹筹码,把另外两张写着号码的小纸片按在我手里,告诉我里面一张是剪发用的,另一张是吹发用的,都得交到一号师傅手里。

"想剪什么样子的?"一号师傅把我在理发椅子上安顿下来以后,从我头上拿下毛巾来,一边梳通我的头发,一边在镜子里面望着我问。他是个懒洋洋的人,脸色黄嗒嗒的,眼睛却很聪明，很懂得别人心事，又有点嘲讽的样子。我一下子被他吓住，不知道说什么好。可我不愿意示弱，于是，就说："听说你做戴安娜式最好，就剪一个戴安娜式好了。"

他点点头，看着我说："不过，你剪这种头发，看上去有点老气。"

我的心里咯噔一下，可嘴里已经冲出来："就这种样子吧，我喜欢这个式样。"

他开始剪起来，可是我已经后悔了。为什么要跟理发师傅斗气呢？他又不会有什么坏心思，不过是为了我好。我眼巴巴地望着镜子里的理发师傅，我想，要是他看我，跟我说话，我就问他："那你说什么发式看上去年轻一点。"就让他给我换一种发式。可是他很专心地剪着我的头发，把我的头拨来拨去，不让我动。可也根本不看我，也没有和我说话的意思，不像他和那个高颧骨女人那样有说有笑的。也许他看多了上海时髦漂亮的女人，要么就是年轻的女孩子，就是我给他小费，他也不怎么情愿给我剪头发。我突然想起来，在丽丽小的时候，第一个冬天，连着下了三个星期雨，丽丽的衣服和尿布都用完了。好像一到下雨天，丽丽就特别会尿湿，一上午就要用一脸盆的尿布。我学着从前高庄馒头的样子，拿铝脸盆倒扣在煤气上，开一个小火，把尿布和衣服放在铝面盆上烘干。厨房里充满了潮湿的肥皂味道和尿骚气。那三个星期，我天天这样烘，结果在晚上，魏松躺到我枕头上来，奇怪地捧着我的头猛嗅，还问："你用了什么洗发水，

第三章 / 车铃

怎么有这么怪的味道？"

我的头发被剪短了以后，脸突然显得大起来，我还没有见到过自己有这么张大脸，当我用力看自己的时候，我看到额头上有抬头纹了。我真的老了，像中年妇女一样，我也有一张呆板的、不高兴的脸，那是我小时候最怕、最讨厌的脸，我一直都以为自己还早着呢，一直都想，不知道自己到了那一天可怎么办。可是没有想到，这样的一天好像已经来了。我从镜子里转开眼睛，我一点也不想看这样的脸。

头发很快就剪好，吹好了。我看到镜子里的自己，还是老。而且像那种死不甘心的女人那种老，有时候我也在马路上见到这样的女人，顶着一头吹得像假的一样的头发，脸被电吹风的热气吹得红堂堂的，皮肤紧紧绷着。自己还以为美得很。

我一出美发厅的门，眼泪就下来了。洗头阿姨说得一点也没错，头发剪掉了，装也装不回去了。

等到了电影院门口，上午场的人正散场出来，门口乱哄哄的，马路上的车拼命揿喇叭。我在人群里看到魏松正坐在电影院台阶的边上，他把丽丽圈在面前，长腿长手的，他们两个人嘴巴一动一动的，好像在唱歌。丽丽真是个漂亮得惹眼的小孩子，大眼睛像巨峰葡萄那样圆。丽丽把魏松衬得像件旧衣服一样，又脏，又松垮。今年我没有给魏松买夏天的衣服，是想报复他对我裙子的忽视。我一直想，等到魏松意识到自己今年夏天穿的都是旧衣服，就会问我，然后我可以有话扔给他。可他根本没提起过衣服的事，他就穿晒得褪了色，洗得没有骨子的汗衫过夏天。我的男人怎么就这样提不起精神来呢！他就像一个真正一生不如意的老男人一样，身上有种默默忍住的绝望，心不在焉地陪着小孩唱儿歌。

我突然想到，也许魏松也和我一样，在孩子、晚饭、脏衣服、旧桌子这样的生活里，喘不过气来。丽丽小的时候，我常常对魏松唠叨，也压低了声音咆哮，可是每一次，我都感到在我心里，有另外一个小人，一个我，吃惊地听着我说话，我发作，我指责。那个小小的我吃惊而不满地说，你怎么会发出这种恶毒的声音，完全是个悍妇。现在，那个小人突然又出来了，和我一起看着我的男人，她吃惊而怜惜地说，你怎么把自己的男人弄成这种样子？我的眼泪哗地涌上来。可我用自己的办法处理眼泪，先睁大眼睛，把眼泪像眼药水一样包在眼眶里，然后慢慢地眨眼睛，一点一点，就可以让泪水重新倒流回去。我恨这样的生活，我不愿意自己变成一个悍妇，魏松变成一个潦倒的老男人，我一点也不愿意。

半夜里，我被轻微的哭声惊醒。开始，我以为是自己在梦里哭，有时候，我是会在梦里哭，把自己给哭醒了。我的心沉了沉，就是在梦里，我都不能高兴一点吗，我想。

可是，我又听到微微的哭声，不是我，那是丽丽。丽丽吐得身上到处都是，她正坐在毛巾被上，浑身滚烫的。

第三章 / 车铃

我爬起来，一边把丽丽抱过来，一边叫醒魏松。大概是因为移动丽丽太猛了，丽丽在我的手里又大吐特吐起来。

魏松在他那边的沙发上一个翻身爬起来，愣着。也许他也以为自己是在梦中吧。

"是真的！"我对发愣的魏松叫喊。丽丽是个很少生病的小孩，我们俩都没有什么经验，特别怕她这样难受得直哭。魏松被我大吼一声，好像真正醒来，他急忙跳下地，跑到丽丽身边，伸手想摸丽丽，可又怕她身上吐出来的脏东西，伸出两个手指去探丽丽的额头，嘴里不停地问："怎么了？怎么了？"

我对他喊："不要站着看，找干净衣服来，再倒热水。"

魏松中弹似的一怔，转身不见了，可他拿来的，却是丽丽已经穿不下的小衣服。我把他递衣服的手往外一推，将丽丽送到他手上。我一边脱掉自己被吐脏的衣服，草草套上一条裙子，一边帮丽丽找来衣服，再到浴室去拿热水和脸盆，裙子有点紧，蹲下去的时候得把裙摆拉起来，这次我顾不得是不是雅观，我的孩子吐成那个样子。

把丽丽弄干净以后，我和魏松抱孩子去了医院。我怕丽丽高烧的时候被风吹了不好，特地用毛巾毯包着她。丽丽一定很不舒服，她已经不哭了，急促地喘着气。半夜里已经没有了公共汽车，我和魏松轮流抱着丽丽往医院去，我抱着丽丽的时候，魏松用一只手托着我的胳膊，让我可以轻松点，他一定紧张极了，不停地问丽丽："好点没？好点没？"马路上一个人也看不到,路灯照到的地方,有些蓝色的雾气在沉浮着。去医院的路那么长,我们走得那么慢,我突然想起了魏松的自行车,我们还有自行车。

"你们等一等,我去拿。"魏松转身就跑。

我抱着丽丽,在一家商店的台阶上坐了下来,我的衣服已经被汗湿透了。丽丽躺在我手臂上,粗粗地喘着气,她看上去很不舒服,可她紧紧地靠着我。我忍不住说:"丽丽,我们马上就到医院了,医生看一看,你就舒服了。"

丽丽突然说:"爸爸不要我们了。"

我吓了一跳:"瞎讲。"

丽丽说:"那他怎么走了,不跟我们在一起。"

我说:"爸爸去拿自行车来带我们两个人去,这样快。"

丽丽不说话了。

远远的,我听到有自行车在路上骑过的声音,是魏松来了,他的自行车还是大学里的那一辆,已经旧了,遇到不平的路,就哗啦哗啦地响。看到他高大驼背的身影,我松了一口气,要是没有魏松,我不知道怎么把丽丽送到医院去。

我们一头撞进医院的急诊室,值班医生看到丽丽的脸,马上指责我们说:"把毛巾毯拿掉,把孩子抱到风口去吹,这样高的体温,还包着,你们想让她抽筋啊。"

我们赶快把丽丽送到外面候诊室的电风扇下,魏松抱着丽丽,我帮丽丽把衣扣解开来。丽丽身上像火一样烫,一样干燥。这时一辆汽车在急诊室门口尖叫着停下来,车里面抱

第三章 / 车铃

出一个孩子来,也是个小女孩,细细的辫子上还系着一个红色的蝴蝶结。也是爸爸抱着,妈妈提着一只包跟在后面跑。我们让过他们,他们也一头撞进急诊室里去。

我和魏松怕他们先找医生看,会耽误给丽丽看病,于是也跟了进去。只看到女孩子已经躺在检查床上,医生和护士围着那孩子,可医生很快就离开床,对护士说:"die。"这个词我在护士学校的时候学过了。魏松在医学院里也学过了。我看看那个女孩,还戴着一只蝴蝶结呢。魏松腾出手来,把我一拉,我们就抱着丽丽往外走。我这才发现自己两条腿抖得厉害,要靠在魏松的身上,才行。

在我们身后,突然爆发出炸雷那样的哭声。我感到魏松的身体抖了一下,我从后面靠住魏松,像丽丽的墙一样,我们两个人把丽丽挡在了前面。

丽丽烧到了42度,医生留她在观察室里补液,医生说丽丽的烧有点原因不明,最好明天查一下。

观察室里飘荡着来苏尔的气味,和从前的医院一样。我又闻到了来苏尔里面夹杂着的烂苹果的气味。丽丽在打针的时候哭了一下,现在安静下来了。她有一点高兴,因为我和魏松,一边一个人,守着她,看着她睡觉。病房里开着脚灯,丽丽的脸上,黑黑的眉毛,像魏松一样浓。这地方的烂苹果味道,是预示着谁要死了呢?我想着。我看到魏松也默默地望着这里,他大概也会想起来,他在医院实习的时候吧,那时候他是班上唯一的用英语在病人床前讨论治疗方案的尖子生，那是他最辉煌的日子吧。

观察室外面种着几棵高大的银杏树，它们一定有很多年了，把这一溜平房紧紧地盖了起来。我坐在里面，就像一只坐在枯井里的青蛙一样。我想象不出来要是沙沙的孩子半夜里生了这样的病，他会怎么样。他会像魏松那样，让死去孩子父母的哭声吓得一抖吗？我想象不出来，因为我连沙沙怎么洗脸都不知道，也不知道吐鲁番的阴天是什么样子的。

魏松突然惊叫起来。他在丽丽身上发现了一大块出血点。我一看那块红堂堂的血点子，头轰地大了起来。我伸手压住针下垫着的棉球，将丽丽的输液针筒拔了出来。魏松赶快把丽丽扶起来，在她的背上，腹股沟上，大腿的内侧，大块大块鲜红的出血点，像花瓣一样散在她滚烫的小身体上。

护士听到动静跑了过来。她一看到我们把输液的针头自己拔出来了，马上就拉下脸来，把我和魏松像拨拉废纸一样，厌恶地拨拉到旁边去，用她又尖又冷的声音说："胆子倒蛮大的，自己会拔针头的，出了事我们不负责的。"然后她回过头来，对我说："你们是聋哑人哇，有事情不会叫医生的啊？"

我伸手指着她的脸，用比她还要尖的声音吼道："我告诉你，你再不滚开，小心我刮你耳光！"

魏松抱起丽丽抱进医生的值班室。我却停不住，一脚踢翻凳子，接着骂那个冷酷的护士，骂了什么我也不怎么记得。可我记得那个护士的厉害。她斜过眼睛来，轻蔑地扫

第三章 / 车铃

了我一眼,看着我,然后,她才慢腾腾地说:"我不要和你这种没知识的泼妇说话,你的小孩不在这里了,抢救去了,请你从这里马上滚出去,我要消毒。"她才是真正厉害的人,懂得用一种平稳的尖厉的声音缓缓地割开对方最疼痛的地方,她看我一眼,就知道哪里是我的痛处。旁边床的孩子被吓哭了,她的妈妈站起来帮着护士赶我出去,我只能浑身发着抖,离开观察室。

丽丽的病情得不到确诊,医生看了半天,只说可能是出血热,但她也不能确定。

丽丽被送到了危重的单人病房里,因为怕她传染。那间病房里也有脏脏的灰绿色的墙壁,也是朝北的。天已经亮了,我在窗上能看到从楼下的什么地方一大团一大团地涌出白色的热气,我想,那应该就是消毒室的蒸汽锅炉在放气吧,像巫婆的大锅。

魏松去观察室结账,一定也被侮辱过了,他回来的时候脸色青白,和我一样气得发抖。他对我低吼一声:"求你不要再添乱了!"

我们俩一人一边,在丽丽身边坐下。刚坐稳,病房护士推着治疗车进来。这时我像惊弓之鸟一样从凳子上弹起来,努力向那个面无表情的年轻护士送笑脸。

她什么反应也没有,给丽丽打了针,挂上了补液瓶,就走了。

我突然看到魏松苍白的脸,他正又惊又怕地望着我脸上勉强的笑容，望着它们一点点从我脸上退下去。我们的眼光一接触，就马上躲开。

上午查房的医生知道魏松在医学院工作，就说："你不妨自己想办法请专家来看看，这种特殊的病例我们医院很少见。"

魏松匆匆拿了钥匙就走。等他下了楼，我才想起来应该给他带些钱，这次他得给人送礼吧。可怜魏松，从来不好意思送礼的人，连把自己逼到在研究所里无路可走的地步，都做不出这样的事的人，他今天可怎么过这一关！我追出去，魏松已经跟着电梯下楼了，我跑到防火楼梯那里，拼命往下跑。终于在底楼的电梯口等到了魏松。我把自己的钱包塞到魏松手里，抓着他的手臂说："好放下你的身份了，该求谁，就求谁，这不是别的，是丽丽的一条命。"

魏松的眼睛缩小了一下，像突然看到了强光的猫一样。但我不能心软，我抓着他的手臂往外面走，再一次说："丽丽的命就在你手里。"夏天的太阳照耀着大地，外面的水泥地上白花花的一片。魏松一低头，冲进太阳地里。

丽丽发着高烧，昏睡。医生来看了看，问魏松什么时候可以搞定，要不然他们要将丽丽转到他们的上级医院，他们诊断不了。我不晓得魏松能做什么，也不晓得自己能做什么。我一坐下来，就听到自己的心跳得要飞起来一样，喘不过气来。所以我就一直站着，丽丽她要什么？要血吗？我有血，全都可以给她。我想到了自己平时对照顾丽丽心里的怨恨，我真后悔自己心里这么想过，她那么小，全凭自己的父母照顾才能活着。我想起来，丽丽睡觉前，要是看到我的脸板着，就要求讲一个短点的故事。要不就把我的手放到她的枕头下面压着，让我在她身边留得长一点。我想得心里火烧火燎。

中午时候，魏松回来了，像一条晒干的鱼一样绷着身体，嘴唇上的皮都皱在一起。

他说，医学院的教授说，丽丽的情况听上去像是一种接触感染的出血热。但是只能把丽丽转到医学院系统附属的医院，医学院的教授才可能过来会诊。

我说："快转院啊，还等什么？"

魏松说："已经打电话到医院去问过了，没有床位。"

我说："你去开后门啊，是你们医学院的医院。"

魏松说："我没有医院的熟人。"说着，他看了我一眼，放轻了声音，"只有去找她帮忙。"

我没听明白："谁？"

他低下头，努力往下咽了咽，那是魏松感到自己被逼到走投无路的时候，就会做的动作。

我突然明白过来"她"是谁。

她是魏松的校友，魏松毕业后，他的导师就收她当了研究生。她的同学分配在附属医院里当住院医生。魏松已经去找她了，她已经去医院疏通关系了。魏松就回到病房里来了。

魏松说:"我就再说一声,这是为了丽丽。"

"为了丽丽,我也什么都能做。"我对他发狠说。白色病床上的丽丽,头发变得很黑很黑,脸却变得很白很白,我闻到了她床上的烂苹果气味。我不敢闻她的烂苹果气味,也不愿转过头去,我说:"要是丽丽救不了,我也不能活了。"

魏松把脸避向窗外,什么也不说。

黄昏时候,一个高个子的漂亮女孩子突然闯进来,她就是魏松的"小姑娘"。她说病房同意收了,可还是要经过住院部的安排。她的同学和住院部的人不熟,大概得在办手续的时候送礼。

魏松一下一下地咽着什么,就是说不出"我去"这两个字。他看看我,看看丽丽,又看看把脸跑得通红的"她",几乎要哭出来了。房间里突然就静了下来。

我说:"我去。"我在心里说,杀头不过碗大的疤。魏松不敢在她面前做的事,我敢在她面前做,只要丽丽能住进去。

我感到这时,魏松和她,都松了一口气。当然,她也不希望看到魏松做这样的事情,我明白,就像我不希望看到英文老师鞋子上的肥皂渍一样。

我和她沉默地相跟着来到医院里。远远地看到住院部的大门了,那里永远挤着想要把亲人送进医院的焦急的人们,个个满脸晦气。

我突然慌张起来,我问:"我怎么送钱呢?"我从来没有

第三章 / 车铃

做过这样的事。

女孩把一个绣着漂亮十字花的钱包拿出来,那是我的钱包,我给魏松的。原来魏松给了她。她从里面数出五张十元的纸币来,我认出来,那还是我在美发厅的找头。她说:"听说,把钱叠得很小,放在手掌里,去拉他手,然后就把钱送到他的手里了。什么也不要说,他知道就行了,然后他就会打电话通知病房收人,然后给你开住院单。"她把我的钱包放回到她的口袋里,然后把五张十元钱叠小,"这样大概差不多吧。"她把它们送到我手里。

她的同学穿着白大褂,在等我们。他带来了病房开出来给丽丽的住院联系单,就等住院部在上面敲章。

魏松的女孩犹豫了一下,拍拍我的手臂。

我紧紧握着叠得硬硬的钱,和住院单子,我们一起走到那扇门里。柜台前挤了好多人,都抢着给里面那个白脸的男人说话,都用力把自己手里的单子伸到离他最近的地方,都想要拉到他的手。他却厌烦地向他们慢腾腾地说:"干什么啦,干什么这么野蛮啦,我怕死你们了。"他有一张轻蔑所有人的脸,是我最不喜欢的那种脸。

我不得不朝他笑,可他根本不笑,满脸讨厌地,奇怪地看着我,我还得笑,我太努力了,我笑出了声。那笑声,是我听到过的最虚伪的,最谄媚的笑声。我听着它,心里直打哆嗦。

在他接过单子去的时候,魏松的女孩在后面捅捅我的背，我于是伸手去拉他的手，他的手又湿又凉，像一条死鱼。我还是得拉住他，把自己的手掌贴上去，将准备好的钱塞到他的手里。他的手掌软软的，又湿，我觉得自己马上就要吐了，所以马上松开手，可他还没来得及接，那一小叠钱就掉了下来。

他看看落在柜台上的钱，突然大声喝道："你这是干什么？"

所有的人都看着我。

他的脸上轻蔑而生气地似笑非笑，开始教训我："这是什么意思？这不是让我犯错误吗？我从来秉公办事，想也没有想到过你这种歪门邪道。"

女孩和她的同学在我身后拉着圆场，他们说我的着急，还有我的不应该。我什么话也说不出来，站在那里，不动也不敢动，那么大的羞耻，就像顶在我头上的雪块一样，一动，就会哗哗地掉下来，把我埋了。

她的同学的白大褂还是帮了忙。白脸男人把我们晾在一边半天，最后，还是过来给我开了丽丽的住院通知单，那是一张油印的小纸片。他在上面很慢地写着，慢得我的胃都疼起来了。

那个女孩子为我收起叠过的钱，把钱交回到我的手里。

丽丽很快转了医院，住进了病房。魏松的女孩陪着医学院的教授来会诊，原来那是她的教授。丽丽的病得到了确诊，是一种在有牛羊的地方可能传染的出血热。确诊以后，

第三章 / 车铃

很快就控制了高烧。

魏松的嘴唇上起了一排亮晶晶的大泡,他疲惫不堪地靠在丽丽床前。丽丽精神好了一点,大眼睛滴溜溜地转,而魏松倒憔悴得像刚刚高烧过的病人。魏松看到丽丽的眼睛转过来,还努力对丽丽笑,可他不敢咧大嘴,怕拉痛嘴上的泡,所以他的整个脸都是扭歪的。对丽丽说:"明天你的烧就退了,你就会一点也不难过了,爸爸妈妈就来接你回家,我们就三个人再一起去看动感电影。"

我在丽丽床边坐下,拉住丽丽的手,她的手小得那么可怜。我亲亲我的孩子,说:"妈妈给你擦擦干净,干干净净的,人就舒服了。"

我让魏松先回家去休息。

魏松说:"你先回家去,我再陪陪丽丽。"

我知道魏松是不好意思先走,说:"你就走吧。"

魏松看看我,站起来,把我的十字花钱包还给我,吩咐我早点回来休息,就先走了。

我打来了清水,帮丽丽把身上擦干净,她身上的出血点已经不像桃花那么鲜艳了。我轻轻地帮她擦干净,连小脚趾的缝缝都没有放过。到底是孩子,本身就干净,很快,丽丽身上的烂苹果气味终于消失了。换好了干净衣服以后,她就像一片新长出来的树叶一样香。我把脸凑到她的身体上闻着,无论如何,我的孩子是干净的。

丽丽伸过手来,说:"妈妈抱抱。"

我说:"妈妈身上脏。妈妈摸摸你吧。"

我用洗干净的手摸着丽丽的后背,像动物园里大猴子摸小猴子一样,丽丽最喜欢这样了。

我摸着丽丽,现在她还是那么小,那么香的小女孩啊,像一粒最新鲜的芝麻。以后她长大了会怎么样呢?

等丽丽睡着以后,我回到自己的家。晚上,我家的房子里到处都是蚊香的气味。我家的房间里突然变得又大又暗,然后我意识到,魏松把我从吐鲁番带回来的地毯拿开了。我们家只有一件东西可以让丽丽得出血热,就是这张用生羊毛织的地毯。

魏松见我回来,说:"热水瓶里有热水,我已经放到浴室里去了。你先洗澡吧。"

我顺从地去到浴间,谢天谢地夜已深重,邻居家都安歇了。

月光明晃晃的洒了一地,我关上浴间的灯,也能看得清。等我在自家的浴盆里安顿了自己,仰头一望,才发现这是个圆月夜。月亮那么大,那么明亮,赫然挂在万里无云的夜空当中,就好像一个惊叹号。

是啊,一个惊叹号。

我拿丝瓜擦着身体,发现现在我身上的皮肤为这微微的刺痛感到满意,少女时代,我总是不能理解怎么能用老丝瓜筋洗澡,皮肤怎么受得了,现在却是不用丝瓜筋重重擦拭

第三章 / 车铃

的话,都觉得洗不干净那股油腻。我的身体真的就这么油腻吗?恐怕不是呢,恐怕更是一种油耗的感觉。

我想洗干净那种渐渐在鼻尖堆砌起来的油耗气吧。

这是自己嫌弃自己吧。我想到我妈妈家的浴间,也是跟邻居合用的,各家也都把自家的肥皂面巾什么的挂在浴间里,每家都有一块洗澡用的老丝瓜筋。原来妈妈们都觉得自己身上有油耗气的啊。

我在我家的大浴盆里坐下去,感到温凉的水从身边的盆边上静静地溢了出去。我从小就是这样洗澡的,放一个大浴盆在公用的浴缸里,保证自己身体的不公用性。坐在浴盆里,正好能透过浴缸上方的窗子看见天空,看见那轮月亮。

月亮的阴影里,我能看到我的英文老师,我的刘岛,我的魏松,我的沙沙,他们是爱不同的变体,构成了我的爱的简历。

少女时代,我是个多么渴望爱情的人啊,我多么渴望惊天动地的爱情啊,我已为了这个惊天动地,被惩罚得天崩地裂、五马分尸。当月光洒满肩膀和胸前的水珠的时候,我却惊奇地发现,被五马分尸了的身体,就像一盒七巧板终于被拼了起来,它悄悄地严丝合缝起来了。

在这月光的照耀下,我发现,在我心里,这份对爱的渴望竟然一点也没消失。对我来说,爱一个人,获得一个人的爱,不是一粥一饭,一屋一床,不是现实生活,甚至不是一个丈夫,一个孩子,不是那个漂亮姑娘和远方的沙沙,更不是一锅鸡汤，甚至也不是浴室窗前的一轮明月，我要的爱情是飞翔在这一切之上的一只鸟，一朵云，一道月光，它甚至不是男女欢爱，而是在疲惫生活中的英雄梦想，是抵挡一切现实生活磨损的盾牌。

原来爱是股不死的力量。

我从浴盆里站起来，水流沿着我的背一直流到腿上，在大腿内侧最敏感的皮肤上，水流好像手指一样掠过，仿佛遗憾般的跌在脚踝上。我发现自己竟然就像一个新生的婴儿那样不设防。

1993 年 8 月第一稿
2001 年 12 月第二稿

图书在版编目（CIP）数据

鱼和它的自行车 / 陈丹燕著. -- 上海：上海文艺出版社，2023
ISBN 978-7-5321-8388-3

Ⅰ.①鱼… Ⅱ.①陈… Ⅲ.①长篇小说－中国－当代
Ⅳ.①I247.5

中国版本图书馆CIP数据核字(2022)第160066号

发 行 人：毕　胜
责任编辑：李伟长
装帧设计：黎稷欣
图片摄影：丁晓文

书　　名：鱼和它的自行车
作　　者：陈丹燕
出　　版：上海世纪出版集团　上海文艺出版社
地　　址：上海市闵行区号景路159弄A座2楼　201101
发　　行：上海文艺出版社发行中心
　　　　　上海市闵行区号景路159弄A座2楼206室　201101　www.ewen.co
印　　刷：苏州市越洋印刷有限公司
开　　本：889×1194　1/32
印　　张：7.375
插　　页：21
字　　数：141,000
印　　次：2023年1月第1版　2023年1月第1次印刷
Ｉ Ｓ Ｂ Ｎ：978-7-5321-8388-3/I.6621
定　　价：69.00元
告 读 者：如发现本书有质量问题请与印刷厂质量科联系　T：0512-68180628

陈丹燕 著
丁晓文 摄

自行车和它的鱼

A Bike
And Its Fish

上海文艺出版社
Shanghai Literature & Art Publishing House

她是真人吗?
她为什么会在微博上叫自己王朵莱呢?
她真的有见你啊?
——摄影师丁晓文的疑问

2016年夏天的一个下午，陈丹燕和我讲，要和她的一位读者见面。

我就问了一堆问题。很好奇这位叫自己"王朵莱"的人。

因为要给她们见面拍点照片，我找出这本小说，又翻看了一遍。

上海图书馆的小砖楼四楼楼梯拐角处，就是1990年代的阅览室。

2016年，它是个多功能厅，里面放着成排的台式电脑，应该是职称考试用的计算机教室。

教室里成排的老式铁窗，窗外树影和藤蔓过滤了洒进教室的光线，它们是青黄色的，陈丹燕描写到过的。空间没有改变，光影、气味、颜色、窗框浮着细细的灰尘，是1990年代的氛围。

王朵莱进来了。

她真的是我想象中的、被陈丹燕写出来的样子，人瘦高、单薄、不太吭声的模样。

见到了陈丹燕的王朵莱,却不停地在讲话,滔滔不绝,都没有喘息的时候。

有时候,她会碰一下陈丹燕,看看她是不是真的。她们说话的声音时近时远,断断续续。

镜头中,王朵莱一直在阴影里。

在故事写下来的空间里,一个读者和一个作者见面,被相机记录了下来。在这个空间里发生的各种各样的人和事,会在时间的流淌中瞬间更迭。

我在想,会不会 2016 年的陈丹燕随便一伸手,就触碰到了 1993 年坐在这里写小说的自己呢?

陈丹燕和王朵莱见面六年后的今天,2022 年 8 月,《鱼和它的自行车》再版。没想到当年只是好奇跟去拍的照片,现在倒还真的成为这部小说的后续。

丁晓文

2022 年 8 月

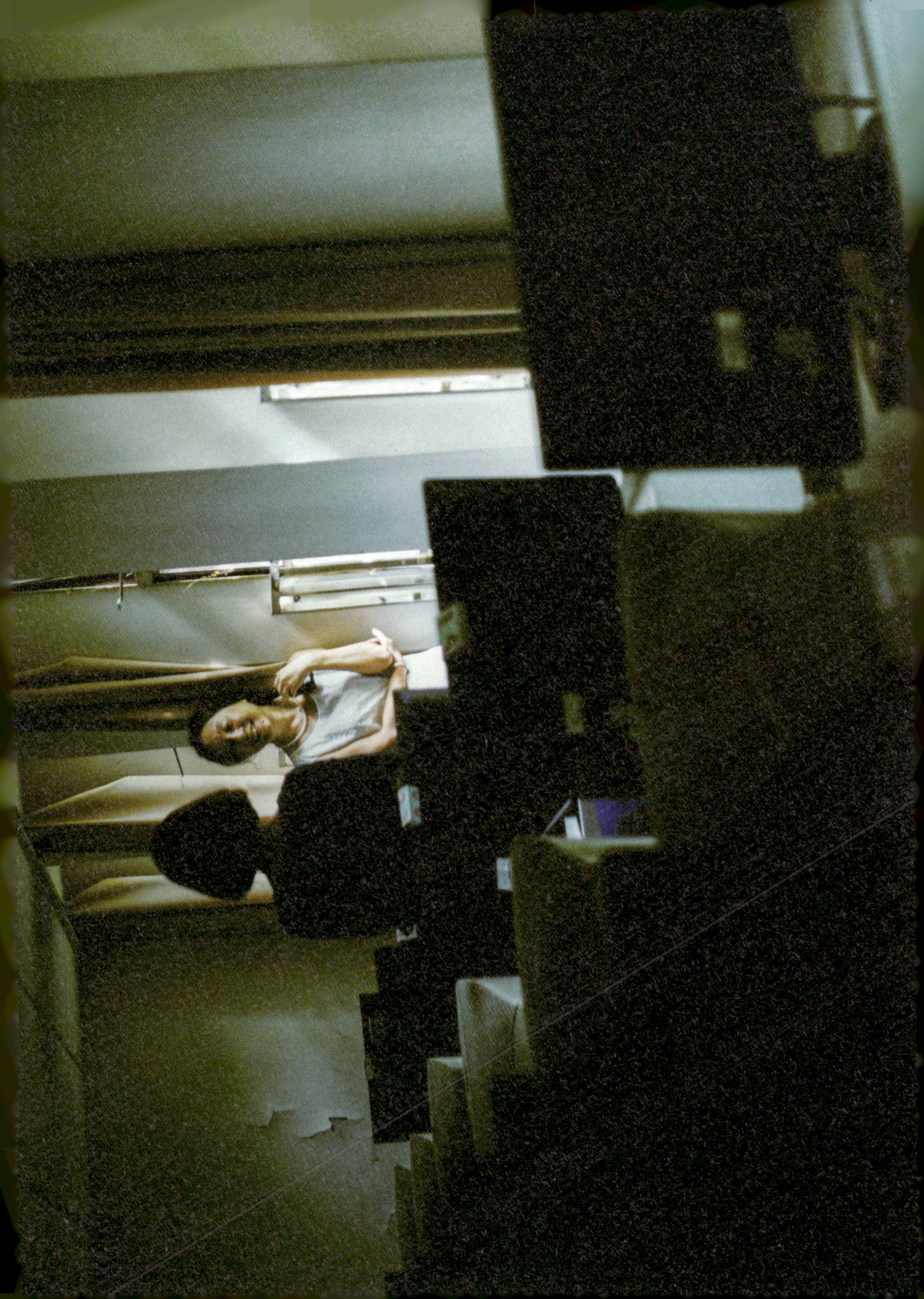

陈丹燕的话：

2016年，我在微博上邂逅到一位"王朵莱"，她在微博里就叫王朵莱。王朵莱是我1993年写的长篇小说里的主人公，她心中始终澎湃着对爱情的困惑与渴望。这本书最后一次再版是2001年。王朵莱作为我用文字描画诞生的文学人物，已渐渐沉入我后来写下的许多故事中。这情形就像童年时代生过一次严重的肺炎，长大后只有体检时，爱克斯光医生才能看到的，肺部留下的一小块钙化的阴影。

可我在微博上突然看到了"王朵莱"。

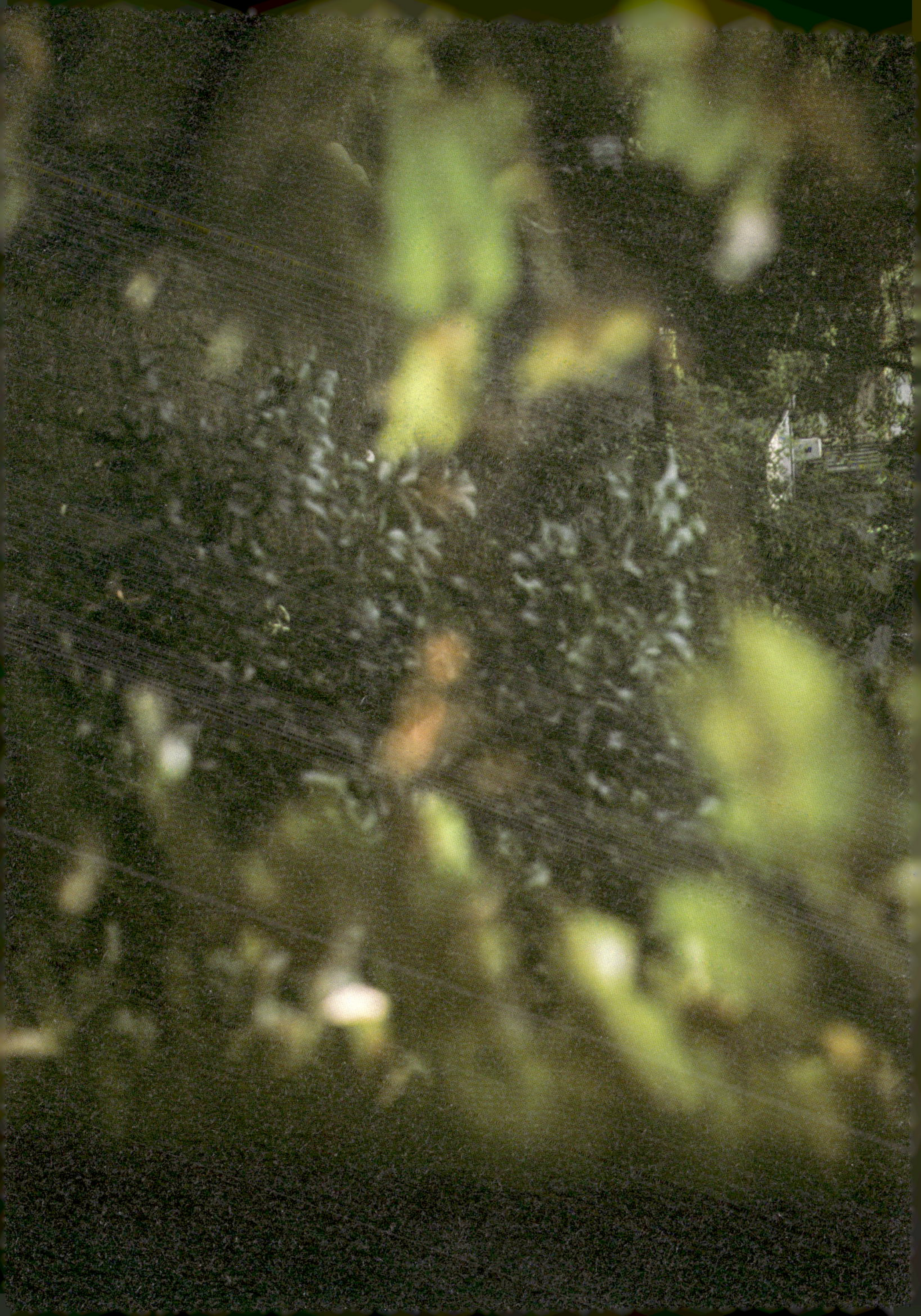

> 在生命的每一个哪怕最微小的转折处,我都在心里热烈地盼望着奇迹的出现。
>
> ——《鱼和它的自行车》P2

陈丹燕:

  朵莱是你吗? 王朵莱找我你哦。

吴小初:

  哎,是的呀,陈老师怎么啦?

陈丹燕:

  你就是那个后来去了牛津的姑娘?

吴小初:

  啊,是啊。我在牛津念博士,现在正回来过暑假呀。

陈丹燕:

  那么说,我们终于要见面了?
  你是我一个一个字堆起来的一个人物啊,虽说是我写的,可心里怎么也不能相信真会大变活人的呀。

吴小初:

  我想想啊,听上去好棒。代十四岁的王朵莱谢谢陈老师邀请,十四岁的王朵莱激动得要昏古起(注:上海话,昏过去)了,二十八岁的她强作镇定。

陈丹燕:

  那我带你去写这本小说的地方吧?复兴中路。作为作者,要跟自己书里走出来的小说人物见面,也是要昏古起的。

陈丹燕：朵来啊。
吴小初：哎哎哎！
陈丹燕：亲爱的王朵来。

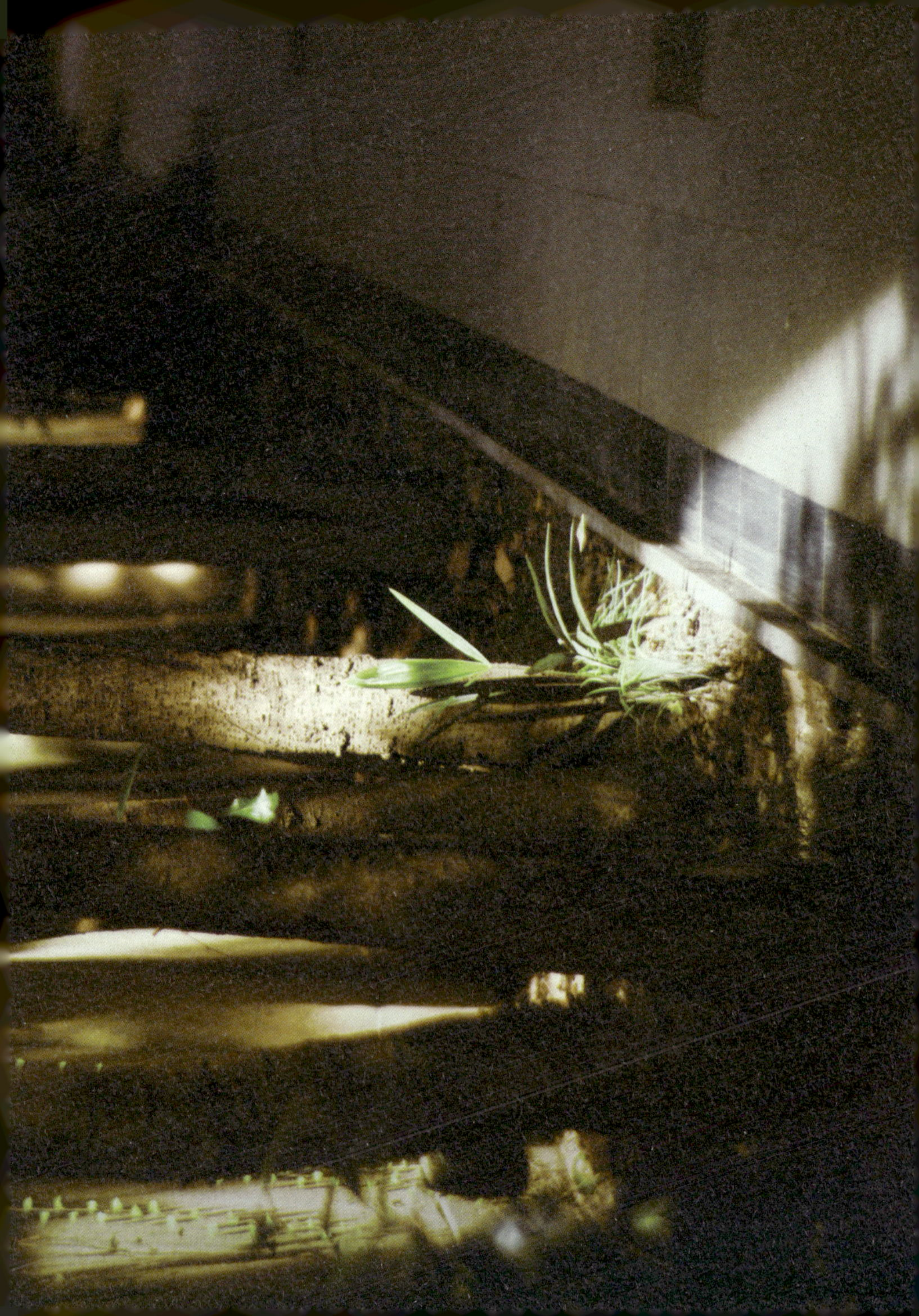

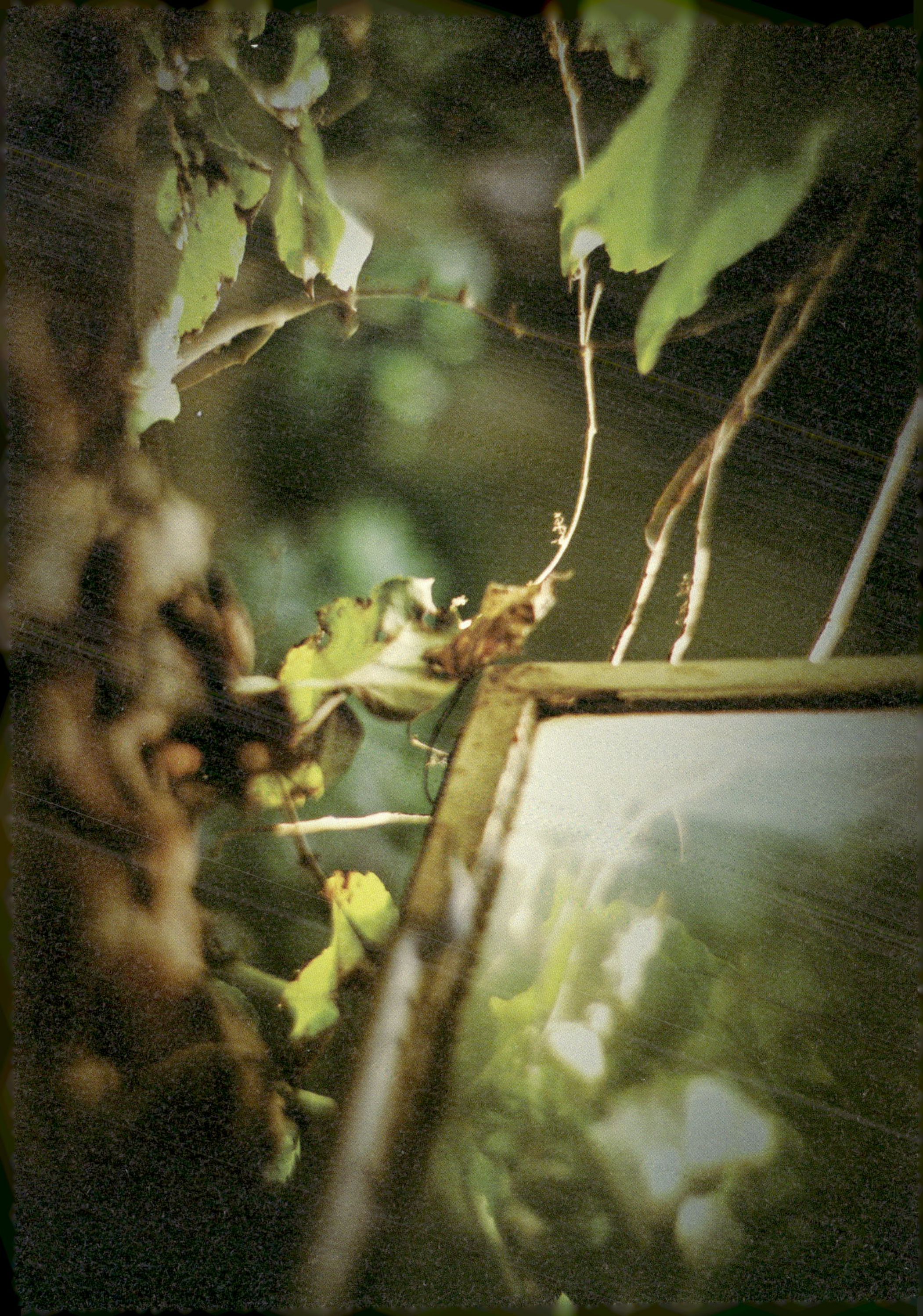

陈丹燕：

王朵莱啊，旧金山图书馆现在已经没有啦，并入上海图书馆的外文阅览室。那我们就在上海图书馆的外文阅览室见面吧？四楼多功能厅门口等，下午一点半好不好？

吴小初：

okie okie，不见不散。

陈丹燕：

我真的好感激你出现在现实生活中。

他晓得我从前在电视机前在电视机的蓝光里被窒息的痛苦吗？他真的想带我从不想过平凡日子带来的可怕的后果里挣脱出来吗？他不晓得我努力想要像别人一样过平静的生活，也是可怕的后果里的一种吗？

——《鱼和它的自行车》P130

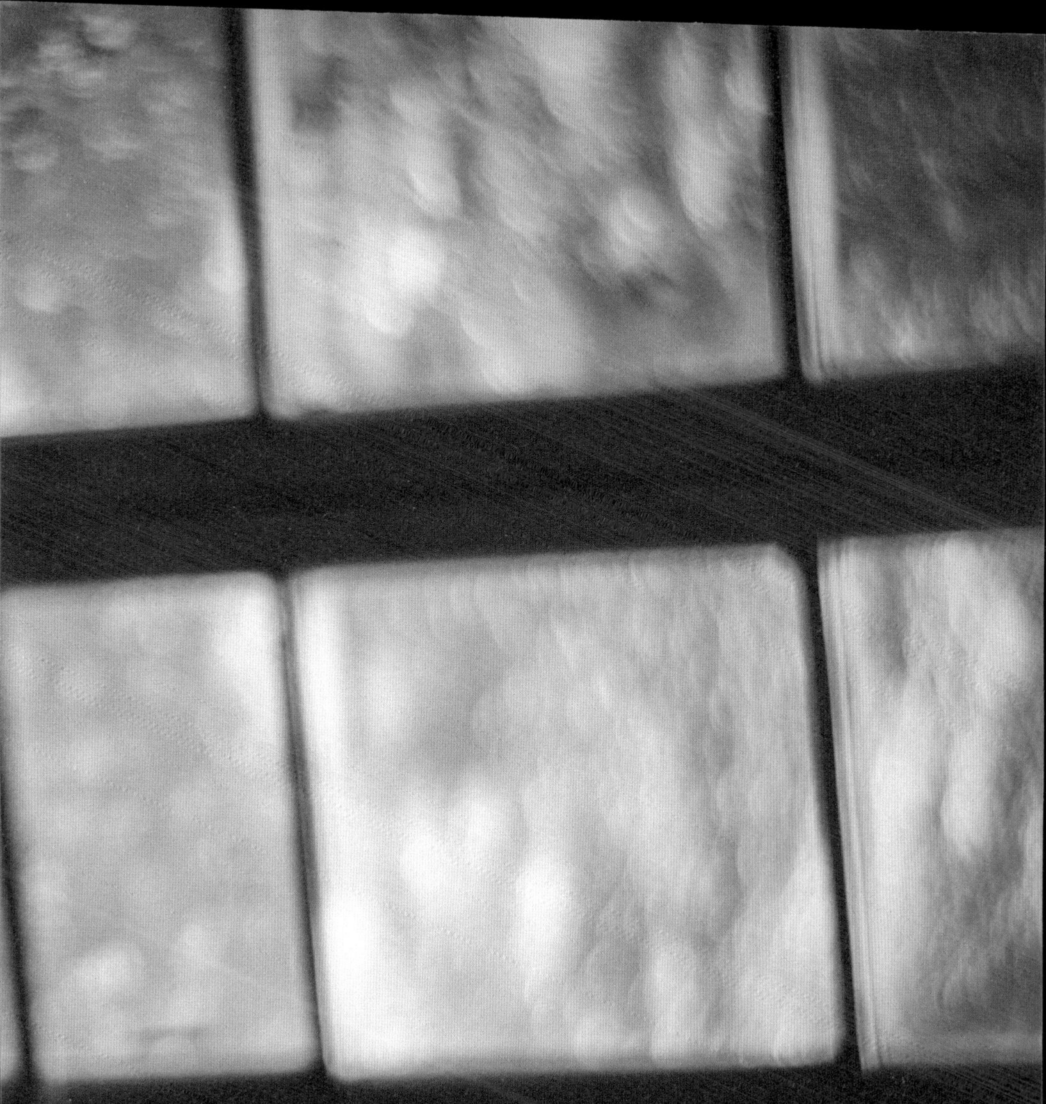

吴小初的话：

"你就像是直接用文字堆起来的人。"陈丹燕跟我说。可我想，对于写作的人来说，与自己笔下的人物见面究竟是温柔的，还是也许会相互撕对方的头发呢？就像我爱读卡佛，但根本一秒钟也不想是卡佛任何一个短篇里的主人公。

回想起来，这是我第一次独自面对我失败的初恋。没有同学们，也没有父母，没有老师，也没有街上的人，就是我一个人。
——《鱼和它的自行车》P49

陈丹燕：

1993年夏天，我每天卷着一叠稿纸来这间阅览室写作。小砖楼被茂密的绿萝和常青藤以及多年未修剪的樟树枝条淹没，室内青黄色的光线，好像一种虚构的小说与现实连接的通道。

你在绿格子的稿纸上慢慢显影，渐渐有性灵，有六感，有简历，却一直没有明确的外貌——王朵来，原来你长的是这样啊。

原来，你的手指有点凉……

吴小初：

那年"王朵来"十四岁，离开父母来到上海，独自住着。这本落在时光里的书，是我在上海孤独青春期的陪伴。对我来说，这本书所讲的，比爱更多。

来自北方的我是通过这本书建立起对上海这座城市最日常的依恋。那时，我想象自己生活在书中描写的细节里。直到现在，只要喝一碗鸡汤，我就能听到一个声音说："小姑娘，汤烧好吃到肚子里舒服吧？怎么能说是浪费时间呢。"

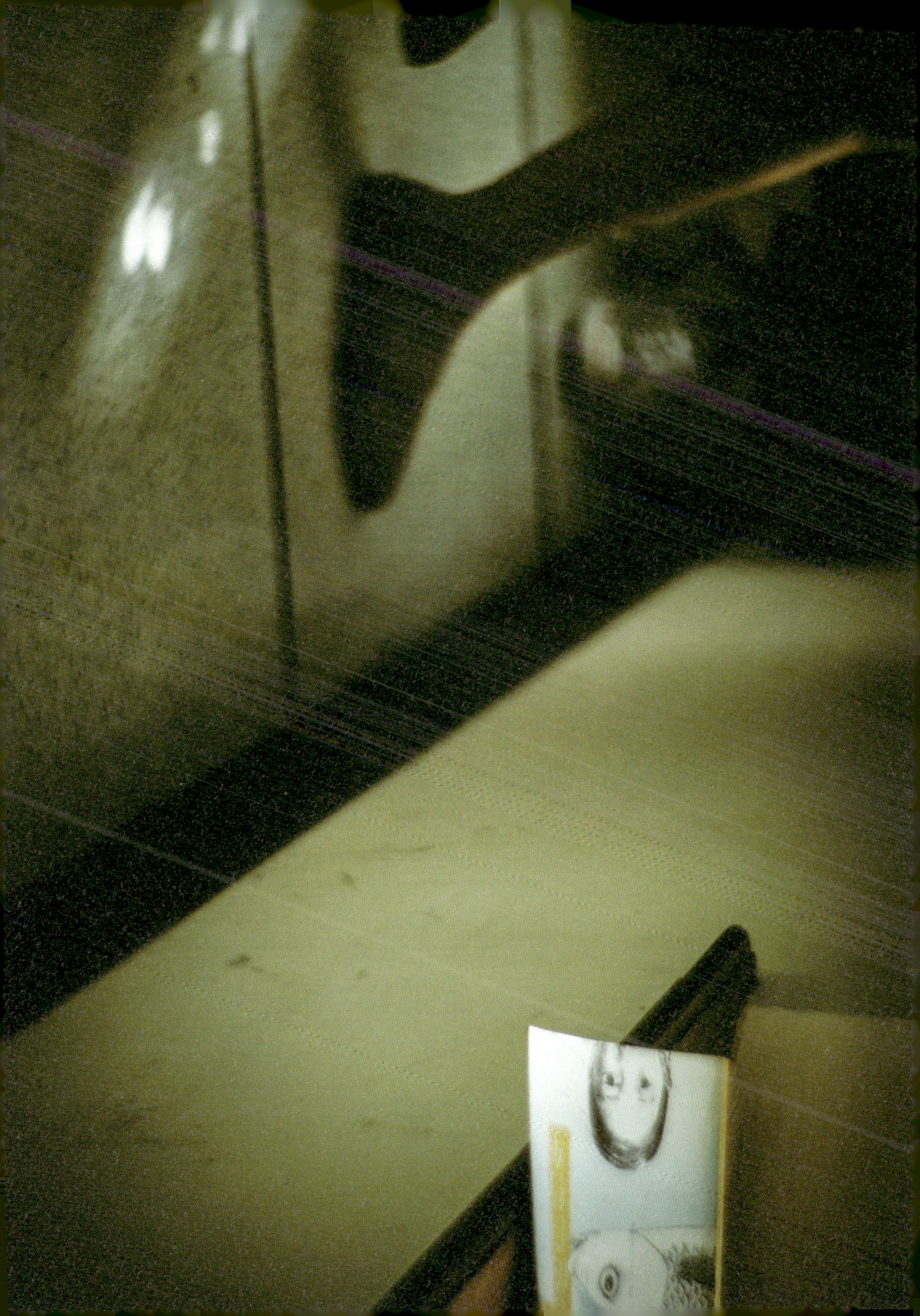

我觉得自己好像没有结过婚,没有上过护士学校,我还在我家附近的红砖楼房里上初中,我的心还没有乱,我还在安静地等着自己生活中会出现奇迹,我从来就相信长大了以后,我是一定不要辜负我的生活的,虽然我不晓得有什么机会,可我就是天经地义地相信了这一点。

——《鱼和它的自行车》P160

陈丹燕:

　　看你开窗子,听到格拉拉拉的撕裂声,那是许久未开开的旧式铁窗在撕开网住窗棂的藤蔓。隔着这么多年,最初写作时的困惑又回来了:由爱引起的痛苦,为什么就像脸上的雀斑一样,有时可以变得淡了,可永不会消退。

吴小初:

　　其实她就很像王朵来时的样子,她以为只有我才是她小说里的人物吗?

陈丹燕:

　　她可以碰我,可如果我碰她一下,她会消失吗?小说里的人物是用想象的雪花堆起来的,现实里的手指是不是太热了?

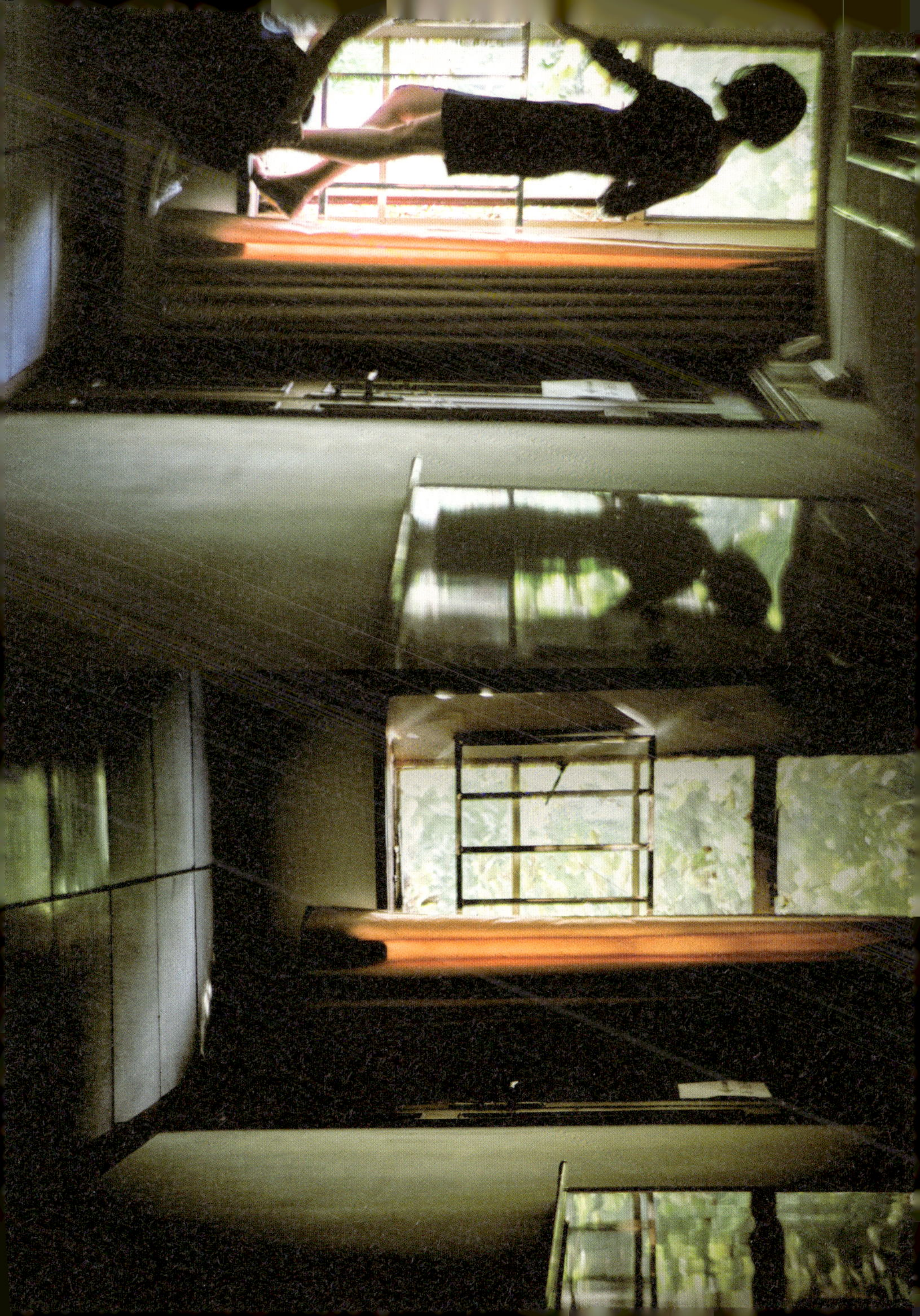

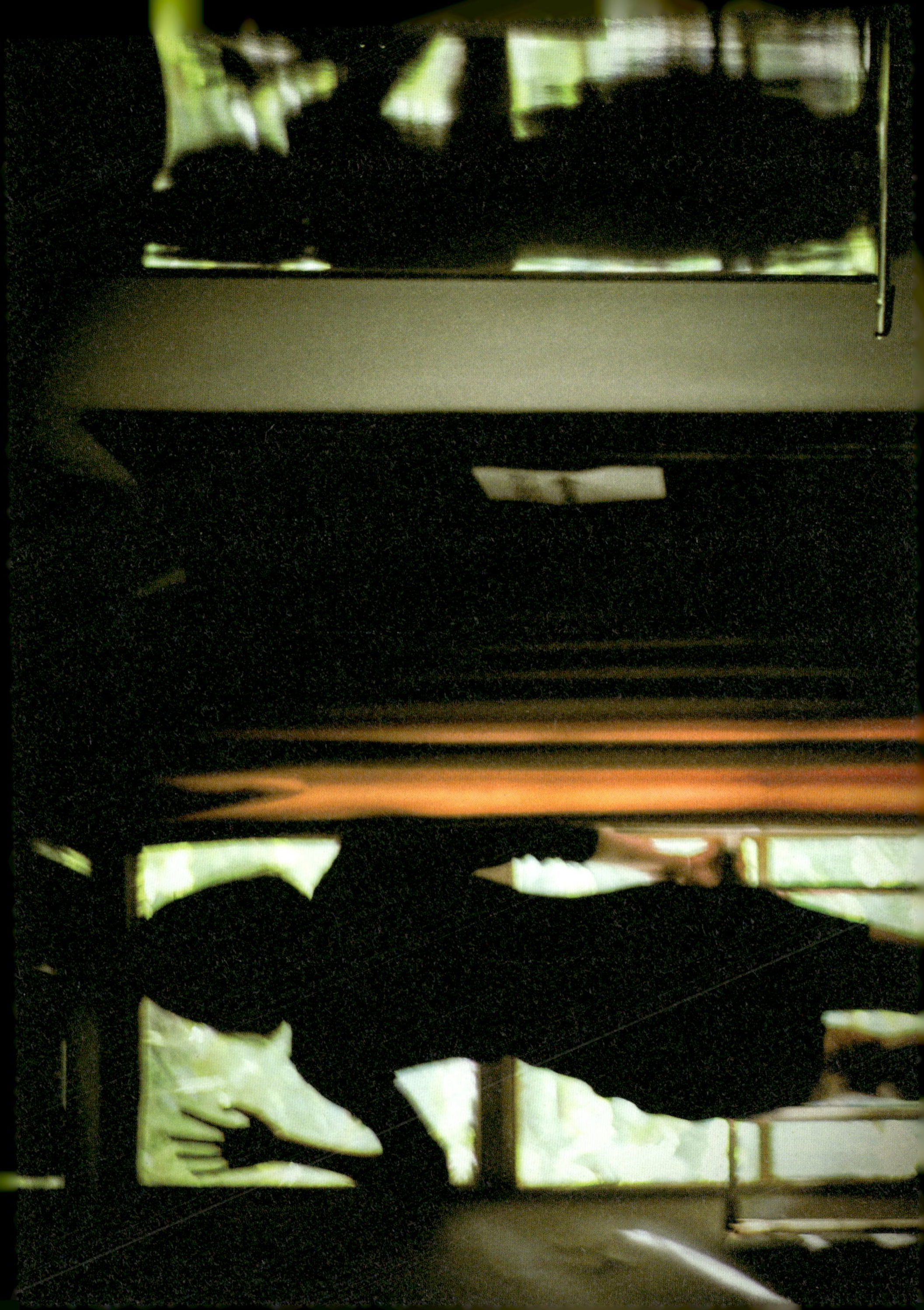

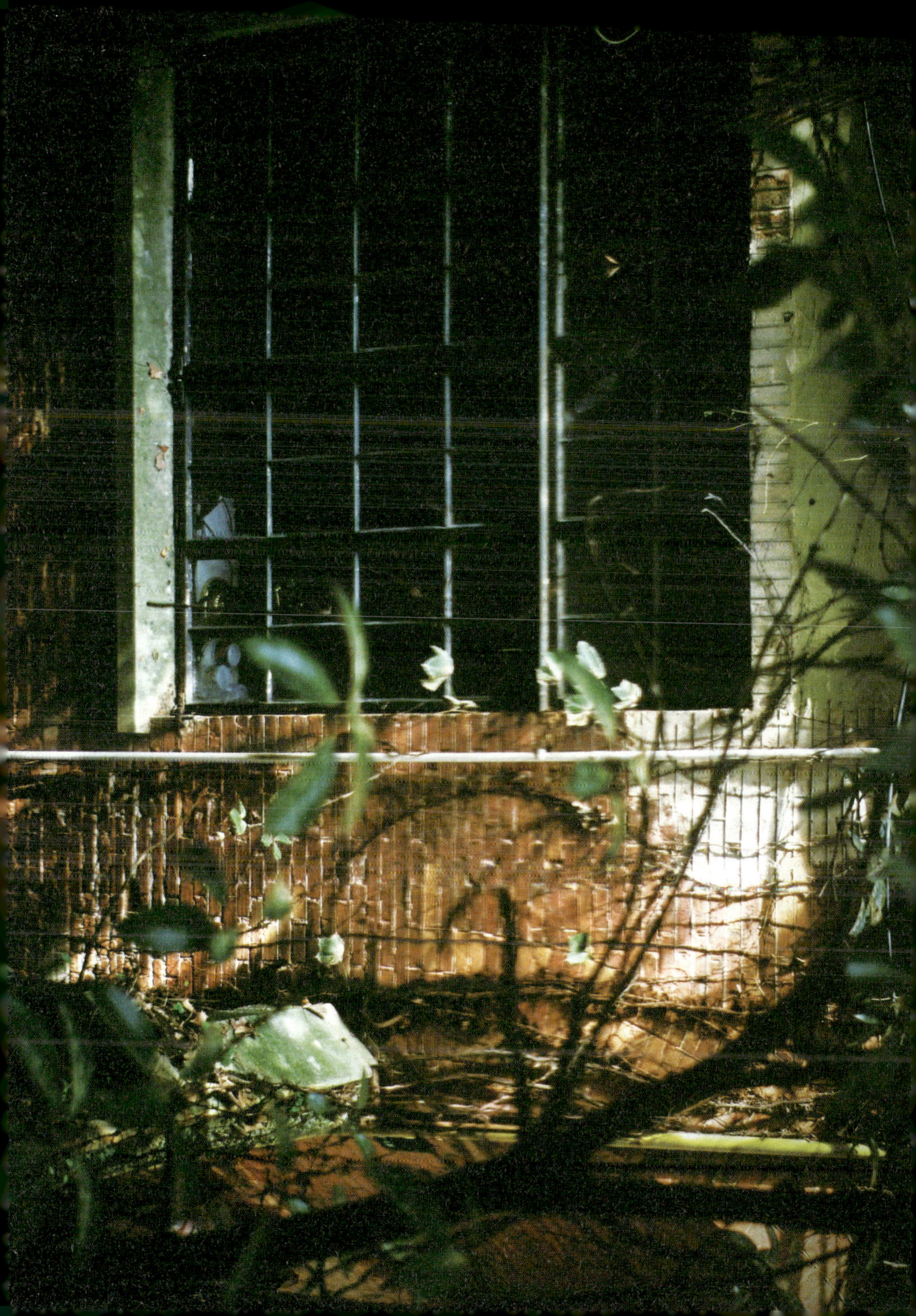

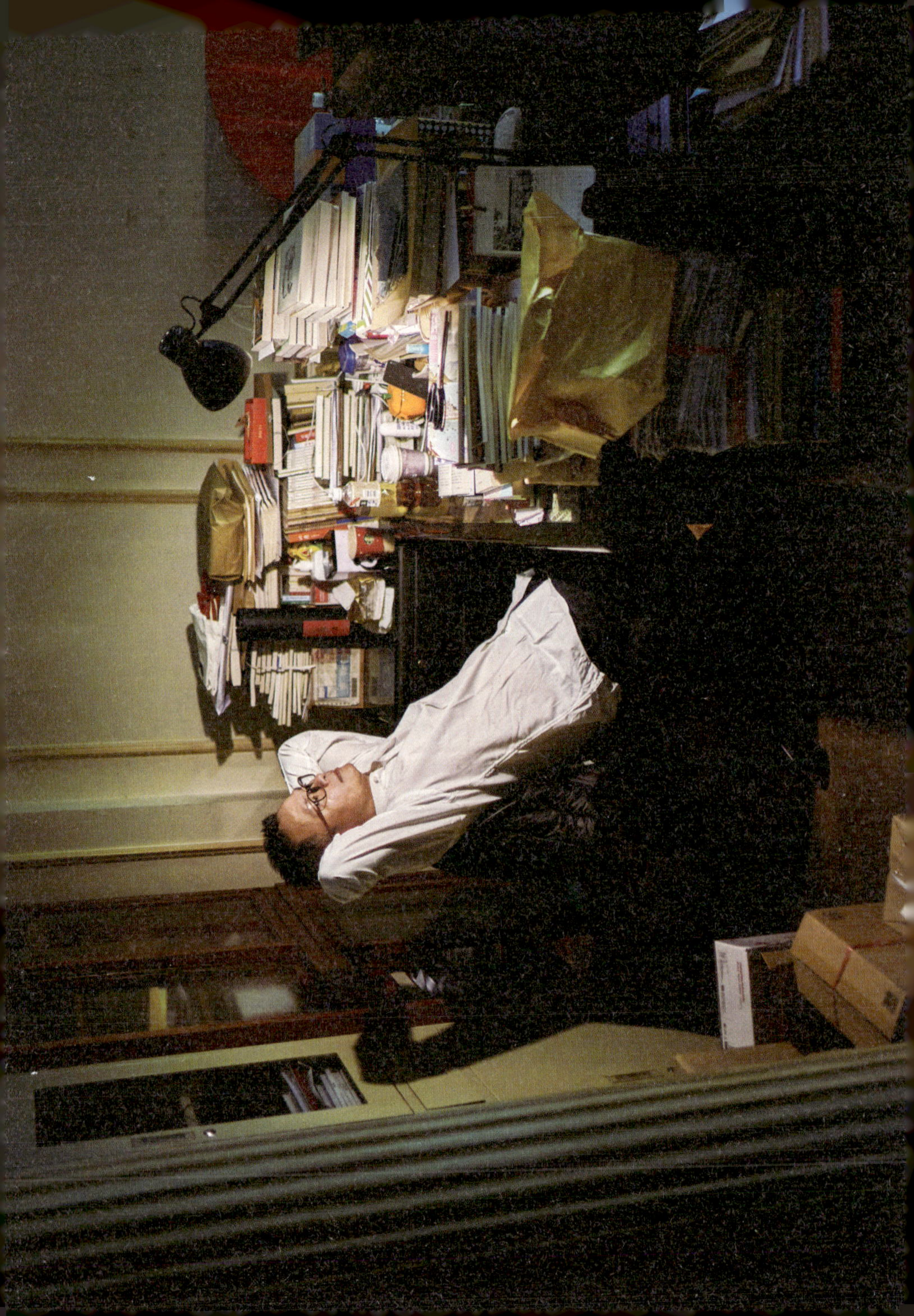

李伟长的话：

最好的相遇，莫过于此

你无法想象你写下的文字，会在另一个时空里影响另一个人的生活。这种影响可以被描述为安慰、安顿、抑或拯救，乃至重塑了他人的生活。这是写作的迷人之处，也是写作者的幸运。

当我听陈丹燕老师讲述这个故事时，小说家的眼里闪烁着光。这是一个理想的阅读接受美学的范例。一个素昧平生的读者，从一部小说里获得情感的滋养和生命的启迪，多年以后，与作者相遇并向她讲述这一切。于写作者而言，这就像某种历经漫长的时间之河突然而至身边的漂流瓶，打开后发现里面的寄语竟与自己相关，不啻于一种意外的惊喜，以及必然的温柔的感动。

一本书有一本书的命运，一个故事有一个故事的际遇。一个写作者多少towards想过她的读者会是怎样的人，在怎样的境况下阅读她的书，但她永远也无法想象出这影响的确切程度，除非某一天有一个人突然出现在你面前，确定地告诉你，在你的小说里我找到了自己，我就是你小说里写的那个姑娘：你的小说塑造了我的生活。

而今,这个人出现在了陈丹燕的面前,并且温柔地告诉她,她的文字拯救了她。我之所以用了两个"她"字,因为在这一刻,一个作者和她的读者如此接近又如此平等。

故事被写好后,就像已被养大的孩子,终于要飞离养育他的人,去别处生活。如果足够幸运,他会去许多地方漫游,经过很多人的手,与有缘的人建立一种亲密的联系,用小王子的话说,就是得以驯养,别处亦是此处,那便是爱的达成。也有不幸的事,有的故事就像孤儿,一直在孤独地流浪,直至消亡。

吴小初的出现,以及她与这本书的故事,是对写作多年的陈丹燕一次友好而又充满爱意的馈赠。

一本书得以重版,得以将它的接受史以具象的方式重新绽放,这本书里的故事,以及被王朵朵和吴小初叠合的生命轨迹所扬起的爱的精神,都将获得二次生命。

当然,相遇之后,分别总会如期而至。

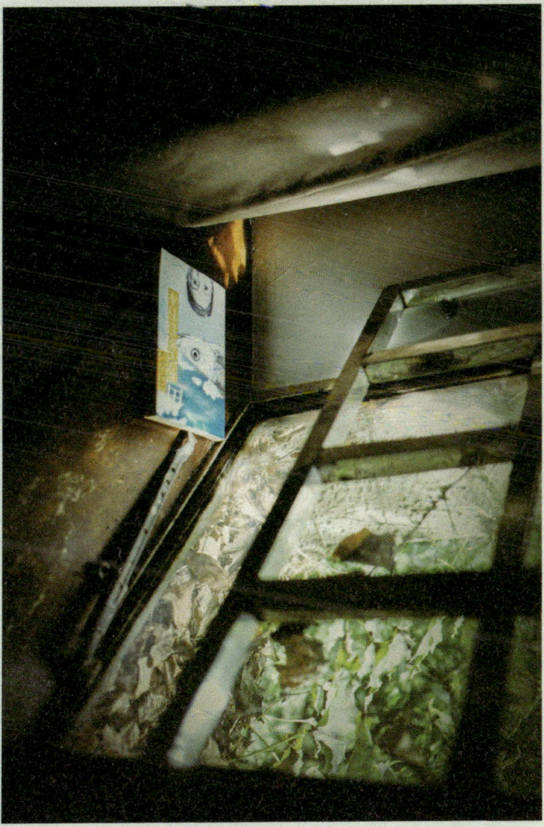

对我来说,爱一个人,获得一个人的爱,不是一粥一饭,一屋一床,不是现实生活,甚至不是一个丈夫,一个孩子,不是那个漂亮姑娘和远方的沙沙,更不是一锅汤,甚至也不是浴室窗前的一轮明月……

——《鱼和它的自行车》P229

陈丹燕:

写这个故事时,这里非常静,一台老旧的空调,呼啦呼啦响着,空气中能闻到许久未翻动的书散发出来的螨虫的气味。我有时在无声中能听到自己快速流动的血液通过脖子上的动脉时发出的呼啸。

那句话一定是那时写出来的:

爱之于我,不是肌肤之亲,不是一粥一饭,而是由此产生的奇妙感觉和不死的愿望,是疲惫生活中的一种英雄梦想。

吴小初:

我这些年的努力,都是在离自己远一点。躲到数据和理论后面,将感情装到福尔马林瓶子里,像在博物馆里那样摆放整齐,好在安全的距离进行观察。王朵来和魏松结婚是因为这个原因吗?

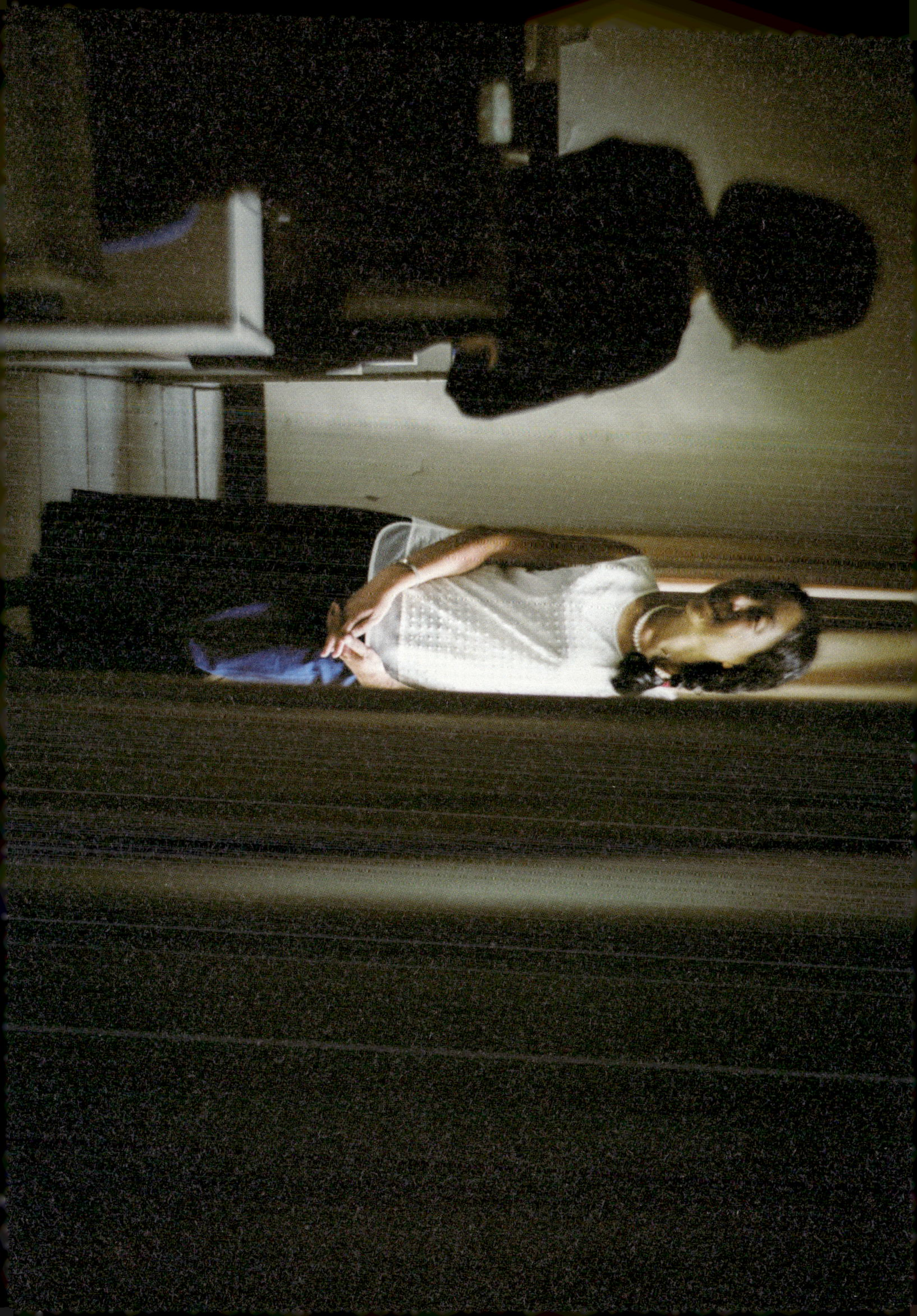

月亮的阴影里，我能看到我的英文老师，我的刘岛，我的沙沙，我的魏松，是爱不同的变体，构成了我的爱的简历。
——《鱼和它的自行车》P229

陈丹燕：

王朵来以为结婚了，就有现实生活托着自己，不至于摔得四分五裂。可人终是以类聚。她发现魏松也受不了日常生活的消磨。英文老师，病人，魏松，其实和她一样，一碗鸡汤总是可以托一下，可也总是不够的。

吴小卯：

这么多年来，这是我离自己不太快乐的青春期最近的一次。
但还是谢谢你啊，谢谢你如此恰当，准确地将一个女孩子写下来了。
后来，我蹉跎满志地准备去国外念书。当时我以为人生已经理得很清楚了，再不兜圈子，接下来都是上台阶。五年过去再看，其实又兜回原地，时间就像树上交叠着的绿，沾满至今仍旧无法一窥全貌的焦灼。

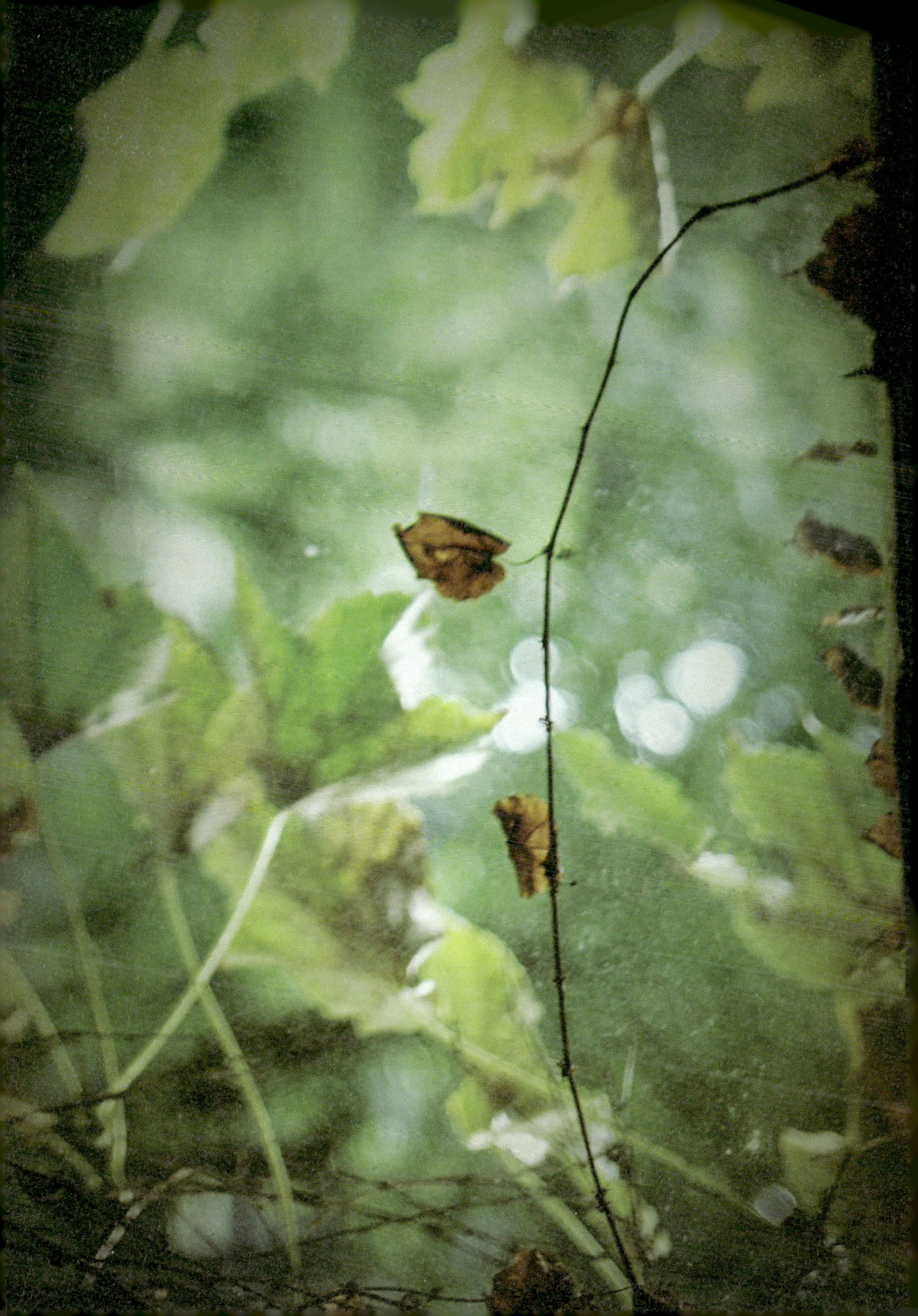

陈丹燕：

喂，王朵莱，你的脸痛得皱了起来。

当我说，从前我以为生活是一条线，一直一直往前走去，不能回头；现在我发现那句希腊名言也许不是普适，有的人总是追着河流奔跑，就为了流踏进同一条河流。这不是一条河，这是一只莫比乌斯环。你也许看到了无法突破，我也许看到了失而复得。

然后，我看到你脸上的痛苦变成倔强。

喂！你果真是王朵莱。

吴小初：

一边跟你说话，一边觉得活着真好啊，十七岁自杀了就没有现在这种好事情了，想想还是活着好。

少女时代，我是个多么渴望爱情的人啊，我多么渴望惊天动地的爱情啊，我已为了这个惊天动地，被惩罚得天崩地裂，五马分尸。

——《鱼和它的自行车》P.229

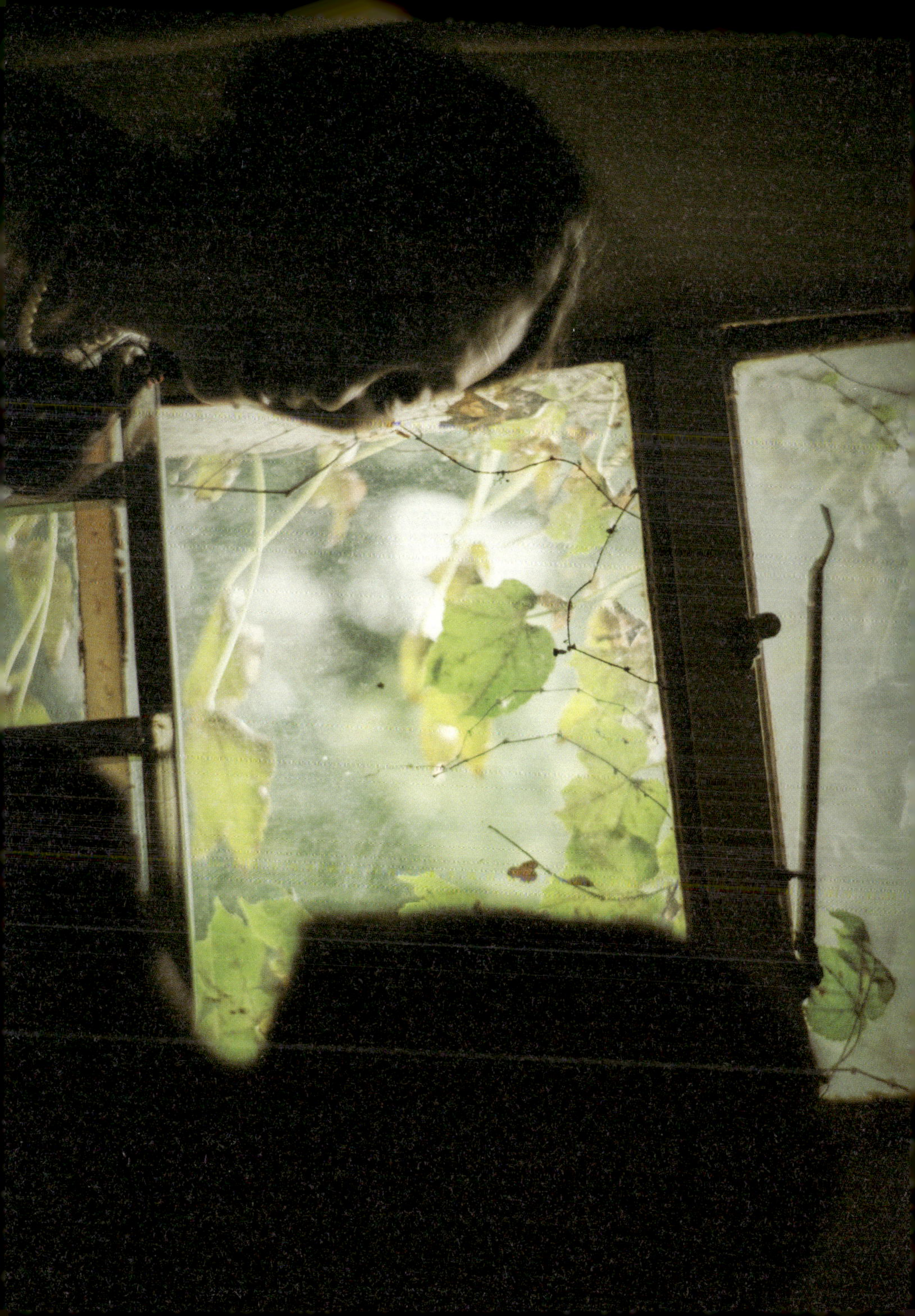

飞机像汽车一样在地上开着开着,突然大声地轰鸣起来,冲上了蓝天。突然我看到大地倾斜,天空到了我的脚下。然后,它像鸟一样侧着身体转个个弯,墨正了身体,带着我,冲上天空的深处。机舱里响彻着机器的轰鸣声,就像我心里的呼啸声一样的响。这时,眼泪突然浮了上来,我终于像飞机一样不可阻挡地飞了起来。

——《鱼和它的自行车》P151

吴小初:

我把十几年后,与用文字将玉朵朵堆起来的她见面,当成是宇宙给没在十七岁时死掉的自己的奖励。宇宙总是给多或少坚持下去的人一些声东击西的奖励,我时常需要以此提醒自己。

陈丹燕:

真幸福啊,当一个作家。

有一天,能在二十九年前走去孤独写作的小路边,感受到了你写出来的人物温凉的体温和身上清新的气味。

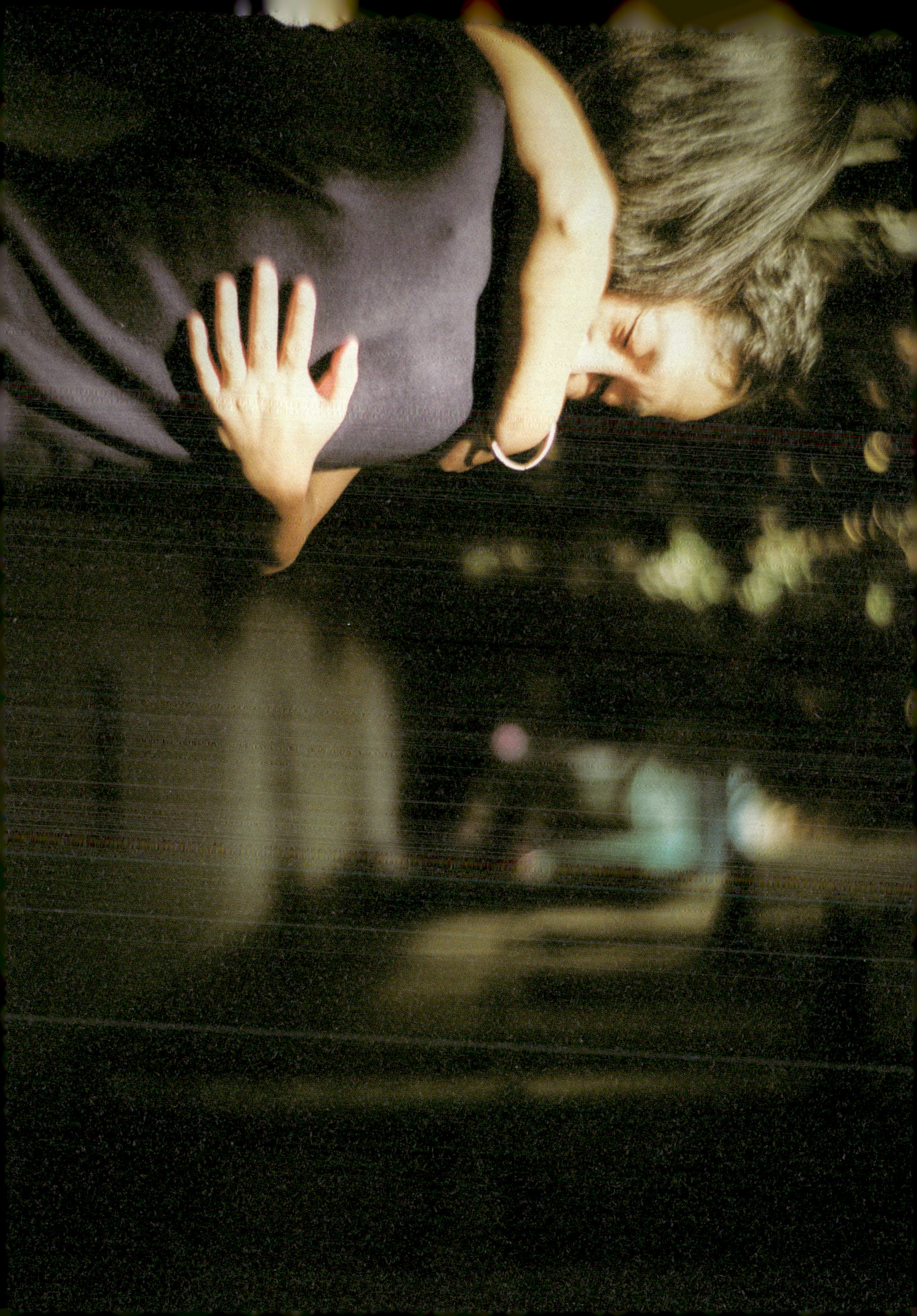

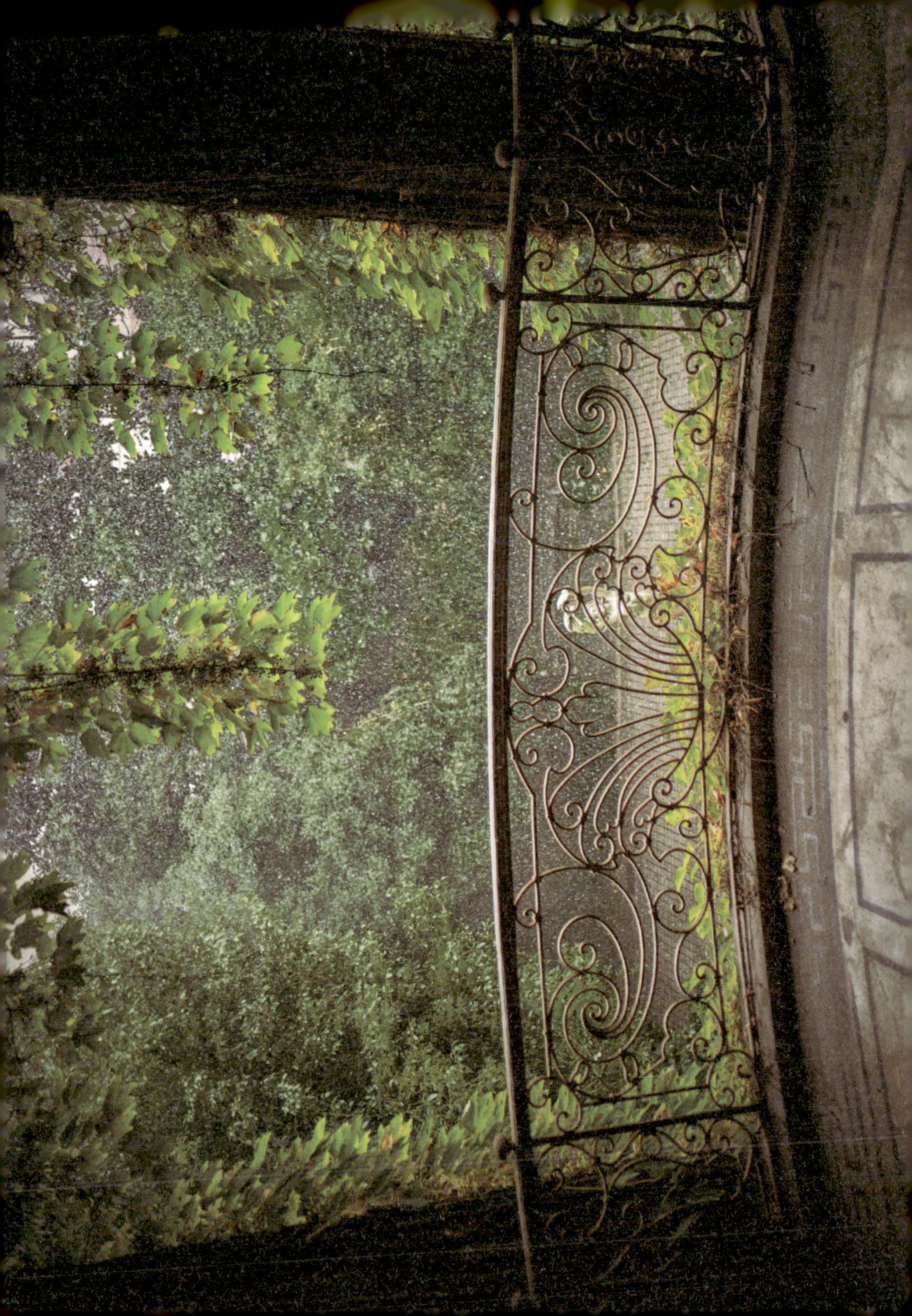

李伟长的话：

这是虚构与真实最近的一次相遇。多少写作者努力想做到这一点，试图用虚构建立真正的生活。

一旦小说中人来到面前，是否有足够的信任面对她所表达的一切？陈丹燕牵起了这个女孩子的手，与她温柔地拥抱。这个人是王朵莱，是吴小初，也是发现生活是一个圈，走着走着又转回来的陈丹燕自己。

这是一次与生活的迎程和解吗？如此近，似乎又如此远。这是一个读者和一个作者的心灵交互，和对生活的爱得以再次确立的一次跃迁吗？

我所能理解的最好的相遇，莫过于此。彼此得以安放。

当吴小初和陈丹燕拥抱着，笑着分别，我想到的却是另外一件事：她们未来，会怎样谈论这一次遇见？

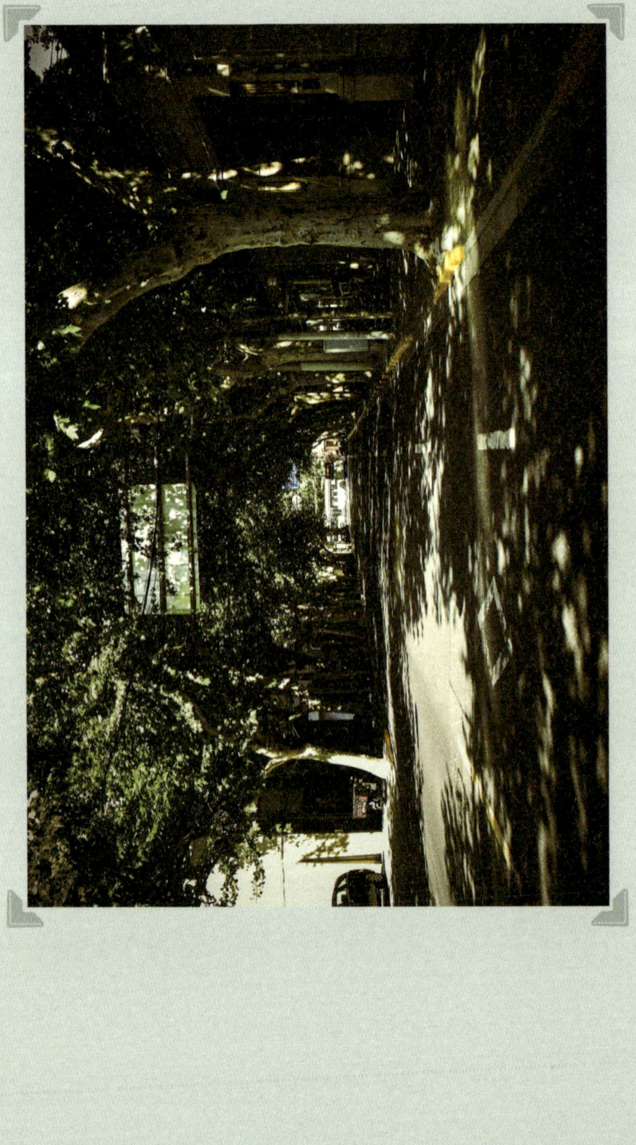

图书在版编目（CIP）数据

鱼和它的自行车 / 陈丹燕著. -- 上海：上海文艺出版社，2023
ISBN 978-7-5321-8388-3
Ⅰ.①鱼… Ⅱ.①陈… Ⅲ.①长篇小说－中国－当代
Ⅳ.①I247.5
中国版本图书馆CIP数据核字(2022)第160066号

书　　名：鱼和它的自行车
作　　者：陈丹燕
出　　版：上海世纪出版集团　上海文艺出版社
地　　址：上海市闵行区号景路159弄A座2楼 201101
发　　行：上海文艺出版社发行中心
　　　　　上海市闵行区号景路159弄A座2楼 201101　www.ewen.co
印　　刷：苏州市越洋印刷有限公司
开　　本：889×1194 1/32
印　　张：7.375
插　　页：21
字　　数：141,000
印　　次：2023年1月第1版　2023年1月第1次印刷
ISBN：978-7-5321-8388-3/I.6621
定　　价：69.00元
告读者：如发现本书有质量问题请与印刷厂质量科联系　T:0512-68180628

发 行 人：毕　胜
责任编辑：李伟长
装帧设计：黎稷欣
图片摄影：丁晓文